「어머, 나는 네가 마음에 드는데? 결혼해도 좋다고 생각할 만큼. 그만큼 좋아해!」

린이 의자에서 일어서 내 얼굴을 들여다보았다.
갑자기 눈을 감는가 싶더니, 곧장 나에게 살짝 키스했다.

이세계는 스마트폰과 함께. 8

『바빌론 월드에

과연 토야 일행은 무사히 클리어할 수 있을 것인가——!!

**오신 걸 환영합니다!』**

「햐악! 앗, 이, 이거 나!」
「꺄아아아아아아아아아?!」

비명이 난 곳을 돌아보니, 에르제와 루 역시 거꾸로 매달려 있었다.

# 이세계는 스마트폰과 함께. ⑧

후유하라 파토라 illustration ■ 우사츠카 에이지

표지 · 본문 일러스트
**우사츠카 에이지**

# 세계 지도

마왕국 제노아스

파르프 왕국

엘프라우
왕국

노키아
왕국

리니에
왕국

하노크 왕국

천제국 유론

황도 베른

레굴루스
제국

리프리스
황국

◎ 제도 갈라리아

신국
이젠

벨파스트 왕국

◯← 브륀힐드 공국

로드메어 연방

✖ 왕도 아레피스

호른
왕국

◎ 리플렛 마을

◎ 성도
이스라

라밋슈
교국

펠젠 왕국

미스미드
왕국

◎ 왕도
베르주

대수해(大樹海)

라일
왕국

기사 왕국
레스티아

이그리트
왕국

산드라 왕국

◎ 왕도 큐레이

N

## 지금까지의 줄거리

하느님이 특별히 마련해 준 스마트폰을 가지고 이세계에 오게 된 소년, 모치즈키 토야는 벨파스트 왕국과 레굴루스 제국의 후원으로 소국 브륀힐드의 공왕이 되었다.

토야는 고대 왕국의 유산이라고 할 수 있는 '바빌론'을 모아, 드디어 인간형 결전 병기 프레임 기어를 손에 넣었다. 이계의 침략자, 프레이즈에게 대항하기 위해, 토야 일행은 세계 각국과 연계하기 시작한다. 그런 가운데, 신참 국왕이 다스리는 브륀힐드 공국에는 겨울의 발소리가 조금씩 가까이 다가오기 시작한다……

레스티아 기사 왕국이 서방 동맹에 가입해 서방 동맹은 명칭을 '동서 동맹'으로 개칭했다.

그리고 오늘, 힐다의 오빠이자 새로운 레스티아 국왕인 라인하르트 기사왕도 동맹 회의에 참가했다.

"아직 어려 부족한 점도 많겠지만, 아무쪼록 잘 부탁드립니다."

"너무 격식 차린 딱딱한 인사는 그만하죠. 여기는 누구나 평등하게 의견을 개진하고, 서로 대화하고, 서로 돕는 곳이니까요."

예의 바르게 인사한 기사왕을 보고 교황 예하가 부드럽게 웃으며 말했다. 어느새인가 꼭 임금님들의 서클 활동을 위한 모임처럼 되어 버렸다. 물론 꼭 논의해야 할 일은 꼭 논의하고 있으니 상관없지만.

"저도 신참 국왕입니다. 잘 부탁드립니다, 레스티아 국왕."

"감사합니다, 리니에 국왕."

리니에와 레스티아의 젊은 새 국왕이 서로 굳게 악수를 하였다. 둘 다 새로 취임한 국왕이니 서로 배워야 할 것도 많을 듯했다. 나도 새 국왕이라고 한다면 새 국왕이지만, 아마 나는 여러 가지 의미에서 별 참고가 안 될 것이다.

"그건 그렇고, 레스티아도 그렇지만…… 들었네, 토야. 듣자 하니 대수해 부족들을 아군으로 끌어들였다고?"

두 사람을 바라보고 있는데, 미스미드의 수왕 폐하가 그런 말을 꺼냈다. 정보 확산 속도가 참 빠르네. 미스미드는 수인이 많고 대수해의 부족들과도 교류한다고 하니, 그쪽을 통해 전해진 거겠지만.

"같은 편으로 끌어들였다기보다는 어쩌다가 도와주게 되었는데, 그쪽이 저에게 감사하고 있는 정도에 불과해요. 그걸로 뭘 어떻게 해 볼 생각은 없습니다."

일단 대수해에서 무슨 일이 있었는지는 이야기를 해 두었다. 굳이 숨겨야 할 일도 아니니까.

유론에서 흘러온 난민의 상황이나 산사태로 통행할 수 없게 된 가도를 정비하기 위해 프레임 기어를 빌려주는 문제 등을 쭉 논의한 뒤, 임금님들은 곧장 라인하르트 기사왕을 야구장으로 데리고 갔다. 오늘은 환영 시합이라는 명목으로 리프리스 대 레굴루스의 야구 시합을 할 예정이라고 한다.

각국 호위 병사들도 우르르 야구장으로 가는데, 잠깐 생각난 점이 있어 나는 라밋슈 교황 예하에게 다가가, 작은 목소리로 소곤소곤 말을 걸었다.

"교황 예하……. 실은 지금 이 성에 신이 두 사람(일단 인간의 모습으로 변했으므로 '두 사람') 와 있는데요, 만나 보시겠어요?"

"네?!"

깜짝 놀라면서도 고개를 위아래로 끄덕이는 교황 예하를 데리고 나는 카렌 누나와 모로하 누나가 차를 마시고 있는 자리로 갔다. 그리고 두 사람에게 교황 예하를 소개한 뒤, 이번엔 긴장해서 몸의 움직임이 부자연스러운 교황 예하에게 두 사람을 소개했다.

"저의 누나들……인 것으로 일단 해 뒀지만, 연애를 관장하는 하느님, 그리고 검을 관장하는 하느님이세요."

"토야가 하느님이라고 말하니까 괜히 기분 나빠……."

"맞아. 마음이 진정되지 않는다고 해야 하나? 아, 자네도 그렇게 황공해 할 필요 없으니까, 마음 편하게 먹어, 편하게."

바닥에 납작 엎드린 교황 예하를 보고 누나들은 일어서서 테이블 앞에 앉을 것을 권했다. 그리고 교황 예하는 하느님이나 신들의 세계에 대해서 주저하면서도 이런저런 질문을 했고, 누나들은 쿠키를 한 손에 들고 가볍~게 대답을 해 주었다. 뭔가 이야기가 술술 진행된다. 역시 여자끼리라 친해지기도 쉬운 건가?

이것도 인간계에 간섭하는 행동에 해당하는 것이 아닐까 하고도 생각했지만, 이른바 '신의 힘' 은 사용하고 있지 않으니 아무래도 괜찮은 듯했다.

방식이 이상하긴 하지만, 교황 예하는 신탁을 받고 있다고도, 신의 가르침을 받고 있다고도 할 수 있었다. 점점 내용이 '상업의 신은 쩨쩨해' 라든가 '술의 신은 술주정뱅이야' 라든가처럼 불평불만에 가까워지고 있었지만.

두 사람의 상대는 교황 예하에게 맡기고 나는 야구장으로 이동하기로 했다.

한 달에 한 번 열리는 공식 시합이라 그런지 야구장은 뜨거운 열기에 휩싸여 있었다.

우리 국민뿐만이 아니라 리프리스와 레굴루스 양국에서 온 듯한 사람들도 보였다. 팝콘 판매원과 맥주 판매원이 바쁘게 관객석을 이리저리 움직였고, 관객들은 시합의 추이에 따라 일희일비를 반복했다. 그런데 이렇게까지 인기가 많아질 거라고는 생각도 못 했다.

VIP석에서는 그새 야구의 포로가 된 레스티아 기사왕이 시합을 뚫어져라 보고 있었다. 아~. 리니에 국왕 때도 이런 느낌이었는데……. 레스티아 기사왕은 가끔 옆에 앉아 있는 리니에 국왕에게 질문한 뒤, 고개를 끄덕이기도 했다.

젊은 국왕끼리라 그런지 벌써 사이가 좋아진 모양이었다. 가능하면 벨파스트 국왕과 리프리스 황왕처럼 절친한 친구 사이가 된다면 좋을 텐데.

리프리스의 제1 왕녀가 보면 코피를 터뜨리며 수상한 책을

쓸 것만 같았다. 둘 다 잘생겼고, 백마 탄 왕자님(왕이지만)이
니까……. 쳇. 아무리 약혼자가 많아도 역시 꽃미남을 보면
질투가 납니다. 네네.

그렇게 삐쳤을 때, 갑자기 크고 통쾌한 소리와 환성이 구장
을 가득 채웠다. 레굴루스 선수가 홈런을 친 것이다. 역시 결
정적일 때 한 방을 치는 선수는 인기가 많다.

레스티아 기사왕도 흥분하며 자리에서 벌떡 일어섰다. 반대
로 홈런을 얻어맞은 리프리스 황왕의 친구인 벨파스트 국왕
은 아이고~ 하고 아쉬운 표정을 지었다.

일단 다들 사이가 좋아진 듯해서 정말 다행이다. 돌아가는
길에 야구용품 세트를 기사왕에게 선물할까?

다음 날, 너무 추워서 눈을 번쩍 뜬 뒤 창밖을 보니, 온 세상
이 은색으로 뒤덮여 있었다.

눈이다. 꽤 많이 내렸네. 대설이라고 할 정도는 아니었지만
10센티 이상은 쌓인 듯했다.

이 상황에서는 훈련도 할 수 없어서 그런지, 기사단 사람들
은 병사(兵舍)와 훈련장의 눈을 치웠다. 불 속성 마법으로 녹

이면 되지 않을까도 생각했지만, 그랬다간 주변 일대가 침수될 거라는 말을 들었다. 그야 당연한가?

마을 쪽으로 시찰을 가 보니, 어른들은 기사단 사람들과 집 앞의 눈을 치우고 있었지만, 아이들은 눈싸움하면서 노는 중이었다.

같이 놀자는 말을 들어서, 나는 빈 상자와 나무판으로 간이 썰매를 만들고 어른들이 치운 눈을 이용해 경사면을 만들어 주었다. 아이들은 마구 떠들며 썰매를 타고 놀았다.

아이들과 헤어진 뒤 가도로 나가 보니, 당연하지만 눈 때문에 길이 어디인지 알 수 없게 되어 버렸다. 이래선 한동안 행상인들도 길을 이용하지 못하겠는걸? 2~3일 있으면 녹겠지만.

모처럼 눈이 왔으니, 뭔가 할 수 있는 게 없을까 하고 야구장을 찾았다.

나는 마운드를 평평하게 하고 그곳에 쌓인 눈을 살짝 녹였다. 그리고 그것을 다시 얼려 간이 스케이트장을 만들어 보았다.

"응, 꽤 미끄럽게 얼었어. 으앗?!"

나는 스케이트장에 발을 내딛자마자, 완벽하게 미끄러지고 말았다. 큭, 지금까지 내가 슬립을 걸었던 녀석들의 저주인 건가?! 아파~.

"뭐 하시는 겁니까?"

야구장의 눈을 치우러 온 듯, 삽을 들고 있던 기사단의 로건 씨 일행 몇 명이 내가 넘어지는 모습을 다 본 모양이었다. 있었으면 말 좀 걸어 줘요…….

"스케이트장을 만들어 보려고요."

"스케이트?"

"어? 이쪽에는 없나요? 발바닥에 날을 달고 미끄러지면서 논다든가."

"아, 활주술 말입니까? 그러고 보니 북쪽의 엘프라우 왕국에서는 겨울에 얼어 있는 운하를 미끄러져 이동한다고 들은 적이 있습니다."

놀이가 아니라 이동 수단인 건가. 확실히 겨울이라면 그편이 빠르긴 하다. 스케이트를 타면서 논다는 개념은 없는 건가?

일단 나는 블레이드를 만들어 신발 아래에 부착해 보았다. 그리고 스케이트장에 발을 대고 스윽 미끄러지며 타 보았다.

오오~. 그런 목소리가 들렸지만, 별로 대단한 건 아니에요……. 나는 그대로 몇 바퀴 스케이트장을 돌다가 살짝 공중에서 회전하는 모습도 선보였다. 북쪽 지방 출신을 얕보면 안 됩니다? 태평양 쪽이라 추위는 그렇게 심하지 않지만.

나는 로건 씨 일행에게도 블레이드를 만들어 건네주었다. 신발 일체형이 아니라 신발에 부착하는 타입이다. 조심스럽게 스케이트장에 올라왔지만 다들 호들갑스럽게 넘어지기 일쑤였다. 큭큭큭, 여러분들은 이걸로 내가 넘어진 모습을 보고 웃을 수 없는 입장이 되었습니다.

그런데 조금 적응하더니 다들 평범하게 스케이트를 잘 탔다. 너무 빨리 익숙해지는 거 아냐?! 이쪽 사람들은 대체로 운동 신경이 좋네…….

그러는 사이에 마을 사람들도 다가와 스케이트를 타는 우리를 구경하기 시작했다. 기왕에 왔으니, 나는 그 사람들에게도 블레이드를 만들어 주고, 자유롭게 타라고 말했다. 하나하나 나눠 주기가 귀찮아서 여분을 만든 뒤, 각자 알아서 사용하라고 해 두었지만.

"으음……. 어쩌다 이렇게 됐지……?"

야구장의 벤치에 걸터앉아 나는 그렇게 중얼거렸다. 그 뒤로 조금 시간이 지나자, 스케이트장 위에서 몇몇 커플과 부부가 스케이트를 타는 모습이 눈에 띄기 시작했다. 러브러브한 데이트 공간이 완성된 것이다.

혼자 왔다가 머쓱해진 사람들은 스케이트장을 떠났고, 그 블레이드를 건네받은 커플이 스케이트장 안으로 들어갔다. 이건 너무 슬픈 순환이다.

그중에는 기죽지 않고 스케이트 기술을 연마하여 여성을 유혹하려고 하는 용자도 있었다.

묘한 데이트 명소를 만들어 버렸네. 아이들은 순수하고도 즐겁게 스케이트를 타는 중이지만.

잘 타지 못하는 여성이 벽 쪽에서 기다리면, 스케이트를 잘 타는 남성이 말을 걸고, 결국 둘이서 손을 잡고 스케이트를 타는 광경이 반복되었다. 이거 뭐야, 무슨 헌팅인가?!

아하, 이건 그거였어. 스케이트를 가르쳐 준다는 명목으로 당당히 손을 잡는 거구나. 그런 현상이 일어나는 것은 어쩔 수 없는 일이다.

여성도 그런 점을 눈치챘는지, 일부러 못 타는 척을 하는 사람도 드문드문 보였다. 눈치 없이 그런 걸 굳이 언급할 필요는 없겠지.

"갑자기 왜 소란스러운가 했는데, 역시 토야 오빠였군요?"

"'역시'라는 말이 좀 걸리지만, 응, 맞아."

나는 어느새인가 다가온 유미나의 말을 가볍게 받아넘겼다. 모든 소동의 원흉이 나는 아니라고 생각하는데 말이지.

아무튼 좋다. 나는 유미나에게도 블레이드를 만들어 건네주었다. 그리고 기왕에 상대가 생긴 김에 사양 않고 스케이트장으로 나갔다.

"탈 수 있겠나요, 공주님?"

"……괜찮을까요?"

처음으로 타 보는 거라 조금 불안해하는 유미나를 데리고 나는 스케이트장 위에 올라섰다. 그리고 손을 잡고 넘어지지 않도록 앞에서 이끌면서 조금씩 스케이트를 탔다.

비틀거리면서도 점점 익숙해졌는지, 유미나는 금방 매끄럽게 스케이트를 타기 시작했다. 정말 이쪽 사람들은 운동 신경이 너무 좋은 거 아닌가? 아니, 원래 있던 세계의 사람들 쪽이 문명의 이기가 지나치게 발달한 나머지 여러 가지 것들이 퇴

화한 것일지도 모른다.

　그 후, 브뢴힐드 공국에서는 겨울의 데이트 정석 코스 중 하나로 스케이트가 정착되는데, 그때의 내가 그런 사실을 알 수 있을 리 없었다.

　"바빌론 유적을 발견했다고? 장소는?"
　〈네. 마왕국 제노아스의 중앙부, 산악 지대입니다.〉
　코교쿠의 보고를 듣고 나는 조금 생각했다.
　마왕국 제노아스라. 마족들이 사는 닫힌 왕국.
　마왕이라고 불리는 자가 통치하는 나라로, 다른 나라와의 교류를 별로 원하지 않는다고 한다. 그리고 천험(天險)의 요새라고 할 정도로 가혹한 환경이면서 다양한 종족이 살고, 또 마수나 그 아종이 많이 발호하는 마경의 땅이라고도 한다.
　완벽한 미지의 나라인데 무턱대고 가도 괜찮은 걸까……?
　조금 확인을 하기 위해 우리 기사단에 있는 마족을 불렀다.
　"제노아스 말인가요?"
　부름을 받고 온 붉은 눈에 피부가 희고, 귀가 뾰족한 뱀파이어족 청년. 이름은 루셰드.

뱀파이어이면서도 피를 껄끄러워하는 별난 사람이다. 루셰드가 말하길, 피는 어디까지나 기호품이고, 살아가는 데 꼭 필요한 것은 아니라고 한다.

루셰드는 철저하게 내 마음속에 남아 있던 뱀파이어의 고정관념을 허물어뜨렸다. 일단 태양 빛을 받아도 멀쩡하고, 마늘 요리도 잘 먹는다. 십자가를 봐도 아무렇지 않고, 은으로 만든 무기를 들어도 괜찮았다. 박쥐로 변신하지도 않았고, 무엇보다 피를 껄끄러워했다.

마지막의, 개인적으로 피를 껄끄러워하는 것만 제외하면, 이쪽 세계의 뱀파이어는 원래 다들 그렇다고 한다. 아, 그리고 뱀파이어가 사람의 피를 빨았다고 해서 사람이 흡혈귀가 되지도 않는다.

어두운 곳을 잘 보는 능력이나 괴력, 높은 재생 능력 등, 뛰어난 능력도 있지만, 이 청년은 듬직해 보이지 않아서 그런지 별로 그런 능력이 있다는 실감이 나지 않았다.

그래도 뱀파이어족은 제노아스에서 꽤 높은 지위의 일족이라는 듯하니, 무언가 알고 있지 않을까 해서 불러 보았는데.

그렇게 높은 일족 중 한 명인 루셰드가 왜 우리 나라에 왔는지는 수수께끼였다. 면접 때는 독립하고 싶어서라고 했었지만.

"제노아스에는 마족 이외의 사람은 없나요?"

"아니요, 소수이긴 하지만 인간이나 아인도 평범하게 살고 있습니다. 적극적으로 타국과 교류하고 있지 않을 뿐, 그렇다고 쇄국을 하는 것은 아니니까요. 단지, 가혹한 환경이어서 실제로 사는 사람은 별로 없을 겁니다."

"어떤 점에서요?"

"일단 기온의 변화가 극단적입니다. 낮은 한여름처럼 덥고, 밤은 극한의 겨울 같은 느낌입니다. 마수가 많아서 마을에서 한 발 밖으로 나가는 순간 습격당할 가능성도 확 올라갑니다. 그리고 무엇보다 식사이군요. 사람이 즐겨 먹을 수 있을 만한 것이 없습니다. 슬라임 젤리나 오크 고기를 드시고 싶으신가요?"

오크라면 그거잖아? 돼지 인간. 저팔계처럼 돼지 머리에 인간의 몸을 지닌 녀석. 그걸 먹는다고?! 아니, 물론 돼지고기 같은 느낌일지도 모르기야 하지만! 그냥 돼지를 먹으면 되잖아!

슬라임 젤리도 좀……. 음, 기분 나쁘다. 나는 그 식문화의 차이를 견디기 힘들 것 같아…….

"……오크는 마족이 아닌가요?"

"아닙니다. 말을 못 하지 않습니까? 마족이란 높은 지능을 지닌 자들입니다. 그 이외에는 마수, 마물로 분류합니다."

그렇구나.

식사 중에 좀 괜찮은 것은 없냐고 물었는데, 미니웜 수프라든가, 자이언트 배트 통구이라든가 같은 말이 튀어나왔다. 으악으악으악, 못 먹어. 전 못 먹습니다, 못 먹어요. 실제로 먹어 보면 맛있을지도 모르지만, 비주얼의 허들이 너무 높다.

"저도 이쪽 식사에 익숙해지고 보니 좀처럼……. 물론 가끔 먹고 싶은 요리도 있습니다만……."

그렇게 말하며 루셰드가 쓴웃음을 지었다. 고향의 맛은 당연히 잊기 힘든 법이지.

그거야 어쨌든. 제노아스에 사람이 있어도 이상하지 않다면 내가 가더라도 문제없는 건가. 슬쩍 몰래 들어가 바빌론 유적에 가 봐야 할 듯하다.

혹시 발견되면 가난한 무사의 셋째 아들이라고 했다는 누군가처럼 일반인인 척하면 되겠지. 물론 악을 처단하지도 않을 거고, 그러기 위해 나서는 암행어사 같은 장군도 아니지만 말이야.

좋아, 일단은 가 볼까. 아쉽지만 루셰드는 그 유적 근처에 가 본 적이 없다고 하니, 일단은 유론으로 전이한 뒤 【플라이】를 사용해 날아가자.

이번에도 【플라이】로 가는 것이었기 때문에, 약혼자 일행은 성에서 기다리고 나 혼자 가기로 했다. 무슨 일이 있었을 때 연락을 하기 위해서 코하쿠 일행 중 한 마리를 데려가려고 했는데, 서로 막 싸워서 말리느라 고생했다.

유미나가 손수 만든 '제비'를 뽑은 끝에 데리고 갈 신수(神獸)로 결정된 코하쿠와 함께 나는 얼른 이전에 프레이즈와 싸웠던 유론으로 【게이트】를 이용해 전이했다.

여전히 아무것도 없는 황야다. 이곳에는 볼일이 없다. 나는 코하쿠를 【레비테이션】으로 띄운 뒤, 【플라이】로 단숨에 제노아스를 향해 날아갔다.

일단 누가 보면 난처하므로 【인비저블】로 모습을 투명하게 해 두었다.

제노아스의 영공으로 돌입하자, 앞쪽에서 이쪽을 향해 날아오는 무언가가 있었다. 순간 발견된 줄 알았는데, 그건 아닌 듯해서 속도를 낮추고 무엇인지 살펴보기로 했다. 잘 보니, 상반신은 여성, 하반신과 팔은 새처럼 생긴 마족 두 사람이었다.

〈하피입니다. 하반신의 발톱은 꽤 강력해서 곰도 쓰러뜨릴 수 있을 정도라고 합니다. 이쪽이 공격하지 않는다면 굳이 뭔가를 하지는 않을 겁니다.〉

코하쿠의 말대로 하피 두 사람은 아무것도 하지 않고 우리 앞으로 스쳐지나 날아갔다. 물론 그 이전에 우리가 보이지 않았겠지만. 마력 장벽이 전개되어서, 냄새까지 지워졌으니까.

저건 마수가 아니라 마족인 거지? 구분 짓기가 어렵지만, 루셰드가 말하기로는 기본적으로 의사소통이 되고 사람에 가까운 자를 마족이라고 부른다는 모양이었다. 인간에 가까워도 의사소통이 안 되는 듀라한 같은 것은 마물, 의사소통은 되지만 인간형과는 거리가 먼 유니콘 등은 마수다. 세세한 기준까지는 잘 모르겠지만.

"일단 조심하자. 모르는 마수도 꽤 있을 것 같으니까."

다시 우리는 목적지까지 날아갔다. 지상을 내려다보니, 황야와 바위산, 그리고 울창한 숲이 펼쳐져 있었다. 확실히 이곳은 살기가 매우 힘들어 보였다.

일단 길처럼 보이는 곳이 있기는 하지만 도저히 정비되어 있다고는 보기 힘들었다.

"미개척지라는 느낌이 강하네. 물론 왕도 쪽으로 가면 다르기야 하겠지만."

〈마소의 농도도 짙고, 마수의 수도 많은 듯합니다. 이곳은 사람이 살기에는 어려운 장소로 보입니다. 마족처럼 강인한 신체를 지닌 종족이 아니면…….〉

어떻게 보면 당연히 마족의 나라가 될 수밖에 없는 장소인 듯했다.

그건 그렇고 덥네. 이쪽은 겨울이 아닌가? 태양이 쨍쨍 내리쬐는데. 이곳 근처의 상공만 유난히 태양 광선의 힘이 강해진 것 같았다. 이것도 마소의 농도와 관계가 있는 건가? 아니면 토지의 정령 탓?

일단 내 코트는 내열성이 있어서 큰 문제는 없는 듯했지만.

비행하면서 땅 위를 바라보는데, 저편에서 뭔가가 날아왔다. 또 하피인가?

아니, 새네. 파란 콘도르 같은 새였다. 저건 아마 코교쿠의 권속이다.

【인비저블】을 해제해서 모습을 드러내자, 콘도르는 우리를 확인한 뒤, 우리를 이끌 듯이 동쪽으로 날아갔다.

콘도르를 따라가자 산악 지대가 나왔고, 곧 우리는 그 일각에 있는 계곡에 도착했다.

"이건……."

바위산 틈새 사이에 끼인 것처럼, 개선문 같은 유적이 있었다.

지상에 내려선 뒤, 문의 물질이 어떤 것인지 조사해 보니, 바빌론의 유적과 똑같은 소재였다. 빙고인가.

문의 높이는 3미터 정도, 안으로 들어가자 다다미 여섯 장 정도 되는 방이 있었는데, 안쪽 벽에 무언가 문자가 새겨져 있었다. 그리고 그 왼쪽에는 무언가 도형처럼 생긴 것이 다섯 개, 세로로 늘어서 있었다.

중앙에는 허리 높이까지 돌기둥이 하나 있는데, 그 위에서는 붉은 불 속성 마석이 빛났다. 동굴……이라기보다는 사당 같네. 주변은 전부 그 검은 대리석 같은 재질이지만.

"으음? 지금까지와는 달라……. 어떻게 된 거지?"

일단 눈앞에 있는 돌기둥에 불 속성 마력을 흘렸다. 그러자 뿌풋, 하고 부저음 같은 소리가 들렸다. 으음? 이건 퀴즈 프로그램에 출연한 사람이 답을 틀렸을 때 나는 소리랑 비슷하네……. 그럼 틀렸다는 건가? 정답이 아니라고?

"역시 이 벽의 문자와 도형이 힌트인가? 이건 고대 마법 언어였던가?【리딩/고대 마법 언어】."

마법이 발동되자, 벽에 적힌 문자를 나도 이해할 수 있게 되었다.

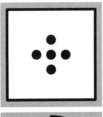

〈오른쪽 도형을 올바른 순서대로 위에서부터 나열하라. 실제로 순서를 바꿀 필요는 없고, 머릿속으로 대답을 떠올린 뒤, 마석에 손을 대고 마력을 흘리면 그것으로 충분하다.〉

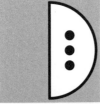

이건 또 뭐야. 퀴즈인가? 도형이라면 이 옆에 있는 동그라미, 삼각형 같은 다섯 개 도형을 말하는 건가?

위에서부터 사각형, 반달형, 별 모양, 동그라미, 삼각형. 그리고 그 중앙에는 작은 점이 다섯 개, 세 개, 한 개, 네 개, 두 개가 새겨져 있네?

"이 중앙의 점의 순서에 맞춰 나열하면……. 그렇게 간단하지는 않겠지?"

그래도 일단은 머릿속에 별 모양, 삼각형, 반달형, 동그라미, 사각형 순으로 나열하고, 붉은 마석에 마력을 흘렸다. 하지만 이번에도 뿌풋, 하고 틀렸다는 부저가 울렸다. 당연하다면 당연하다.

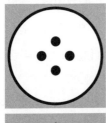

"음~. ……아, 그건가. 직선의 수."

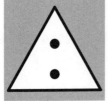

동그라미는 0, 반달형은 1, 삼각형은 3, 사각형은 4, 별 모양은 5. 2가 없는 것은 직선으로 만들 수 있는 도형이 없기 때문……. 응?

반달이 괜찮으면, 2는 원을 네 등분한 것 같은 부채꼴 모양도 가능하지 않나?

일단 동그라미, 반달형, 삼각형, 사각형, 별 모양으로 나열해 보았다.

뿌풋! 또 틀렸다.

"역시 이 안의 점이 관계있는 걸까?"

〈이 도형은 무언가 다른 것을 나타내고 있는 것이 아닐지요?〉

"으~음……. 동그라미……가 '태양' 이라고 한다면, 이 반달형은 '달' 이겠지? 별 모양은 그대로 '별' 이라고 하면…… 천체의 무언가를 나타내는 건가? 그럼 삼각형이랑 사각형은 뭘까?"

위에서부터 나열한다라……. 지상에서 얼마나 떨어져 있는지 거리 순으로 나열하는 건가? 그럼 가장 먼 것은 '별' 이고, 다음은 '태양', '달' …… 삼각형이 '집', 사각형이 '대지' 라든가? 나는 한번 나열해 보았다.

뿌풋!

"큭. 으으음……. 역시 중앙의 점이 무언가 힌트인 것 같기도 한데……."

그리고 우리는 잠시 도형을 노려보면서 시행착오를 계속했다. 그리고 몇 분 후.

딩동딩동딩동딩~동.

"지금 장난해애애애애애애애애?!"
〈앗, 주인님! 마음은 알지만 진정하십시오!〉
쿠구구구구구……. 옆으로 움직이는 도형이 새겨진 벽을 발로 차 주려고 했지만, 코하쿠가 매달리며 말려서 직전에 멈추었다.
"그게 정답이라고?! 이 문제는 대체 뭐야?!"
〈주인님, 저도 동감이긴 합니다만…….〉
코하쿠가 뻣뻣한 미소를 지었다. 조금 전의 대답. 그것은.

〈오른쪽에는 도형이 없다.〉

였다. 이거 화내도 괜찮은 거 아닌가?! 분명히 도형은 왼편에 있었긴 하지만 말이야! 그래선 그냥 '난센스' 잖아!
내가 마음을 진정시키며 다음 방으로 가 보니, 그곳에도 벽에 조금 전처럼 문자가 새겨져 있었고, 중앙에는 파란 마석이 박혀 있는 돌기둥이 있었다. 또냐!

◇ ◇ ◇

〈금화가 여덟 개, 저울이 하나 있다. 하지만 이 금화 중 한 개만이 가짜라고 한다. 가짜 금화는 진짜보다 조금 가볍고, 저울로 재면 바로 알 수 있다. 자, 이 가짜 금화를 저울로 발견한다고 했을 때, 그 최소 횟수는 몇 번인가? 한편 이 문제를 틀리면 입구까지 강제적으로 되돌아갑니다.〉

……완전히 난센스잖아. 이건 그나마 제대로 된 문제지만.
조금 생각하면 알 수 있는 문제다. 정답은……. 아니…… 잠깐만.
다시 생각한 대답을 물 속성 마력과 함께 흘렸다.

딩동딩동딩동딩~동.

역시나! 정말 왜 이렇게 짓궂은 건지……. 나는 쿠구구구구…… 하고 열리는 벽을 노려보았다.

〈주인님, 방금 그 질문의 답은 무엇이죠?〉
코하쿠가 물었다. 응? 아, 마음속으로 답을 떠올려서 코하쿠는 답을 모르는구나?
"평범하게 생각하면 몇 번이지?"

〈네 개씩 나누어 저울에 올려서 한 번. 가벼운 쪽 네 개를 두 개씩 나눠 또 저울에 재서 두 번. 마지막으로 그 두 개를 저울에 재면 가벼운 쪽이 가짜 금화이니, 총 세 번입니다.〉

"맞아. 그런데 저울 양쪽에 세 개씩 올려서 무게를 재고, 똑같으면 남은 두 개 중 하나가 가짜 금화니까, 두 번으로 끝나. 똑같지 않으면 가벼운 쪽 세 개를 하나씩 좌우에 올려서, 똑같으면 저울에 올리지 않은 한 개가, 똑같지 않으면 가벼운 쪽이 가짜 금화가 되는 거지. 어느 쪽이든 간에 두 번이면 끝나는 거야. 보통이라면 이게 정답이지."

보통이라면, 말이야.

〈두 번이 아니라는 건가요?〉

"정답은 한 번이야. 여덟 개 중에서 두 개를 선정해 저울을 사용해 쟀을 경우, '운이 좋으면' 한 번에 알 수 있잖아?"

〈운이 좋으면이라니······.〉

"문제에는 '확실히'라든가 '한 번에' 같은 제한이 없었잖아. 그냥 단순히 저울을 사용했을 때의 최소 횟수를 대답하라는 문제거든."

역시 이곳은 바빌론의 유적이다. 문제가 변태적이야. 그 박사가 생각할 법한 문제다. 이제는 대충 오래 상대해 본 셈이니, 그럭저럭 무슨 생각을 하는지가 보인다······라니, 솔직히 그러고 싶진 않았는데. 나도 때가 묻어 버렸구나······.

그다음.

〈다음 계산식은 어떤 법칙에 따라 대답을 이끌어 낼 수 있습니다.  □에 해당하는 숫자를 적으시오.〉


36=1
108=3
2160=2
10800=□


이번엔 이렇게 비교적 제대로 된 문제였지만, 무언가 이면이 있지 않을까 의심을 하게 되었다.

결국 이번 문제는 속임수 없이, 대답은 생각대로 5였지만.

아무튼, 이건 규칙이 정해져 있지 않아 답을 예측할 수 없는 수수께끼였다. 물론 어렵지는 않은데, 틀리면 다시 입구로 되돌아가야 하는 점이 귀찮았다. 벽이 다시 닫히고, 새로운 문제를 풀어야 하니까. 참, 정말 너무 짓궂다.


딩동딩동딩동딩~동.


마지막 무속성 방을 돌파하자, 그곳에는 언제나 그렇듯 여섯 개의 돌기둥이 서 있는 전송진이 있었다.

"겨우 도착했어……. 사람을 이렇게 고생시키다니……."

어차피 그 박사의 나쁜 장난일 테지만, 그 장난에 맞춰야 하는 이쪽 입장도 좀 돼 봤으면 한다. 나는 질린 표정으로 여섯 기둥의 마석에 마력을 흘리고 전송진의 중앙에 코하쿠와 함께 섰다. 그리고 마지막으로 무속성 마력을 발밑에 흘려 전송진을 기동시켰다.


빛줄기가 사라져 눈을 떠 보니, 그곳은 언제나 그렇듯 바빌론의 풍경이었다. 나무들이 바람에 흔들렸고, 저편에는 구름 바다가 펼쳐져 있었다.

주변을 두리번두리번 둘러보다가 나무들 저편에서 건물을 발견했다. 자, '창고'일까 '도서관'일까. 아니면 '연구소'일까.

전송진에서 걸음을 내디뎌 건물 쪽으로 가자, 이윽고 그 전모가 드러났고, 나는 그게 무엇인지 바로 알았다.

건물의 형태는 원형으로, 참치캔 같았다. 그리고 전면이 모두 유리로 되어 있어 안쪽이 다 들여다보였다. 안쪽에서는 정말 끝이 없다는 표현이 어울릴 정도로 가득 들어찬 책장과 그 책장을 꽉꽉 메운 수많은 책이 보였다.

'도서관'이다. 틀림없다.

나는 건물 주변을 빙글 돌면서 입구를 찾았다. 이윽고 커다랗고 화려한 문이 우리를 맞이했다.

무거운 쌍여닫이문을 여니, 그 안쪽에 문이 하나 더 있었고 우리는 그 문을 열고 '도서관' 안쪽으로 들어갔다.

"우와……."

〈이건…….〉

나와 코하쿠는 둘 다 할 말을 잃었다. 주변에 보이는 것은 모두 책, 책, 책.

서가가 10미터 이상이나 되는 높이로 쭉 늘어서 있고, 외벽에 맞춰 커브를 그리고 있어 마치 미로 같았다.

도저히 손이 닿지 않을 높이에까지 책이 꽂혀 있는데, 저건 어떻게 빼내지? 주변에 접사다리나 벽에 걸치는 사다리 같은 것은 안 보이는데…….

발밑의 붉은 카펫을 밟으면서, 일단은 원형의 중앙으로 가 보기로 했다. 복잡해서 똑바로 중앙을 향해 갈 수는 없었지만. 이건 명백하게 책장 배치 미스라고 생각한다.

하지만 천장을 올려다보면 방사형으로 펼쳐진 이음매를 보고 중앙이 어느 쪽인지 알 수 있었기 때문에, 그것을 의지해 앞으로 나아갔다.

잠시 걷자, 갑자기 주변이 확 트였고, 확 트인 곳에는 책상과 의자가 여기저기 놓여 있었다. 책상 위를 보니 그곳에는 책이 산더미 같았다. 그리고 그 안쪽 소파에는 소녀 한 명이 의자에 걸터앉아 있었다.

소녀는 들고 있는 책을 가만히 볼 뿐, 이쪽을 보려고도 하지 않았다. 아이스블루 머리카락은 쇼트커트로, 안경을 낀 옆얼굴에서는 다른 바빌론 넘버즈와 비슷한 흔적이 엿보였다. 입고 있는 옷도 바빌론 넘버즈와 똑같은 걸 보니, 아마도 이 아이가 '도서관'의 관리자다.

"저어……."

"30분 정도면 다 읽으니 말을 걸지 말아 주세요."

"앗, 네……."

말 붙일 엄두가 안 난다. 완전히 날 방해꾼 취급하네. 어쩔 수 없다. 기다릴까?

조용한 공간에 소녀의 페이지를 넘기는 소리만이 감돌았다. 할 일이 없어진 나는 주변의 책을 무심하게 꺼내 펼쳐 보았다.

페이지를 펼쳐 본 나는 종이의 질이 다르다는 사실을 깨달았다. 종이가 아닌 건가, 이거? 나는 깜짝 놀라면서도 일단 눈으로 글자를 좇았다.

"못 읽겠어……."

이건 무슨 언어지? 고대 마법 언어도 고대 정령 언어도 아니네. 고대 파르테노어인가?

"【리딩/고대 파르테노어】."

오, 이해된다, 이해돼. 그런, 데……. 너무 어려워서 무슨 말인지 모르겠어……. 마수에 대한 고찰과 연구 리포트 같긴 한데…….

【리딩】을 발동했기 때문인데, 여기저기 등표지에 적혀 있는 제목을 읽을 수 있게 되었다. 저것 모두가 고대 파르테노어로

적혀 있는 책이구나.

『마류체 제어의 간섭과 고찰』
『마초학과 비약』
『밤일 방법 초급자 편』

이건 뭐야?! 제목이 노골적인 책을 꺼내 안을 팔락팔락 훑어보니, 아니나 다를까 그런 쪽의 실용서였다.

〈서로가 즐겁게 즐길 수 있도록 일단은 긴장을 풀어야 합니다. 미성년자가 아니라면 술을 조금 마셔 알코올의 힘을 살짝 빌리는 것도 나쁘지 않습니다. 하지만 과유불급이니 어디까지나 가볍게 마셔야 합니다. 다음으로 상대의…….〉

흐음, 흐음……. 호, 호오……. 그, 그렇구나…….
이건 의외로…… 왠지 쓸 만할 것 같은데……. 어? 이건…… 정말? 아니, 이건 좀 허들이 높아. '아무렇지 않게' 하기는 어렵지 않나……?
"뭘 읽고 계신가요?"
"우아악?!"
등 뒤에서 들려온 말을 듣고 나는 깜짝 놀라 몸을 크게 움찔했다. 깜짝이야! 어라? 벌써 30분이 지났나?!

나를 의심스럽게 보며 고개를 갸웃하더니, 소녀가 말했다.

"어서 오세요, 바빌론의 '도서관'에. 저는 이 '도서관'을 관리하는 단말로, 이름은 이리스팜므라고 합니다. 팜므라고 불러 주세요."

"으, 으응. 팜므지? 나는 모치즈키 토야. 잘 부탁해."

나는 그렇게 인사를 하면서 손을 뒤로 돌려 책을 원래 위치로 되돌려 놓았다. 설마 들키진 않았겠지……?

"이곳에 왔다는 것은 박사님의 문제를 풀었다는 거군요. 조건을 만족했다고 인정하여, 지금부터 기체 넘버 24, 개체명 '이리스팜므'는 당신에게 양도됩니다. 잘 부탁드립니다, 마스터."

앗, 역시 그 문제는 박사가 낸 거였구나. 일일이 그렇게 만들지 않아도 됐을 것을. 그래도 쓸데없는 에로 공격을 당하는 것보다는 나은가……. 핫!

이다음에 어떤 전개가 펼쳐질지 눈치채고 몸을 움츠렸지만, 때는 이미 늦어, 나는 결국 팜므에게 입술을 빼앗기고 말았다. 팜므는 재빨리 혀를 입안으로 밀어 넣고 구강 안을 마구 유린했다. '성벽'의 리오라와 비교하면 담백하다고도 할 수 있는 그 행동은 오래지 않아 금방 끝났다.

"등록 완료. 마스터의 유전자를 기억했습니다. 지금부터 '도서관'의 소유권은 마스터에게로 이양됩니다."

큭, 나는 왜 이렇게 학습 능력이 없는 거지? 뻔히 이렇게 될 걸 알았으면서. 물론 어차피 하지 않는다는 선택지는 없으니

늦든 빠르든 해야 하는 일이고, 괜히 이상한 상황일 때 당하는 것보다는 낫다…….

"그럼 현재, 바빌론은 얼마나 발견하셨나요?"

"응? 어～. '정원', '공방', '연금동', '격납고', '성벽', '탑' 까지 여섯 개, 그리고 이 '도서관' 까지 더하면 일곱 개야."

"그렇군요. 그럼 그쪽으로 이동하시죠."

책상 위의 단말에 팜므가 무언가를 입력하자, '도서관' 이 조용히 움직이기 시작했다. 브륀힐드 상공에 있는 다른 바빌론과 도킹을 하기 위해 날아가는 모양이었다.

"마스터. 부탁이 있습니다. 이 '도서관' 에 새로운 책을 들이고 싶은데요……."

"이렇게 책이 많은데 더 필요해? 대체 여기에는 몇 권이나 있는 거야?"

"대략 2000만 권은 넘지 않을까 해요."

이천……?! 일본의 국회도서관도 장서수가 1000만 권이라고 하지 않았나? 분명히 잡지, 신문, 비도서 자료까지 전부 합치면 4000만에 달한다는 뉴스를 본 적이 있는 듯한…….

"거의 다 읽어서 새로운 책을 읽고 싶어요. 가능한 한 빠르게 들여 주시길 부탁드립니다."

"읽었다니…… 2000만 권을?!"

"평균 2시간에 1권씩 읽으니, 5000년이나 계속 읽으면 그 정도는 충분히 읽죠."

아니아니아니. 24시간 쉬지도 않고?! 셰스카나 플로라는 수면 장치로 몇 천 년이나 계속 잤고, '탑'의 노엘은 지금도 계속 자고 있는데?!

"저는 거의 움직이지 않으니까요. 그래도 5000년이나 계속 가동되어서 상태가 나빠지고 있긴 하지만요. 하지만 그것도 '연구소'를 발견하면, 금방 정비할 수 있을 거예요."

5000년이나 계속 쉬지 않고 책을 읽었다니……. 정말 천생 책벌레구나. 활자 중독자라는 건가? 무시무시해.

일단 린에게 염원이었던 '도서관'을 발견했다고 보고를 해둘까? 린의 성격을 생각하면 온종일 도서관에 틀어박혀 있을지도 모르겠어.

"드디어 찾았다━━━━━━━━!!"

양손에 주먹을 쥐고 팔을 번쩍 들어 올리며 온몸으로 기쁨을 표현하는 몸집이 작은 트윈테일 고스로리(Gothic Lolita) 소녀. 두말할 것도 없이 바로 린이다.

그 옆에는 린과 마찬가지로 양손에 주먹을 쥐고 양팔을 들어 올려 기쁨을 표현하는 곰 인형도 있었다.

"고대 지혜의 결정! 아직 알려지지 않은 지식과 역사! 그 모든 것이 내 손안에!"

"기뻐하는 중에 미안하지만, 일단 '도서관' 의 책은 열람을 제한할 거야."

"뭐라고?!"

눈을 번쩍 뜨며 나를 빙글 돌아보는 린.

참고로 말하자면, 이곳은 브륀힐드 성으로, 아직 린이나 약혼자들을 바빌론의 '도서관' 으로 데리고 가지 않았다. 일단 응접실로 린을 불러서(폴라도 같이 왔지만), '도서관' 을 찾았다고 말을 꺼냈는데…….

"아니, 잘 생각해 봐. 린은 원래 미스미드의 대사잖아? 그런데 고대의 지혜인가 뭔가를 쉽게 가져가게 해서는 말도 안 되지 않을까? 게다가 아직 무슨 책이 있는지도 모르잖아."

"그렇게 나온다라……. 좋아, 그런 마음을 모르는 건 아니니까. ……………그래, 그럼 이렇게 하자. 나를 브륀힐드의 궁정마술사로 받아들여 줘."

"뭐?"

이 사람은 대체 무슨 소릴 하는 건지. 물론 우리 나라에는 아직 궁정마술사라는 직책이 없긴 하고, 일단 마법이 뛰어난 요정족의 족장이니 능력 자체는 궁정마술사에 어울리겠지만!

그래도 린은 미스미드의 대사니, 이런저런 문제가 많지 않을까? 아인(亞人) 일곱 종족의 족장 중 한 명으로, 일단은 다른 나라의 중심에 속한 인물이니까.

"그런 건 별문제가 안 돼. 일단 요정족의 족장으로 이름을 올려두고는 있지만, 거의 명예직이나 다름없거든. 실무의 대부분은 에리스가 하고 있으니, 나는 미스미드의 중요 기밀이나 안건과는 전혀 관련이 없어."

"에리스?"

"현 미스미드의 궁정마술사야. 기왕에 이렇게 됐으니 요정족의 족장 자리도 에리스에게 넘겨줄게. 그리고 난 완전히 은거한 채로 지식 탐구에 몰두하는 거지."

음~. 그쪽에는 이름만 올려놓은 명목상의 족장이라고 하면, 미스미드의 국가 기밀을 알고 있을 리도 없고, 이쪽의 기밀이 상대에게 새어 나갈 걱정도 없다.

게다가 그 수왕님이라면 그런 것은 전혀 신경 쓰지 않을 것 같다. 다른 나라에서도 아인의 지위가 향상되길 바라고 있으니, 이런 일이라면 무조건 찬성하겠지. 도움이 되고 안 되고를 떠나서.

"사람을 뭐로 보고. 일단 의욕만 생기면 난 엄청난 사람이야. '도서관'에서 얻은 지식이 브륀힐드의 양식이 될 수 있도록 활용해 보일게. 으, 으음…… 뭐, 뭐하면 나도 너의 아내가 되어 줄까?"

"아니, 워낙에 많다 보니까. ……그러고 보니, 린은 아직 한 번도 결혼한 적 없어?"

"······아무렇지도 않게 일생일대의 고백을 어물쩍 받아넘기다니······. 조금도 생각해 보지 않기야? 둔해도 정도라는 것이······."

린이 뭔가 투덜거리고 있지만, 그냥 무시다. 새삼스럽지만 600년이나 살았으니, 결혼 한두 번은 하고도 남지 않았을까? 어쩌면 아이가 있을지도?

"결혼도 한 적 없고, 아이도 없어. 전에도 말했지만, 요정족은 10대 후반에서 20대 초반이면 성장이 멈춰. ······나는 그게 상당히 빨랐는데······. 그 탓에 알맞은 상대를 발견하지 못했어. 이상한 취미를 지닌 남자들이 몇 번인가 말을 걸었지만, 그런 사람들을 상대할 만큼 내가 병들었을 거라 생각해?"

음, 이런 모습이니, 당연하다면 당연한가? 이 상태로 성장이 멈춘 거니까. 게다가 요정족의 족장이라는 지위도 있으니, 상대가 아무래도 주저할 수밖에 없다.

'연상의 아내는 철 짚신을 신어서라도 찾아라' 라고 하는데, 연상에도 정도가 있는 법이다. 닳지 않는 금속 짚신을 신고서라도 찾을 필요가 있냐고 한다면······.

"······연상은 싫어?"

린이 살짝 올려다보며 그렇게 물어서 나는 안절부절못했다.

"아니······. 린은 연상이라는 느낌이 전혀 안 들고, 신경도 안 쓰지만, 결혼은 아무래도 그것과는 또 별개의 문제잖아? 난 린을 믿고 있고, 싫지도 않아. 하지만······."

"어머, 나는 네가 마음에 드는데? 결혼해도 좋다고 생각할 만큼. 그만큼 좋아해."

으윽……! 좋아한다고…… 직접 고백을 하다니.

린이 의자에서 일어서 내 얼굴을 들여다보았다. 장난스러운 눈동자가 가만히 이쪽을 응시했다. 이상하게 나는 린의 시선을 피할 수가 없었다. 뱀에게 포착당한 개구리 같은 상태인가?

린이 갑자기 눈을 감는가 싶더니, 곧장 나에게 살짝 키스했다.

"?!"

"후후. 반응을 보니 전혀 마음이 없진 않구나? 약혼자가 일곱 명이나 있는데, 이런 일에 익숙하지 않다니, 좀 그렇지 않아?"

어린 외모인데 이렇게 매혹적인 매력을 내뿜을 수 있는 건, 역시 오랫동안 살아온 경험 덕분인 걸까?

으악. 얼굴이 빨개졌어. 만약 앞에 있는 사람이 처음 보는 상대라면 그냥 깜짝 놀랄 뿐, 이렇게까지 당황하지는 않을 텐데, 워낙에 잘 아는 상대다 보니, 오히려 어떻게 하면 좋을지 감이 잘 잡히지 않았다.

뭐라고 대답하면 좋을지 망설이는데, 린이 작게 웃으며 말했다.

"금방 대답하기는 역시 힘들겠지. 뭐하면 내연녀 정도의 포지션도 괜찮지 않을까 생각했지만, 역시 평생에 한 번쯤은 결혼해 보고 싶으니, 조금이라도 진지하게 생각해 줘. 난 의외로 일편단심이야."

린이 멀어져 가며, 이번에는 뺨에 키스해 주었다. 큭, 귀여워. 600살이 넘는 연상에게 사용하기에 어울리는 말은 아닐지도 모르지만.

"내가 색시가 되면 '도서관'을 자유롭게 사용해도 되는 거지? 달링?"

"역시 그게 목적이었구나!"

"물론 그것뿐만은 아니야. 너를 좋아한다고 말한 건 진심이거든. 못 믿겠어?"

"아~. 참……. 알았어. 자유롭게 봐. 대신에 내용을 다른 사람에게 막 퍼뜨리면 안 된다?"

"고마워. 사랑해, 달링."

가식적이야. 어라? 이거, 미인계에 굴복한 건가?

아니, 뛰어난 인재를 손에 넣었다고 생각하자. 뭔가 감언이설에 속아 넘어간 것 같은 기분이 드는 것도 같지만, 그렇게 생각하는 것이 확실히 정신 건강에는 더 좋다.

머릿속으로 그런 생각을 하는데, 눈앞에 있던 폴라가 '못 말려'라고 하는 듯이 어깨를 으쓱 들어 올리고 고개를 작게 가로저었다. 으음.


"후와아아아아아아…………."
"하와아아아아아…………."

린과 힐다의 목소리가 '도서관'에 울려 퍼졌다. 다른 약혼자들도 놀라긴 했지만, 두 사람만큼은 아닌 듯했다.

린은 목적이었던 '도서관'에 왔기 때문에 감탄을 한 것이고, 힐다는 바빌론 자체에 놀랐다. 힐다는 처음으로 와 본 거니까.

"대체 이건 어떻게 된 거죠?! 공중에 떠 있다니……! 아, 프레임 기어도 여기에서?!"

"죄송하지만 '도서관'에서는 조용히 해 주시길 부탁드립니다."

"앗, 죄송합니다……."

큰 목소리를 낸 힐다에게 소파에서 책을 보면서 팜므가 단도직입적으로 주의를 주었다. 팜므가 지금 읽고 있는 책은 일단 '월독'에서 가지고 온 것으로, 이번 달에 새로 입하된 책이었다. 아, 물론 위험한 책은 제외했습니다.

"그런데 저 위에 있는 책은 어떻게 꺼내면 좋지? 계단이나 접사다리는?"

"아, 책장에 손을 대고 보고 싶은 단을 한번 떠올려 봐."

린이 내가 하라는 대로 책장에 손을 대자, 천천히 그 책장만이 아래로 내려오더니 어느 정도 높이가 되자 딱 멈췄다.

"아하. 이런 구조구나. 앗, 이건……!"

린이 눈앞에 멈춘 단에서 책 한 권을 꺼냈다. 나는 여전히 제목이 뭔지 알 수 없었다. 린은 글을 읽을 수 있는 건가? 나는 흥분하면서 책을 펼쳐 보는 린에게 말을 걸었다.

"무슨 책인데?"

"고대 마법 교본이야! 고대 마법 언어로 적혀 있지만, 간신히 읽을 수는 있어. 아무래도 지금 사용되는 마법의 근원이 된 마법이나, 이제는 전해지지 않는 마법까지 실려 있나 봐! 이건 정말 굉장한 거야!! 지금까지의……."

"죄송하지만 '도서관'에서는 조용히 해 주시길 바랍니다."

"앗, 죄송합니다……."

팜므가 또다시 시끄럽다고 주의를 주었다. 역시 계속 책을 읽으면서. 정말 흔들림이 없구나. 이 활자 중독자 녀석.

"그건 그렇고 정말 책이 많습니다……. 이래서는 찾고자 하는 책을 찾는 것만으로도 한바탕 고생을 하지 않을지요?"

"아, 그거라면 걱정할 거 없어. 예를 들면…… 그래. '검에 관한 책을 검색'."

내가 그렇게 말하자, 바닥의 카펫에 화살표가 떠올랐다. 그 화살표를 따라가면 찾고자 하는 책을 쉽게 찾을 수 있다.

참고로 읽은 책을 대충 아무 책장에 반납해도, 책은 다시 원래 있던 책장으로 이동한다는 모양이었다. 자동 정돈 기능이라고 해야 할까. 참 편리하다.

근처에 있던 책을 빼내 팔락팔락 훑어보던 유미나가 팜므에게 혼나지 않기 위해서인지 작은 목소리로 중얼거렸다.

"하지만 대부분 저희가 읽을 수 없는 언어로 적혀 있네요……? 이건 토야 오빠가 번역 안경을 만들어 줘야 할 것 같아요…….”

“만들어 줄 수만 있으면 얼마든지 만들어 주겠지만, 어떤 언어로 적혀 있는지 모르면 만들 수가 없어. 팜므, 잠깐 괜찮아?”

내가 말을 걸자, 역시 마스터인 내 말을 무시할 수는 없었는지, 팜므가 자리에서 일어나더니 책에서 눈을 떼고 고개를 들었다.

아무래도 상관없는 이야기지만, 이 아이도 셰스카 일행과 마찬가지로, 내가 자낙 씨에게서 받은 옷 중에서 마음에 드는 옷을 발견해 갈아입은 상태였다. 그게 왜 세일러복인지는 모르겠지만. 물론 문학소녀 같은 느낌이 나기는 한다.

“이곳에 있는 책에 사용된 언어는 몇 종류나 돼?”

“마법 언어, 정령 언어, 파르테노어, 레밀리아 비문자, 성(聖)래스터어, 신관 공용어, 디거 고관 언어, 라르도 변경 언어, 복음 문자, 에스테바 그림 문자, 아바어, 카르나어, 마르클어, 살리에리 상용어, 피라이스라 공통어, 울디니어스 제국어, 거즐 문자, 고대 마인어……. 그 정도일까요. 그 외엔 기억이 안 나네요. 읽지 못했던 것은 아니니, 보면 알겠지만요.”

많아! 아니, 지구의 언어랑 비교하면 훨씬 적은 건가? 어느 정도 통일된 국가가 성립되어 있으면 원래 그런 정도인지도 모른다.

박사가 있었던 나라가 고대 파르테노 왕국인가 그랬지? 대륙의 반 가까이를 지배했다는 마법 왕국. 어쩐지 파르테노어로 쓰여진 책이 많더라니.

5000년 전에 번영했던 왕국이라. 하지만 그 나라도 프레이즈의 대침공으로 멸망한 거구나……. 응? 잠깐만.

"프레이즈에 관한 책 검색."

시험 삼아 검색을 해 보니, 카펫 위에 화살표가 떠올랐다. ……있는 거냐.

나라는 멸망해도 살아남은 사람이 후세 사람들을 위해 기록을 남겨 놓은 걸까?

화살표가 가리키는 방향으로 걸아간 뒤, 흐릿하게 깜빡이는 책장의 단을 바라보았다. 책장에 꽂혀 있는 책 중에서 딱 한 권만이 조금 튀어나와 있어 나는 그 책을 꺼냈다. 고대 파르테노 어였기 때문에 【리딩】을 발동시켰다. 좋아, 읽을 수 있겠어.

'마수정(魔水晶)'

그런 제목의 책을 팔락팔락 넘기니, 그곳에는 프레이즈의 사람을 습격하는 습성, '핵'이라는 약점, 재생과 마력 흡수 능력이 있다는 사실 등이 적혀 있었다. 하지만 내가 엔데에게 들은 것 이상의 내용은 적혀 있지 않았다. 물론 '왕'의 핵을 찾아다닌다는 것이나, 이세계에서 온 녀석들이라는 사실도 기록되어 있지 않았다.

그 이외에도 어떻게 프레이즈가 5000년 전에 나타나 도시와 마을, 왕도를 멸망시켰는지가 적혀 있었지만, 솔직히 말하면 별로 도움이 되지는 않았다. 무언가 타개책을 마련하기도 전에 프레이즈가 사라져 버렸으니 당연하지만. 인류에게 어마어마한 피해를 남긴 채.

프레이즈의 침공으로 인류(아인도 포함)는 거의 절반 이상이나 죽고 말았다. 대부분 국가가 수도와 왕도의 지도자를 잃었고, 멸망했다.

그 무시무시하고 어마어마한 피해나 용감하게도 끝까지 싸우다 죽은 용사들의 최후가 적혀 있었지만, 우리에게 유익한 정보는 아니었다. 당시에도 수수께끼의 마물이라고 생각했던 거겠지. 어쩔 수 없는 건가?

"오, 이건……."

권말 쪽에 프레이즈를 그린 그림이 실려 있었다. 각각 타입별로 구분하여 그린 그림으로, 강한 정도, 크기, 빠르기 등이 ★마크 같은 것으로 표시되어 있었다.

호오. 그냥 손을 놓고만 있지는 않았구나. 연구하고 대책도 세웠었던 거야.

그곳에는 엔데가 말한 하급종인 귀뚜라미형, 뱀형, 투구벌레형, 사마귀형, 타조형 등이 한 페이지에 한 종류씩 그려져 있었다. 이런 종류는 수가 많긴 하지만 몇 명이 같이 협력해서 덤비면 사람이라도 충분히 쓰러뜨릴 수 있다.

페이지를 넘기자, 다음은 중급종인 쥐가오리형, 거미형, 상어형, 개형, 잠자리형, 무당벌레형 등이 실려 있었다. 처음 보는 것들도 있네. 크기는 각기 다 다르다.

중급종은 상당한 대책을 세우고 대항하거나, 강력한 직접 공격이 아닌 마법을 사용하면 쓰러뜨릴 수도 있다. 그래도 피해는 매우 크다. 프레임 기어라면 두세 기 정도로도 제압할 수 있지만.

그리고 상급종. 그곳에는 우리가 싸운 게형에 더해, 새……라고 하기보다는 프테라노돈형, 호저형, 멧돼지형 등이 그려져 있었다. 우리가 본 적이 있는 게형을 기본으로 생각하면 모두 다 매우 크고 엄청난 힘을 지닌 듯했다. 솔직히 이 녀석들을 상대로 맨몸으로 덤비는 것은 그냥 무모할 뿐이다.

나는 계속 무심하게 페이지를 넘겼다. 그러다가 그곳에 그려져 있는 그림을 보고 매우 큰 충격을 받았다. 너무 엄청난 그림이라 뭐라고 말을 할 수가 없었다…….

"이럴 수가…….'

그곳에 그려져 있는 것은 '인간형'. 몸의 전면, 이마에서 배꼽까지를 제외한 온몸에서 수정 덩어리가 튀어나온 남자와 여자의 모습. 더 놀라운 것은 강함이 상급종을 뛰어넘는다는 것.

"이런 게 있단 말이야……?"

프레이즈인(人)이라고 해야 하는 걸까? 5000년 전에 이런 것이 나타났고, 적어도 당시 사람들이 상급종보다도 이 녀석들이 더 강하다고 인식했다…….

이게 몇 대나 있을지는 예상도 가지 않지만, 이대로는 안 된다. 더 대책을 세울 필요가 있다.

 나는 결의를 새로 다지며 책을 덮었다.

"【불꽃이여 오너라, 폭염의 연속 공격, 플레어 버스트】."

린제가 주문을 외우자, 연속으로 다섯 군데의 장소에서 대폭발이 일어나 그곳에 있던 것을 모두 날려 버렸다.

【익스플로전】의 강화판……이라기보다는, 그 기원이 된 고대 마법의 하나라는 모양이다. 엄청난 위력이야……. 훈련장이 아니라 평원에 나와서 사용해 보길 잘했어.

"해냈구나. 역시 불 속성은 린제에게 더 잘 맞는다는 걸까?"

"저 혼자서는 이렇게까지 못했을 거예요. 린 씨의 도움이 있었던, 덕분에……."

"나는 불 속성이 제일 껄끄러워. 나뿐만이 아니라 요정족은 다들 그렇지만. 원래 불 속성을 사용할 수 있는 요정족은 얼마 되지 않아. 요정족은 숲에서 사는 종족이라 잠재의식이 기피하는 것일지도 모르지."

확실히 린은 여섯 속성을 지니고 있었다. 어둠 속성만 없다고 했었지? 소환 마법을 사용할 수 없어서, 그 대신에 폴라를 만들었다고 했었던가 그랬다.

린의 발밑에 있는 곰 인형은 폭발 장면을 보고 승리 포즈를 취했다. ……소환수 대신이 될 수 있을 거라고는 도저히 생각하기 어렵지만.

"린도 알게 된 고대 마법이 있잖아?"

"응. 나는 물 속성 쪽이야."

이번엔 린이 린제 앞쪽에 서서 양손을 앞으로 내밀더니, 물 속성 마력을 모았다.

"【물이여 오너라, 격류의 대소용돌이, 메일스트롬】."

앞쪽에 거대한 물이 소용돌이치며 나타나, 지면을 깎아 내고 빨아들였다. 공격 대상이 없어서 알기 어렵지만, 넓은 범위의 공간을 섬멸하는 마법이구나. 이것도 엄청나다…….

"마력 소비량이 많다는 것이 난점이야. 물론 그에 걸맞은 효과는 있지만."

위력이 강해지면 마력 소비량도 올라가는 것은 당연한 이야기였다. 그러니 상황에 맞춰 낭비 없이 잘 구분해 사용하는 것이 올바른 마법의 사용법이라고 할 수 있다. 마력량에는 한계가 있으니까.

'도서관'의 발견으로 파워업한 사람은 린이나 린제뿐만이 아니었다. 로제타와 모니카도 '마공학'이라는 책을 열람하더니 무언가 이런저런 시도를 해 보고 있는 듯했다. 개중에는 바빌론 박사 본인의 저작물도 있다든가 뭐라든가.

그리고 요즘은 스우가 린에게 마법을 배우고 있다.

스우의 속성은 빛 하나뿐이지만, 마력량은 상당히 많은 편이라고 한다. 특히 회복 계열을 중점적으로 배우고 있는 모양으로, 기사단의 훈련장에 자주 나타나 그 마법을 시험해 본다고 한다.

동시에 여전히 라피스 씨 등에게 훈련을 받는 모양이었다. 대체 이 양갓집 아가씨는 어떻게 성장해 갈 생각인 건지…….

팜므는 지상에 내려와 성의 서고에 틀어박혔다.

정말 중증이야. 활자 중독자는 결국 저렇게 되는 건가. 5000년이나 틀어박혀 있었으니, 이제는 치료법도 없을 듯하다. 불치병이다.

오늘은 오후에 모험자 길드를 방문했다. 가능하면 1주일에 한 번은 길드를 찾는다.

주로 길드 마스터인 레리샤 씨에게서 각지의 정보를 얻기 위해서이지만, 기분전환으로 퀘스트를 받아서 처리할 때도 있다.

나는 후드를 쓴 채 길드 안으로 들어갔다. 여전히 떠들썩했지만, 솔직히 말해 내 정체를 대충 눈치챈 사람도 꽤 많을 것이다. 하지만 그렇다고 해서 내가 먼저 눈에 띄게 행동할 필요는 없다.

"이 자식! 한번 해 보자는 거냐?!"

"아앙?! 그래 한번 해 보자. 밖으로 나와!"

남자 두 사람이 서로 멱살을 잡은 채, 교묘하게 옆으로 걸으며 밖으로 나갔다.

또냐. 올 때마다 싸우는 사람을 보는 것 같은 기분이네. 물론 이곳에서는 일상다반사겠지만.

모험자는 자기 잘난 맛에 사는 면도 있으니, 주민들에게 민폐만 끼치지 않는다면 서로 맞부딪치는 것도 어쩔 수 없는 일이다.

"안녕하세요."

"앗! 폐…… 아하하, 토야 씨. 안녕하세요. 수고가 많으세요."

나는 접수처의 고양이 수인 누나에게 말을 걸었다. 이름은 분명히 미샤인가 그랬다. 미샤 씨가 고양이 귀를 쫑긋쫑긋 움직이며 나를 맞이했다.

"요즘엔 좀 어떤가요?"

"글쎄요. 여전히 잡일 계열 의뢰가 많지만, 가끔 상인 호위 같은 일도 들어오고 있어요. 단지, 이곳에서는 한몫 벌기가 어렵다는 것이 고민이네요. 그 탓에 다들 금방 여행을 떠나 버려서, 이곳에 오래 머무는 사람이 거의 없어요. 그러니 초면인 사람들이 많아 매일같이 저런 느낌이에요."

미샤 씨가 그렇게 말하며 밖에서 서로 치고받는 두 사람을 바라보았다. 그렇구나.

그런데 왜 모험자는 초면에 저렇게 '난 굉장한 사람이다'라고 어필을 하려는 사람이 많은 건지. 얕보이지 않으려고 처음부터 강하게 나가는 것일까? 결국 저렇게 충돌이 많아지는데 말이지.

저런 녀석들은 초심자 수준은 벗어날 수 있어도, 좀처럼 더 높은 수준으로 올라가지 못하고 벽에 부딪치는 사람들이 많다.

저런 사람들을 나름 감독해 주는 베테랑 모험자가 있으면 도움이 될 텐데…… 이 나라에서는 돈을 벌 수 없어 오래 있을 수가 없으니.

미샤 씨가 길을 내 줘서 나는 2층으로 올라가 레리샤 씨의 사무실 안으로 들어갔다. 서류를 처리하던 엘프 길드 마스터 레리샤 씨가 고개를 들더니, 나에게 소파에 앉으라고 권했다.

"마침 잘 오셨습니다. 안 그래도 연락을 하려고 생각하던 참이었거든요."

"무슨 일이 있었나요?"

서류를 한꺼번에 책상 옆에 놓은 뒤, 레리샤 씨가 무언가 종이 같은 것을 들고는 내 맞은편 소파에 앉았다.

"정보 두 개와 제안이 하나. 일단 용이 나타났습니다."

"용이요?"

"장소는 대수해의 남쪽, 산드라 왕국입니다. 사막의 촌락에 갑자기 날아와 그곳을 쑥대밭으로 만들어 놓고는 어딘가로 날아가 버렸다고 합니다. 그것만이라면 흔한 이야기이지만, 유론, 로드메어에도 용이 나타나 마을에 피해를 줬습니다. 그것도 세 마리 다 다른 용이라고 합니다."

확실히 묘하다면 묘하다……. 용은 사람이 거의 없는 산악 지대 등에 살고, 웬만해선 사람이 사는 마을을 습격하지 않는다고 들었는데……. 용에도 하급종과 상급종이 있는데, 사람을 습격하거나 그와 비슷한 행동을 하는 용은 동물에 가까운 하급종이라는 모양이었다.

내가 처음으로 미스미드에 갔을 때, 내가 가려던 마을을 습격한 검은 용도 하급종이었다. 그 후에 만난 붉은 용은 상급종이라 말도 알아들을 수 있는 녀석이었지만.

"물론 그냥 우연에 불과할지도 모릅니다. 용에 대해서는 아직 모르는 점도 많으니, 어쩌면 그냥 용이 독립을 많이 하는 시기일 가능성도 있습니다. 이쪽은 조사가 진행되는 대로 나중에 또 보고하겠습니다. 그리고 다른 정보 하나와 그에 따른 제안이 있습니다."

레리샤 씨가 우리 사이에 있는 테이블에 가지고 있던 지도를 펼쳤다. 응? 바다? 어느 지방이지? 섬이 몇 개인가 있는데…….

"산드라 왕국 남쪽에서 최근에 발견된 제도(諸島)입니다. 조사해 본 결과, 고대 유적이 몇 군데인가의 섬에서 발견됐다고 하는데……. 아무래도 멀어서 유적 자체의 조사 발굴이 좀처럼 진행되지 않고 있는 상태입니다."

"많은 사람이 배를 타고 건너가는 건요?"

"이 섬은 오래 머물기에는 적합하지 않은 곳입니다. 기온 차가 크고, 마수도 많아서요. 왜 이런 섬에 고대 유적이 있을까

하고 생각했는데, 아마도 고대 문명이 번영했을 때는 이 섬들이 더 큰 하나의 섬이었을 가능성이 큽니다…….”

오랜 시간이 지나면서 섬이 가라앉았다, 그건가? 충분히 있을 수 있는 이야기다. 그래서 섬사람들은 그 땅을 버렸고, 그 결과 마수가 만연한 무인도가 되었다……인가?

“더욱 큰 문제는 이 고대 유적이 꽤 넓은 던전이라는 점입니다. 아마도 고대의 마도사나 현자가 만든 것이라고 추정되는데, 그렇다면 엄청난 금은보화가 잠들어 있어도 이상하지 않습니다. 그러니 이건 길드로서도 그냥 지나칠 수 없는 곳입니다.”

물론 그야 그렇겠지. 보물섬을 발견한 것이나 마찬가지다. 나는 던전에 들어가 본 적이 없지만, 전 세계에는 그런 곳이 꽤 여기저기에 흩어져 있는 모양이었다.

“보통 이런 던전은 모험자들에게 탐색을 해 달라고 의뢰를 하는 것이 정석입니다. 하지만 장소가 장소이다 보니, 그렇게 간단하지 않을 듯합니다. ————그래서 제안을 하는 것입니다만.”

레리샤 씨가 불쑥 몸을 앞으로 내밀었다. 왜 그러지? 앗, 너무 가까워요. 미인이 바짝 다가온 것이니 기분이 나쁘지는 않지만.

“이 던전이 있는 섬과 브륀힐드를 공왕 폐하의 【게이트】로 연결해 주실 수 없을까요?”

“네?”

무슨 말이지? 이 나라와 던전이 있는 섬을 연결해? 그런 짓을 해서 무슨 의미가 있다는 거지?

"즉, 던전에 도전하는 모험자들의 현관 입구를 만들어 달라는, 그런 말씀입니다. 던전 탐색을 위해 사람들이 이 나라에 모여들면 마을은 발전할 것이고, 길드로서도 모험자들을 보낼 수가 있어서 조사도 순조롭게 진행되는 것은 물론, 금은보화나 마수의 소재를 모험자들에게서 사들일 수도 있습니다. 어떻습니까?"

아하, 그런 말이었구나.

일확천금을 노리는 모험자들이 많아지면, 숙박, 무기 가게, 방어구 가게, 도구 가게 등의 상업이 번창할 게 틀림없다. 게다가 그런 상업의 번창에 이끌려 사람들이 계속 모인다. 나쁘지 않은 것, 같아.

그쪽 마수가 이쪽으로 오지 않도록 대책도 세울 수 있으니, 연결 자체는 어렵지 않다. 던전으로 마을 부흥인가?

"몇 가지 질문을 할게요. 그 섬은 다른 나라의 영토는 아닌 거죠?"

"현재 길드에서 감시하는 중인데, 다른 나라의 영토는 아닙니다. 굳이 말하자면 길드가 소유하고 있는 토지입니다. 조금 전의 제안이 받아들여진다고 한다면, 공국에 양도해도 상관없습니다. 물론 유적에 관한 정보 제공이나 던전에서 모험자들이 얻은 금은보화를 우선적으로 매입할 수 있는 권리를 보증해 주셨을 때의 이야기입니다."

"질문이 하나 더 있는데요. 그런 정보를 알려 주시다니, 제가 직접 던전을 탐색해서 금은보화를 독점할 거라는 생각은 안 해 보셨나요?"

"후후. 그런 짓을 하시는 분이 과연 세계의 왕들을 모아 프레이즈를 쓰러뜨리려고 하실까요? 이래 봬도 길드 마스터로서 사람을 보는 눈은 있는 편입니다."

나를 꽤 높이 평가해 주는 모양이네. 이래서는 기대를 배신할 수 없겠어.

귀가 솔깃한 이야기이고, 내가 탐색을 해서 다 끝내 버리는 것보다도, 다른 사람에게 맡기는 편이 모험자, 길드, 상인을 비롯한 모든 사람에게 이득이 되는 이야기인 듯했다.

탐색해서 지도를 만드는 것만으로도 돈이 된다. 그러니 그런 지도 제작자도 나타날 게 분명하다.

던전이니, 아래쪽 층으로 갈수록 마수도 강해지고 그러려나? 지하 쪽이 마소도 짙어서 강한 마수가 즐겨 산다고 들은 적이 있다.

어떤 마수를 만나느냐에 따라서는 부상자나 사망자도 나올 테지만, 모험자인 이상 아마 그런 일도 각오하고 일하고 있으리라 생각한다.

"알겠습니다. 그 제안, 받아들이겠습니다."

"감사합니다. 마을 외곽에 던전 섬으로 가는 문과 길드 출장

소를 만들 테니, 완성되면 【게이트】를 부여해 주시길 부탁드
립니다."

던전이라. 이걸로 마을이 부흥됐으면 좋겠는데. 살짝 먼저
선행 조사를 해 볼까?

레리샤 씨에게 지하 미궁이 있는 섬의 정확한 장소를 물어본
뒤, 나는 【게이트】로 일단 산드라 왕국의 사막으로 이동했다.
그리고 그곳에서 【플라이】를 이용해 섬을 향해 날아갔다.

꽤 빠른 속도로 날아가자, 이윽고 목적지인 섬이 보였다. 확
실히 머네. 산드라 왕국에서 건너간다고 해도 배를 타고는 꽤
시간이 걸린다.

"으음, 분명히 세 개라고 했었지?"

섬마다 서로 다른 던전이 세 개 있다. 명칭을 정해 달라는 말
을 들었는데, 그건 나중에 생각하자. 좋은 이름이 떠오르면
좋겠는데 말이야.

"오?"

그 섬들 중 하나를 내려다보는데, 해변에 중형 선박을 정박
해 놓고 근처 해변에서 캠프를 하는 집단이 보였다. 저 사람들

이 레리샤 씨가 말한 섬을 감시하는 길드 대원들인가?

내가 그대로 캠프를 친 땅에 내려서자, 깜짝 놀란 길드 대원들이 무기를 들고 나를 둘러쌌다.

"누, 누구냐?!"

"길드 마스터 중 한 명인 레리샤 씨에게 의뢰를 받고 왔습니다. 일단 지금은 모험자, 이려나요? 아, 이건 길드 카드예요."

"금색……?! 그, 그럼 브륀힐드의……! 실례했습니다!"

길드 카드를 본 길드 대원들은 곧장 검을 거두어 주었다. 굉장해. 길드 카드. 위조할 수 없다고 하니, 그만큼 신뢰성이 높은 거겠지만. 그러니 길드 대원들이 가짜와 잘못 볼 리가 없는 건가.

"레리샤 씨에게 지하 미궁이 있는 이 섬과 브륀힐드를 연결해 달라고…… 아~ 본인을 불러오는 편이 빠른가?"

나는 【게이트】를 열어, 브륀힐드의 모험자 길드에서 레리샤 씨를 데리고 왔다.

"……제안을 한 사람은 분명히 이쪽이지만, 행동이 너무 빠르니 좀처럼 납득하기가 힘드네요."

레리샤 씨는 길드 대원들에게 지금까지의 자초지종을 설명하고 임무가 종료됐다는 사실을 알렸다.

이것으로 이 섬들은 브륀힐드의 역외 영지가 된 것인가……. 정말 아무것도 없구나. 해변과 바위산, 정글, 그리고 푸른 하늘만이 시야에 들어왔다.

"그런데 이 섬에 있다는 던전은 어디에 있나요?"

"이곳에서 똑바로 정글을 헤치고 나가면 바로 바위산이 보입니다. 그곳을 조금만 올라가면 중턱에 지하 미궁으로 내려가는 계단이 있는 동굴이 나옵니다. 이 주변 바다는 수심이 얕아서, 아마 그 동굴은 바다 아래까지 연결되어 있을 가능성이 큽니다. 그리고 어쩌면 다른 두 던전과 지하에서 연결되어 있을지도 모릅니다."

이 섬들이 원래 하나의 섬이었다고 한다면, 길드 대원의 말대로일 가능성도 있다. 음, 일단은 가 보자.

"저는 잠깐 던전에 내려갔다 오려고 하는데, 여러분은 어떻게 하실 생각이신가요?"

"저는 브륀힐드에서 수속을 진행하겠습니다. 죄송하지만, 이 자들을 산드라 왕국의 항구까지 전이시켜 주실 수 없을까요?"

따로 문제는 없었기 때문에, 나는 일단 【게이트】로 레리샤 씨를 길드가 있는 방까지 연결해 주었다.

그 모습을 본 길드 대원들은 이번엔 자신들의 순서라며 캠프를 쳤던 해변에서 급히 철수해 기쁘게 배에 올라탔다. 역시 이런 곳에서 대기 명령을 수행하기는 상당히 힘들었던 모양이다. 물론 그런 마음을 모르는 것은 아니다.

모든 사람이 배에 올라탔을 때, 나는 배까지 통째로 산드라 왕국의 항구까지 전이시켜 주었다. 일 종료~.

그럼 나는 던전으로 들어가 볼까?

날아갈 수도 있었지만, 백사장에서 던전까지 루트를 확보한다는 의미를 담아 나는 정글의 나무를 벌채하고, 흙 마법으로 길을 만들면서 앞으로 나아갔다.

도중에 다리가 여섯 개 달린 늑대나, 머리가 두 개 달린 큰 뱀의 습격을 받았지만, 그다지 강하지 않았기 때문에 쉽게 물리쳤다.

정글을 직선으로 쭉 나아가며 바위산까지 길을 만들었다. 그리고 계단 모양으로 바위산을 깎아 던전의 입구인 동굴까지 길을 완성했다.

나는 동굴 안으로 들어가 계단 아래를 내려다보았다.

"어둡네. 당연한 거지만."

【라이트】마법으로 광구(光球)를 만들고, 나는 계단 아래로 내려갔다. 굉장히 눅눅한 느낌이 딱 던전다웠다. 바다에 둘러싸여 있으니, 당연하다면 당연한 건가?

이윽고 넓은 공간이 나왔다. 벽과 천장을 보니, 틀림없는 인공물로 이곳이 지하 미로라는 사실을 쉽게 알 수 있었다.

주변을 둘러보니, 길이 좌우와 정면, 이렇게 세 갈래로 나뉘어 있었다. 이거 뭐야. 지하 1층부터 분기점이 나오기야? 게임이면 초기 단계는 외길일 경우가 많은데. 물론 게임이 아니니 뭐라고 불평할 수는 없지만.

일단 헤매고 싶진 않았기 때문에 정면에 있는 똑바른 통로를 선택해 나아갔다. 물론 헤매도【게이트】를 열어 돌아가면 되니 문제는 없다.

똑바로 걸어 나가자, 이번엔 통로가 좌우로 나뉘었다. 으음. 계속 똑바로만 갈 생각이었는데.

어? 잠깐만.

"……설마하니…… 지도 표시. 현재 위치의 던전, 지하 1층."

〈표시하겠습니다.〉

스마트폰이 대답을 하더니, 공중에 던전 지하 1층의 지도와 현재 위치를 표시했다. 표시됐어. 표시됐다고, 에구구 시시해.

지도에는 친절하게도 지하 2층으로 가는 계단까지 표시되었다. 계단은 네 개가 있구나.

으~음. 길을 다 알아 버려서 재미가 줄어들어 버렸어……. 이 지도를 팔면 돈을 벌 수도 있을 것 같지만…… 그만두자. 모험자들도 스스로 조사하고 발견해야 더 재미있을 테니까.

……꼭 어뮤즈먼트 테마파크라도 만드는 기분이야. 아무튼 좋아. 지하 1층만이라도 이리저리 돌아다녀 볼까?

"으악!"

지하 2층으로 가는 계단을 향해 통로를 꺾었는데, 갑자기 마물이 습격했다. 몸집이 작은 개 형태의 머리를 지닌 마물로, 코볼트다. 두 마리.

코볼트는 마족인 워독이나 워울프와는 달리, 사람의 말을 알아듣지 못하는 마물이다.

내가 오길 기다리고 있었던 듯, 코볼트는 모퉁이에서 타이밍

좋게 돌도끼 같은 것을 위에서 아래로 내리쳤다. 나는 그 공격을 휘익 피한 뒤, 코볼트 두 마리를 모두 브륀힐드를 쏘아 쓰러뜨렸다. 아, 이건 마비탄이었지? 이 녀석들, 목숨은 건졌네.

잘 생각해 보니 이쪽은 【라이트】를 켜고 있었다. 상대에게 위치를 알려 주는 표시나 마찬가지였다. 숨어서 기다리는 게 당연한 건가.

나는 쓰러진 코볼트를 버려두고 계속 지하 2층을 향해 가려고 했다. 그런데 앞쪽의 옆길 막다른 곳에 작은 방이 하나 있는 듯했다. 뭔가 수상하니, 한번 가 볼까? 샛길 탐색도 중요하다.

통로를 걸어 막다른 곳에 있던 쌍여닫이문을 열어 보니, 작은 방의 구석에 보물 상자가 있었다. 뭐지? 게임에서는 당연한 광경이지만, 실제로 보니 굉장히 어색했다.

왜 이런 곳에 보물 상자가 있는 거야?! 하고 딴죽을 걸고 싶어졌다. 물론 일단은 열어 볼 거지만.

조금 두근거리는 마음으로 나는 보물 상자에 손을 댔다. ……함정은 아니겠지? 열자마자 폭발해 버리면 좀 그런데. 나는 조금 뚜껑을 열어 보았다. 아무래도 뚜껑이 잠겨 있지는 않은 모양이었다. 뚜껑을 힘껏 열어 보니, 그곳에는 뭐라고 표현하기가 힘든 것이 들어가 있었다.

"이게 뭐지……?"

녹이 슨 단검, 더러운 가죽 자루, 정확하게 뭔지 알 수 없는 막대기, 수제 돌도끼……. 아, 이건 조금 전의 그 코볼트가 가지고 있던 거랑 똑같잖아. 혹시 이건 그 녀석들이 모아 놓은 건가?

아무래도 이건 코볼트의 보물 저장소인 듯했다. 이런 잡동사니는 길드도 구입해 주지 않겠지…… 응?

잘 보니 보물 상자 구석에 작은 반지가 있었다. 보석 같은 것은 아무것도 달리지 않았지만, 이거…… 금 아닌가? 오오, 금반지(?)를 손에 넣었다. 이게 진짜라면 아마 팔리겠지.

……그런데, 이 보물 상자는 어디에서 가져 왔을까?

어쩌면 원래 이 보물 상자에는 보물이 가득 들어가 있었는데, 마물들이 각각 멋대로 가져갔을지도……. 그리고 코볼트가 보물 상자만을 발견해서 자신의 금고처럼 사용했던 건가?

이 보물 상자도 원래 다른 층에 있었던 걸지도 모른다. 더 아래층에 있던 것이 사람들의 손(마물들의 손?)을 거쳐 이쪽까지 흘러들어 왔을 가능성도 있다.

보물의 방에 있던 것들은 이미 마물들이 다 가지고 나가, 이 보물 상자처럼 다양한 장소에 숨겨 뒀을지도……. 어쩌면 마물들이 직접 가지고 있을지도 모르겠어.

일단 반지만 가져가고 다른 것은 그냥 남겨 두자. 코볼트들아, 이제부터 모험자들이 와서 너희를 마구 뒤쫓을지도 모르지만, 강하게 살렴.

계속 걸어 지하 2층에 도착한 나는 곧장 【게이트】를 열어 레리샤 씨가 있는 곳으로 이동했다.


"이건 틀림없이 금입니다. 아무런 부여 효과도 없고, 평범하게 조금 다른 물질도 섞여 있는 반지이지만요."

진짜였던 건가? 그렇다면 나름대로 기대를 해 봐도 된다는 건가?

모험자들의 목적은 던전에 잠들어 있는 보물과 그곳에서 사는 마수, 마물에서 채취할 수 있는 소재다. 던전에서는 지상의 마수나 마물과는 다르게 진화한 것들이 많아서, 소재도 진귀한 것들이 많다고 한다.

"이 반지를 사도 될까요?"

"네, 괜찮아요. 얼마 정도 될까요?"

"글쎄요……. 세공이 되어 있는 것도 아니고 흠도 많으니, 은화 두 닢 정도 될 듯합니다."

흐음. 금화 한 닢의 가치도 없는 건가. 그래도 값싼 숙소에서 1주일은 숙박할 수 있을 만한 금액이구나. 그 정도 탐색을 해서 이 정도 벌 수 있으면 충분할 것 같다는 생각이 들었다. 물론 그렇게 쉽게 발견할 수는 없을 테지만.

아, 그러고 보니, 모험자들이 늘면 숙소 같은 곳도 더 확보해야겠네. '은월' 만으로는 다 수용하지 못할 것 같아.

"그리고 공왕 폐하. 섬과 브륀힐드를 연결하는 문 말인데, 통행료는 어떻게 할까요?"

"통행료요?"

"그쪽은 막다른 길이나 마찬가지이기 때문에 갈 때만 돈을 받을 생각인데…… 무료로 하실 생각이신가요?"

"음~. ……그건……. 그럼 동화 한 닢 정도로 하죠."

아주 싸게 설정하셨네요, 라는 말을 들었지만, 너무 비싸면 그쪽에 갔다가 돌아오지 않을 가능성도 있다. 가능하면 이쪽에 자주 돌아와서 식사나 숙소를 이용하는 것이 좋다.

그렇다고 무료로 하면, 아무나 막 들어가도 아무도 신경 쓰지 않을 가능성이 있다. 어떤 사람이 섬으로 들어갔는지, 돌아오지 않았는지, 어느 정도는 관리하는 편이 좋다. 그리고 그런 것은 길드 카드를 사용하면 쉽게 관리할 수 있다.

통행료는 큰 벌이가 되지는 않지만, 돈을 버는 것이 목적이 아니니까.

아마 무기나 방어구, 상처에 바르는 약, 포션 같은 것이 많이 필요할 거라는 생각이 들었다. 벌써 성급하게 생각하고 싶지는 않지만, 일단은 마을 상인들에게 이야기해 두자.

무기를 수선하는 대장장이도 필요하게 될지도 모르겠어.

조금 재미있어졌는걸?

◇ ◇ ◇

　새로운 던전이 발견되었다는 정보는 순식간에 퍼져, 모험자들이 우르르 브륀힐드로 몰려왔다.

　아무래도 이제 막 발견된 던전이다. 게다가 먼 바다에 있는 외딴 섬으로, 도적들이 들어와 헤집고 간 곳도 아니다. 당연히 금은보화도 그대로 남아 있을 가능성이 크다.

　즉, 먼저 가서 활동하는 사람에게 매우 유리하다. 조금이라도 뒤처질세라 얼른 달려온 모험자들이 내가 이름 붙인 '아마테라스', '츠쿠요미', '스사노오', 이 세 던전을 탐험했다.

　이전에는 권력자들에게 이용당하거나, 권력자들이 이상한 경계심을 품을까 봐 가능한 한 【게이트】의 존재를 감췄지만, 지금은 꽤 많은 사람이 내가 【게이트】를 사용할 수 있다는 사실을 알고 있었다. 유론에 나타난 프레이즈와 싸울 때 마구 사용했으니 당연하다.

　게다가 지금은 자신이 권력자가 되어 버렸다. 이제 와서 나를 어떻게 해 보려는 사람은 없겠지. 있어도 물리치면 그만이고.

　그런 배경도 있어서인지, 사람들은 던전 섬으로 통하는 전이문도 '그 공왕이라면 가능하고도 남는다' 라고 하며, 대체로 별문제 없이 자연스럽게 받아들였다.

　던전은 꽤 넓은 것은 물론, 지금껏 사람의 손이 닿지 않았기 때문에 마물과 마수의 수도 많았다. 그래서 좀처럼 탐색이 진행되지 않았지만, 그럼에도 지하 3층까지 나아간 파티도 있다고 한다.

길드 입장에서도 따로 조사할 필요 없이 귀중한 소재나 보물을 손에 넣을 수 있어 별로 불만은 없는 듯했다.

조금 곤란한 점이라고 한다면 모험자들이 늘어나 마을의 치안이 조금 나빠졌다는 것이었다. 전에도 말했던 것처럼 모험자들 중에는 난동을 부리는 사람이나 건달 같은 사람도 있기 때문이다.

그래서 그런지, 마을 안의 가게에서 점원에게 트집을 잡거나, 주민들에게 민폐를 끼치는 바보 같은 녀석들이 속출했다.

다른 나라에서는 그런 사람들을 어떻게 대하는지 모르겠지만, 이곳에서는 가차 없다. 그런 사람들은 사정 봐주지 말고 기사단이 강제로 연행해 '악마가 속삭이는 감옥'(칠판을 긁는 듯한 소리가 계속 들린다)나 '향기로운 독 냄새가 나는 감옥'(슬러지 슬라임의 10분의 1에 해당하는 냄새가 가득하다)에 가두라고 명령했다. 그곳에서 하룻밤 동안 지내면서 잘못을 반성하는 것이다.

그리고 던전 탐색자들을 위해서만은 아니었지만, 마을 곳곳에 치료소를 건설했다. 빛 속성을 사용할 수 있는 회복사들과 병을 진찰할 수 있는 의사가 상주하는 시설이다. 약도 플로라가 만든 특제약을 충실히 갖춰 놓았다.

물론 제값을 받기는 했지만, 우리 나라에 보호자가 있는 어린아이들은 파격적으로 싼값에 치료를 받을 수 있게 해 주었다. 이쪽 세계에서 어린이란 열세 살 이하에 해당했는데, 치료비가 비싸 어린아이들이 제대로 진찰을 받지 못하는 일이 없도록 하기 위해서였다.

　그마저도 낼 돈이 없는 보호자는 이 나라에서 하루 이틀 정도 간단한 노동을 하게 했다. 마을의 청소를 한다든가, 개척할 때 돕는다든가 하는 일이었다.

　전이문 앞에서는 노점이 늘어서 상처에 바르는 약이나 로프, 휴대용 등불, 비상식 등을 팔았다. 다른 곳에서는 가죽 등을 벗겨 내기 위한 나이프를 팔거나, 나침반, 수통 등을 팔았다.

　나는 판을 벌인 여러 노점 중, 전이문 근처에 있는 한 사람 앞에 웅크리고 앉아 상인 남자에게 말을 걸었다.

　"장사는 좀 어때요?"

　"생각보다 아주 좋습니다. 무심코 본업을 잊어버릴 정도로요."

　실은 이 남자 '첩자' 다. 타케다의 닌자로 츠바키 씨의 부하 중 한 명.

　모험자들의 동향을 살피기 위해 이곳에서 노점을 하는 척하며 감시하는 중인 것이다. 일단 주변 사람들이 이상하게 보지 않도록 나는 노점에 진열해 놓은 물건을 가리키면서 소곤소곤 말했다.

"무슨 문제는요?"

"현재는 없습니다. 몇몇 파티가 작은 다툼을 벌이는 정도입니다."

보물을 둘러싼 대립 등, 그런 정도는 흔한 일이다. 그런 일들은 다른 사람에게 피해를 주지 않는 한 개인 문제이니, 신경 쓰지 않아도 된다.

"제가 들어갔을 때는 지하 1층에 코볼트 정도밖에 안 나왔는데, 2층 아래는 어떤 느낌인가요?"

"1층에서는 고블린과 코볼트, 큰 쥐나 큰 박쥐, 일각 토끼 정도가 나왔습니다. 2층에서는 홉고블린, 고블린 아처, 오크, 스켈레톤 정도일까요. 3층에는 킬러맨티스, 듀라한이 나온다는 이야기도 있습니다."

듀라한이라. 우리도 레벨이 낮은 녀석이라면 상대를 해 본 적이 있지만, 꽤 상대하기가 터프한 녀석이었다. 빛 속성 마법사나, 대(對)언데드 무기가 없으면 이기기가 힘들지도 모르겠어.

"아무래도 던전에 따라 나타나는 마물이 다른 듯합니다. '아마테라스'에서는 마수 계열이, '츠쿠요미'에는 언데드 계열이, 그리고 '스사노오'에는 마물 계열이 많은 느낌입니다."

마물과 마수의 차이는 짐승인가 그렇지 않은가 정도이지만, 어떻게 된 거지? 영역이 나뉘어 있다는 말인가? 아무래도 마수끼리도 먹고 먹히는 관계가 있기도 할 테고, 천적이 있으면 살기 어려워서 그런 건가?

노점을 펼친 닌자에게 인사를 한 뒤, 나는 전이문이 있는 쪽으로 이동했다. 전이문은 문이 세 개로, 각각의 던전이 있는 섬과 연결되어 있었다.

물론 결국에는 같은 장소로 전이를 하는 셈이라 배를 만들든가 바다를 헤엄칠 생각만 있으면 던전과 던전이 있는 섬을 건널 수도 있지만, 사람들 대부분은 일단 이곳으로 돌아온 뒤, 한 번 더 전이문을 통과했다.

매번 들어갈 때마다 길드 카드를 제시하고 동화 한 닢을 낼 필요가 있었지만, 섬을 건너기는 아무래도 성가시다.

동화 한 닢이면, 그럭저럭 괜찮은 식사를 할 수 있으니 대충 가치가 1000엔 정도일까? 그렇다면 세 끼 식사를 포함해 동화 두 닢인 리플렛 '은월'에서의 1박 2일 숙박료는 대략 2000엔인 셈인데, 너무 저렴한 것이 아닌가 하는 생각도 든다. 그래도 한 달 치로 계산하면 6만 엔인 건가? 식사가 포함되어 있다고는 하지만 월세 6만 엔짜리 아파트라고 생각하면 싼 건지 어떤 건지. 음~.

물론 이쪽 화폐 가치와 원래 있던 세계의 화폐 가치를 비교하는 것 자체가 난센스긴 하다. 그래서 나는 깊게 생각하지 않기로 했다.

"토야 님?"

"토야 님!"

"어? 야에랑 힐다? 무슨 일이야?"

갑자기 누군가가 말을 걸어 돌아보니, 그곳에는 야에와 힐다, 검술 콤비가 서 있었다.

"수행과 견학 겸 잠깐 들어가 보기로 했습니다. 힐다 님은 이런 마물이나 마수를 상대로 전투를 해 본 경험이 별로 없다고 하셔서 말입니다."

"보세요, 길드 카드도 만들었어요! 아직 검은색이라 야에 씨의 카드와 비교하면 별것 없지만요."

힐다가 기쁜 표정으로 카드를 보여 주었다. 카드의 색은 검은색. 초심자 레벨이다. 레스티아의 공주 기사가 초심자라는 것도 무슨 농담 같은 일이지만. 야에는 빨간색. 일류 모험자다.

그런데 좀 그러네. 1년 만에 여기까지 올라오다니, 이상하다면 확실히 이상한 일이다……. 내가 그런 말을 할 그런 입장은 아니지만. 하지만 야에는 처음 만났을 때부터 강하긴 했다.

"토야 님은 왜 여기까지 오셨는지요?"

"응? 아, 시찰과 안전 확인을 위해서, 려나?"

"앗, 그럼 같이 가지 않으실래요?"

"그래. 그럼 같이 갈까?"

우리는 '아마테라스'로 가는 전이문을 지나 섬의 백사장에 도착했다.

아, 일단 입장료는 냈다. 안 내고 들어가면 '저 녀석은 뭐야?'가 될 테니까. 눈에 띄는 것도 좀 그렇다. 평범하게 【게이트】를 사용하지 않은 것은 문에 이상이 있나 없나 확인하기 위해서였다.

이곳의 섬들은 크고 작은 것들을 모두 포함해 일곱 개로 이루어져 있는데, 가장 큰 섬에는 던전이 없다. 대신에 마수와 마물이 아주 많다.

그 섬에는 식물 계열 마물도 많고, 일단 위험하므로 들어가지 말도록 주의를 환기해 놓았다. 그래도 들어가는 사람들이 있는데, 그럴 때는 다쳐도 자기 책임이다. 어떻게 되든 내가 알 바 아니다.

덧붙이자면, 이곳 섬들에는 진귀한 약초나 나무의 열매도 열리기 때문에 채집 계열 의뢰도 가끔 들어오는 모양이었다.

나는 【라이트】를 발동하고, 던전 안으로 들어갔다. 내가 처음으로 들어간 던전은 이 '아마테라스'인데, 현재 이곳에는 마흔 명 정도의 모험자가 들어와 있다는 듯했다. 각각 네 명이 파티를 짜고 있다고 해도 열 개 파티가 들어와 있다는 계산이다.

"그렇게 많이 들어가 있으면 안에서 딱 마주치지 않을는지요."

"안은 꽤 넓으니까, 설사 딱 마주친다고 해도 인사하고 다시 엇갈리면 그만이야. 약초나 물을 얻기 위해 교섭을 하거나 하는 일은 있을지 모르지만."

던전 안을 계속 나아가자 곧장 일각 늑대 세 마리가 우리를 습격했다. 하지만 내가 무언가를 하기도 전에 힐다가 앞으로 나서서 세 마리를 순식간에 해치웠다. 음, 힐다라면 쉽게 이

길 수 있는 상대다.

"이건 어떻게 할까요? 소재가 될 만한 부분이라면 뿔이었던 가요?"

"고기는 단단해서 먹을 수 없고, 가죽은 별로 사용할 만한 곳이 없으니까."

"뿔을 자르고 나머지는 그냥 내버려 두면 되나요?"

"방해가 안 되게 통로 가장자리에 놓아두면 돼. 금세 다른 마수의 먹이가 될 테고, 설사 썩기 시작해도 슬라임이 와서 녹여 버리거든."

이런 던전에는 수많은 슬라임이 존재한다. 사람을 습격하는 것도 있지만, 대부분은 무해한 존재로, 사실상 청소부라는 이미지가 강하다. 슬라임은 던전에 버린 쓰레기를 뭐든지 다 끌어들여 녹여 버린다는 모양이었다.

시체나 배설물마저도 예외 없이 다 끌어들여 처리한다. 그결과 던전은 나름대로 청결이 유지된다. 슬라임 만만세다.

그런데도 슬라임은 어째서인지 보물 상자 안에 있는 것은 먹지 않는다고 한다. 그리고 금속 계열도 별로 안 먹는다는 듯하다. 그러고 보니 슬러지 슬라임도 물을 깨끗하게 해 준다고 했었지? 종류에 따라 분해할 수 있는 것과 할 수 없는 게 있는 건가?

슬라임은 고대 마법 시대에 사람이 만든 인공 마물이라는 설도 있는데, 어쩌면 진짜일지도 모른다. 바보 같은 마법사가

오리지널 슬라임을 만들기도 하고 그랬으니까. 다음에 '도서관'에서 조사해 볼까?

힐다는 일각 늑대의 시체를 옆으로 치운 뒤, 나이프로 뿔을 잘랐다. 일각 늑대의 뿔은 세공품의 재료로 팔리기 때문에, 길드에서 매입해 준다.

그 뒤에도 일각 토끼, 큰 박쥐, 큰 쥐 등이 출몰했지만, 대부분 힐다가 해치웠다. 확실히 마물 계열이 많은 것 같은 느낌이다. 고블린이라든가 코볼트도 나오긴 하지만 말이지.

참고로 지도 표시는 하지 않았다. 던전 제패가 목적이 아니기도 하고, 지도를 표시하지 않는 편이 재미있을 거라고 생각해서였는데, 두 사람은 순식간에 지하 2층으로 가는 계단을 발견했다.

계단 아래로 내려가자, 또 꽤 커다란 공간이 나왔고, 통로가 좌우로 나뉘어 있었다. 일단은 오른쪽으로 나아갔는데, 또 갈림길이 나왔고, 그다음에도 또 갈림길이 나왔다.

"확실히 지도와 나침반이 없으면 안 되겠어. 헤매다가 밖으로 못 나갈 테니까."

물론 대부분의 모험자는 제대로 지도를 그리면서 앞으로 나아간다. 우리는 아무래도 【게이트】가 있어서 그런지, 그런 점들을 별로 신경 쓰지 않았지만.

적당히 앞으로 나아가자, 막다른 곳에 쌍여닫이문이 있었다. 들어가 보니, 그곳은 다다미 열두 장 정도 되는 작은 방으로, 방의 구석에는 보물 상자가 있었다. 이런 작은 방은 마물들의 개인실 같은 곳인가……?

머릿속에 아무 허락도 없이 남의 집에 침입하여 서랍을 열어보는 게임 속 용자의 모습이 떠올랐다.

처음으로 보는 보물 상자를 보고 눈을 반짝이며 열려고 하는 힐다를 나는 어색한 눈빛으로 바라보았다.

안쪽에는 녹이 슨 단검과 날이 빠진 단검 등, 단검 종류가 가득 들어가 있었다. 역시나.

그런데 왜 이렇게 단검이 가득한 거지……? 단검 마니아냐? 그리고 보니, 까마귀나 개 같은 동물이 그런 의미를 알 수 없는 물건들을 잘 모으고 그러지……?

"실망이에요……."

"그렇게 쉽게 뭔가를 발견할 순 없지."

"아니, 잠깐만 기다려 주십시오. 이건 은제(銀製) 단검이 아닌지요?"

보물 상자 아래쪽에 먼지를 뒤집어써 거뭇하게 변하기는 했지만, 분명히 은으로 만들어진 단검이 있었다. 섬세한 장식은 물론 아무것도 없는 심플한 단검이긴 하지만, 이거라면 길드에서도 매입해 줄 만한 물건이었다. 아무튼 보물이라고 하면, 보물이라 할 수 있는 물건이었다.

"큰돈은 안 되겠지만, 팔래?"

"아니요. 오늘의 기념으로 제가 가지고 있겠습니다. 제가 모험자가 된 날을 기념해서요."

힐다가 단검을 허리 파우치에 넣어 두었다. 본인이 그걸로 충분하다면 굳이 팔 필요는 없다.

기쁘게 웃는 힐다를 보고 나는 그렇게 생각했다.

"음, 이 정도인가."

"후아아……. 여전히 엄청나구나……."

나는 '은월'의 개축을 끝내고 지붕 아래로 뛰어내렸다.

모험자가 많아져서 숙소가 부족해졌기 때문에, '은월'의 리모델링 및 개축과 함께 2호점을 건축했다.

기본적으로 2호점은 싼 숙소로 방도 많았고, 길드의 인정도 받았다. 모험자용 숙소인 셈이다. 만든 장소도 전이문 근처였다.

한편 지금까지 본점은 여행객이나 행상인 중심이었기 때문에 가격대를 조금 높게 설정했다. 물론 그에 걸맞은 설비와 편의 시설을 갖춘 숙소로 다시 태어났기 때문에 결코 바가지는 아니었다.

" '리모델링 좀 할게요'라고 와서는 두세 시간 만에 다 끝내

다니……. 어이없어서 말도 안 나와."

"굉장하네요……."

사장님인 미카 누나와 종업원인 플레르 씨가 멍한 표정으로 새로 태어난 '은월'을 올려다보았다.

"다음은 커진 만큼 종업원을 몇 명인가 고용해야 할 것 같네요."

"앗, 그거라면 내가 한번 구해 볼게. 리플렛의 지인 중에 몇 명인가 이쪽에서 일해 보고 싶다는 사람이 있거든."

미카 누나의 지인인가. 그럼 문제없을 듯하다. 나는 곧장 【게이트】를 열어 미카 누나와 리플렛 마을에 가 보기로 했다.

미카 누나는 그 몇몇 지인과 바로 협상을 완료했다. 일할 준비가 되면 바로 브륀힐드로 와 달라고 부탁을 해 두었으니, 종업원은 이걸로 큰 문제 없을 듯했다.

몇 명인가는 바로 일을 하고 싶다고 해서, 일단 집으로 돌아가 짐을 챙겨 오라고 말했다. 준비가 끝나면 공국으로 돌아갈 때 같이 돌아가기 위해서였다.

기다리는 사이에 미카 누나는 오랜만에 아버지인 도란 씨에게 근황을 보고했다. 모처럼 부녀가 만나는데 방해하는 것도 그래서 나는 잠깐 산책을 나갔다.

나는 오랜만에 리플렛 마을을 걸으면서, 앞으로의 브륀힐드에 대해 생각해 보았다.

"이제는 무기, 방어구, 도구 종류를 충실히 갖추면 되는 건

가. 오르바 씨의 상회도 이것저것 노력하고는 있지만, 마차로 옮겨서는 브륀힐드에 올 때까지 아무래도 시간이 걸린단 말이지."

오르바 씨는 '전이의 방진'이라고 하는 아티팩트를 가지고 있어서 다른 상인보다는 빨리 물건을 운송할 수 있었지만, 아무래도 한계가 있었다.

한 번은 단념했었지만, 역시 자동차를 만들어야 하나? 아니, 그거라면 차라리 기차를 만드는 편이…….

그냥 마차의 속도가 더 나오고, 적재량이 더 많으면…….
아, 【그라비티】를 부여해서 차체를 가볍게 하면 되는 건가?

아하, 가볍고 튼튼한 만능 마차의 차체를 만들면 되는구나.
오르바 씨라면 아마 비싸도 사겠지. 간이 【스토리지】도 부여하면, 훨씬 많은 짐을 실을 수 있다.

몇 대인가 만들어 볼까? 왕실 전용 '안정성이 뛰어난 마차'이려나? 그러고 보니 우리 성에는 마차가 없네. 항상 【게이트】로 이동하니 당연한 건가?

던전 쪽은 성황인 듯했다. 현재는 사망자가 나오지 않은 듯하지만, 중상자는 몇 명인가 나왔다. 한 층 아래로 내려가면 던전에서 출몰하는 마수와 마물이 단숨에 강해진다. 그런 점을 분별하지 못하면, 따끔한 맛을 볼 수밖에 없다.

소문에는 '아마테라스'의 경우, 벌써 4층까지 돌파한 사람도 나온 모양이었다. 몇몇 보물을 손에 넣은 파티도 있다고 한다. 그러니 던전에 도전하는 모험자가 더 늘어날지도 모른다.

그런 생각을 하며 걷는 중에 자낙 씨의 옷가게 앞에 도착해서, 잠깐 들러보았다. 그립다. 내가 이쪽 세계에 와서 처음으로 들어가 본 가게가 이곳이다.

그런데 꽤 가게의 규모가 커졌네. 가게가 전보다 두 배는 커졌다. 수영복이라든가 교복 같은 옷이 잘 팔린다고 하니. 돈이 잘 벌리는 거겠지.

"안녕하세요. 패션 킹 자낙에 어서 오세요!"

가게 안으로 들어가 보니, 점원 누나가 미소를 지으며 나를 맞이해 주었다. 가게 이름, 어떻게 좀 안 되려나……?

이 가게는 브륀힐드 쪽에도 지점을 냈지만, 유난히 간판이 화려하다.

점원에게 자낙 씨를 불러 달라고 부탁하자, 가게 안쪽에서 곧장 자낙 씨가 나타났다.

"아이고, 이게 누구십니까, 공왕 폐하. 리플렛 마을에까지 오실 줄이야. 어쩐 일이십니까."

"저쪽 '은월'에서 일할 사람이 필요해서요. 미카 누나의 지인에게 말을 해 보려고 온 거예요. 그런데 시간이 좀 나서 잠깐 들러 봤습니다."

"이것 참. 그럼 새 종업원용 유니폼을 발주받을 수 있다는 말씀이군요?"

아, 그런가? 깜빡했다. 여전히 장사 수완이 좋다고 해야 할지 뭐라고 해야 할지.

　일단 사이즈를 알 수 없었기 때문에, 나중에 브륀힐드 지점 쪽에 주문하기로 했다.

　"아, 그렇지. 폐하께 여쭤 보려고 했었는데……. 실은 로드메어의 귀족들이 드레스를 주문했습니다. 보통은 보기 힘든 진귀한 디자인을 원하는데, 폐하라면 뭔가 그런 것을 아시고 계시지 않을까 합니다만……."

　"드레스의 디자인이요? 음~. ……아, 몇 장 정도 종이를 빌려주실 수 있을까요?"

　점원이 종이를 가져오는 동안, 나는 스마트폰을 꺼내 드레스로 인터넷 검색을 하여 기발하고 눈길을 끄는 것들을 선정했다. 그리고 【드로잉】으로 스무 가지 정도 별난 드레스를 베껴서 자낙 씨에게 건네주었다.

　"이, 이것은?! 정말로 본 적이 없는 디자인입니다……. 이 거라면 손님도 만족하시겠지요!"

　"틀림없이 왕가에서도 본 적 없는 작품일 테니까요. 그런 것들을 추천하면 아마 납득해 주시지 않을까요?"

　아마 귀족이 원하는 것은 오더메이드 같은 방식으로 만든 드레스일 테니, 왕가에서도 볼 수 없는 작품이라고 하면 틀림없이 그것을 선택할 것이다.

　그리고 그 드레스에 잘 어울릴 신발과 장갑 디자인을 그려주는데, 갑자기 문을 부술 듯한 기세로 남자 한 명이 가게 안으로 들어왔다.

누군가 했더니, '무기점 웅팔'의 바랄 씨였다. 깜짝이야. 곰이 가게에 들어온 줄……

"자, 자낙 사장! 용이다! 용이 나타났다! 어서 도망쳐야 돼!"

"뭐?!"

용?! 급히 가게 밖으로 나가 보니, 상공에 흐릿한 녹색 용이 날아다니고 있었다.

울퉁불퉁한 녹색 비늘, 붉은 눈. 흉악한 가시가 몇 개인가 달린 꼬리.

내가 이전에 만났던 검은 용과 거의 비슷한 크기였다. 하나 다른 점이 있다면 검은 용은 다리가 네 개였던 반면, 이 녹색 용은 다리가 두 개에 앞에는 앞다리 대신에 커다란 날개가 달려 있다는 것. 용의 아종(亞種), '비룡(와이번)'이라는 녀석인가.

"크아아아아아아아아아!!"

비룡이 포효할 때마다 온 마을이 패닉에 빠졌다. 와이번은 지상을 향해 굽은 목을 내밀더니, 입에서 커다란 화염탄을 내뱉었다.

"쳇."

나는 【플라이】를 이용해 공중으로 날아오른 뒤, 아래로 발사된 화염탄의 정면으로 돌아갔다. 그리고 손을 뻗어 마법을 발동시켰다.

"【어브소브】."

화염 덩어리는 마력으로 환원되어 나에게 흡수되었다. 무속성 마법 【어브소브】. 마력으로 만들어진 현상을 마력으로 되돌려 흡수하는 마법이다. 드래곤의 브레스 공격은 체내의 마력을 불 속성의 마법으로 변환시킨 것이다. 그러므로 그것도 흡수할 수 있었다.

그런데 정말 위험했어. 지금 그 공격을 직격으로 맞았으면 마을이 불바다가 됐을지도 몰라.

"쿠아아아아아아아아아아!!"

왜 방해를 하냐는 듯이 잔뜩 화난 눈으로 이쪽을 바라보는 와이번. 이 자식. 화를 내야 할 사람은 이쪽이야.

나는 단숨에 가속하여 와이번에게 다가가, 불룩 나온 배에 발차기를 날렸다. 그리고 동시에 이번엔 가중 마법을 발동시켰다.

"【그라비티】."

묵직, 하고 급격하게 증가된 자신의 무게에 비행 능력을 잃은 와이번이 큰길가로 추락했다. 이미 주변에는 아무도 없었기 때문에 피해는 없었다.

와이번은 어떻게 해서든 무게의 주박에서 벗어나려고 발버둥 쳤지만, 【그라비티】로 체중을 증가시킨 내가 기세 좋게 등에 착지하자, 뚜욱 등뼈가 부러져 그대로 죽어 버렸다.

"참 나…… . 사람 놀라게 하다니."

용이 움직이지 않게 되자, 온 마을 사람들이 환성을 질렀다.

그리고 안도한 마을 사람들이 나와 쓰러진 와이번 아래로 모여들었다.

"이것 참……. 역시 대단해. 비룡을 순식간에……. 폐하가 이 마을에 와 계셔서 정말 다행이었습니다."

자낙 씨가 죽은 와이번을 바라보며 중얼거렸다. 바랄 씨는 눈을 둥그렇게 뜨고 나를 바라보았다. 구경꾼들 저편에서 미카 누나와 도란 씨도 이쪽으로 달려왔다.

"우와……. 엄청난 걸 쓰러뜨렸군. 마을에 아무런 피해가 없어서 다행이긴 한데…… 이건 어쩔 거지?"

"저는 별로 필요 없어요. 음, 고기는 도란 씨에게 드릴게요. 용고기는 별미라는 말을 들은 적이 있거든요. 가죽은 자낙 씨한테 드리고요. 가죽 재킷이라든가 만들 때 소재가 될 테니까요. 뼈는 바랄 씨에게 드릴게요. 무기의 소재로 상당히 도움이 될 거예요."

내 말을 듣고 모두 멍한 표정을 지을 뿐이었는데, 미카 누나가 당황한 모습으로 이쪽을 향해 가까이 다가왔다.

"자, 자, 잠깐만. 정말 알고 하는 말이야?! 용은 최고급 소재잖아!! 그걸 아무렇지도 않게 그냥 주겠다니, 정말 괜찮아?!"

"저는 지금 그다지 필요 없으니까요. 그리고 지금껏 많은 도움을 받았잖아요. 은혜를 갚는 것까지는 아니지만, 받아 주셨으면 해요."

이 마을에서 지냈던 기간은 그렇게 길지 않았지만, 많은 것을 배우기도 했고, 신세를 졌던 것도 사실이었다. 이런 것으로 기뻐해 준다면 오히려 싸다고도 할 수 있었다.

"아, 꼬리에 난 가시를 조심하면서 해체하세요. 맹독이 있다고 하니까요."

"앗, 그런가? 알겠다."

도란 씨가 곧장 해체용 나이프로 비룡을 해체하기 시작했다.

그런데 왜 이런 곳에 비룡이 나타난 거지……? 먹이라면 남쪽 숲에 일각 늑대 같은 것들이 잔뜩 있을 텐데. 마치 이곳을 노리고 온 것 같았다.

레리샤 씨가 요즘 빈번하게 용을 목격했다는 정보가 들어온다고 했었는데, 그것과 무슨 관련이 있는 걸까?

유론, 로드메어, 산드라에서 날뛰었다는 하위(下位) 용. 이와이번도 아종이긴 하지만, 하위 용이다. 하위 용이 사람을 습격하는 데 맛을 들인 건가? 용들 사이에 무슨 일이 벌어진 것만큼은 분명한 것 같은데…….

"이게 뭐지?"

용을 해체하던 도란 씨가 그렇게 큰 소리로 말했다. 마침 목을 자르고 머리의 가죽을 벗기려고 하던 참이었다.

도란 씨가 바라보던 곳을 엿보니, 딱 두개골 중앙에 해당하는 부분에 무언가가 박혀 있었다.

조심스럽게 그걸 빼내 보니, 길이 30센티미터 정도 되는 긴 침이었다. 가느다란 끝의 반대쪽에는 둥그런 구슬이 달려 있었는데, 가봉 바늘처럼도 보였다. 침이라고 하기보다는 커다란 꼬챙이에 가까운 크기였지만. 아마 뇌에까지 박혀 들어갔을 것으로 보이는 그것은 아무래도 마력을 띠고 있는 듯했다.

"혹시 이게 용을 조종한 건가?"

누가 봐도 너무 수상한 그 꼬챙이를 바라보면서, 혹시 이것도 '창고'에서 떨어진 아티팩트가 아닌가 하는 불길한 생각에 나는 식은땀을 흘렸다. 그리고 어쨌든 간에 일단 그 꼬챙이를 【스토리지】에 저장했다. 나중에 셰스카한테 물어보기 위해서였다. 무언가 알게 될지도 모르니까.

그런데 말이지. 이게 아티팩트이고, 용을 조종하는 힘이 있다고 한다면, 어딘가에 용을 조종하는 흑막이 있다는 말이었다.

후우. 또 성가신 일이 일어날 것 같은 예감이 든다. 이럴 때의 내 예감은 이상하게 신들린 것처럼 잘 맞는다. 아쉽게도.

"확실하게 말씀드리면, 이 마도구는 바빌론 박사님의 작품이 아니에요."

"'창고'에서 떨어진 물건이 아니라는 말이야?"

"네."

리플렛에서 쓰러뜨린 와이번. 그 와이번에 꽂혀 있던 꼬챙이를 보여 주자, 셰스카가 그렇게 단언했다. 놓여 있던 꼬챙이를 로제타도 손에 들고 가만히 바라보더니 말했다.

"이건 '지배의 향침(響針)'이네요. 에르쿠스 박사의 작품입니다."

"에르쿠스?"

"데보라 에르쿠스 박사. 파르테노에서 일류 마법 공학사라고 불린 사람이에요. 물론 바빌론 박사님에게는 훨씬 못 미쳤지만요."

그런 사람이 있었단 말이야? '창고'에 있던 물건이 아니라 나는 일단 가슴을 쓸어내렸다. 별로 내가 책임을 느껴야 할 필요는 없지만 아무튼 간에 좀. 도구는 결국 사용하는 사람의 마음에 달린 거니, 누가 가장 나쁜가 하면 나쁜 것을 알면서도 사용한 녀석이다.

'불사의 보옥'도 그렇고, '흡마의 팔찌', '방벽의 팔찌'도 그렇고, 소유자가 그 힘에 빠져 신세를 망쳤다.

반면에 레스티아의 건국왕처럼 성검을 사용해 사람들에게 사랑받는 왕이 된 사람도 있다.

아무튼, 그렇다고 해서 '창고'의 관리 책임을 묻지 않겠다는 말은 아니다.

"에르쿠스 박사는 뭐라고 할까요, 바빌론 박사님에게 강한 적개심을 가지고 있었어요. 그 여자가 만드는 아티팩트는 바빌론 박사님이 말씀하시길, '강력하기는 하지만 안전성에 문제가 있다', '범용성은 높지만 사용자에게 너무 많은 부담을 준다', '새롭지 않고 재미없다' 같은 느낌이었네요."

"바빌론 박사님이 그 에르쿠스 박사의 작품보다도 완성도 높은 것을 쉽게 만들었기 때문에, 에르쿠스 박사는 더욱 바빌론 박사님에게 적개심을 품었던 모양입니다."

그 박사의 성격을 봤을 때, 아마 엄청나게 놀려 댔겠지.

오다 노부나가와 아케치 미츠히데처럼 천재와 수재는 서로 양립하기 힘든 걸까? 아마 바빌론 박사는 상대도 해 주지 않았을 것 같다. 가엾게도.

"그런데 이 '지배의 향침'이란 건 뭐야?"

"이건 마수를 부리기 위한 아티팩트예요. 마력을 담아 머리에 꽂으면 그 마수를 자유롭게 조종할 수 있는 물건이지만, 그힘을 한계까지 끌어내는 대신에 마수의 수명을 줄이죠. 그리고 마수와 사용자의 정신을 억지로 연결하는 탓에 사용자의 정신에 장애가 생길 가능성이 판명되어 폐기 처분되었다고 들었습니다."

그렇구나. 강력하긴 하지만 안전성에 문제가 있고, 사용자에게 큰 부담을 준다, 라. 정말 그 말대로다. 단지, 바빌론 박사도 '불사의 보옥' 같은 것을 만들었으니, 남 말 할 처지가 못 된다고 생각하지만.

혹시 그 와이번을 조종한 사람은 그런 사실을 모르고 이 '지배의 향침'을 사용한 것 아닐까?

그런데 용이라. 최강의 생물이라고 불리는 동물답게 수가 많아지니 역시 문제다. 특히 미스미드의 성역에 있던 붉은 용이 습격이라도 하면 상당히 귀찮아질 듯했다. 그렇게 지능이 높은 용이 쉽게 조종을 당할 거라고는 생각하기 어렵지만.

〈주인님. 잠시 괜찮을까요?〉

"응? 코교쿠? 무슨 일이야?"

코교쿠가 창문으로 들어왔다. 그리고 스윽 테이블 위에 착지하더니, 붉은색 눈동자로 나를 바라보았다.

〈용이라면 '창제(蒼帝)'를 불러 들어 보는 것이 좋을 것이라 사료됩니다.〉

'창제'라고 하면, 코하쿠의 동료인가. 네 신수 중 하나. 동쪽의 청룡……이었던가? 확실히 코하쿠는 짐승, 산고와 코쿠요는 물속 생물, 코교쿠는 새를 지배하는 신수였다. 하지만 마수는 대상 외 아닌가?

〈엄밀하게 말해 용은 마수가 아닙니다. 그 자체로 하나의 종(種)이며, 창제의 권속입니다. 그 이외에는 도마뱀이나 악어 등이 있습니다. 이쪽은 산고, 코쿠요와도 일부 영역이 겹칩니다만, 어느 쪽이든 간에, 용을 상대로 하실 거라면 불러서 손해 볼 것은 없으리라 생각합니다. 게다가 저도 모처럼 얼굴을 보고 싶기도 합니다.〉

〈주인님! 저는 반대입니다!〉

콰앙! 하고 문을 몸통 박치기로 열고 큰 호랑이 모습으로 변한 코하쿠가 달려서 들어왔다. 앗! 성 안에서는 커진 모습으로 변하지 말라고 했잖아!

〈그렇게 밉살스러운 녀석을 불러내지 않더라도 주인님이라면 문제를 해결하실 수 있습니다! 부디 재고해 주십시오!〉

대체 뭐야?! 그리고 커진 상태로 다가오지 마. 무섭잖아. 잡아먹힐 것 같아.

〈밉살스럽고 말고를 떠나서, 창제라면 적임 아니냐.〉

〈코하쿠는 창짱이랑 사이가 나쁘니까. 어머나, 정말 필사적이네. 풉풉풉.〉

공중을 헤엄치며 산고와 코쿠요도 다가왔다. 하하앙, 그런 거구나?

〈큭, 확실히 그렇기는 하다만……. 우리 사이에 그 녀석이 들어오면 성가셔진다는 걸 모르는 거냐?! 말도 안 되는 논리만 늘어놓는 비뚤어진 놈이란 말이다! 아아, 생각만 해도 화가 난다!〉

코하쿠가 갑자기 작아지더니, 떼를 쓰는 어린아이처럼 카펫 위에서 마구 발버둥 치기 시작했다.

〈직설적인 코하쿠와 이성적인 창제는 물과 기름입니다. 사이가 나쁘다기보다는 마음이 맞지 않는다고 해야 정확할까요? 서로 좋은 점은 인정하고 있으나, 둘 다 워낙에 고집이 세다 보니…….〉

〈누가 말이냐?! 인정하고 있는 거라곤 그 교묘한 입과 분위기 파악을 못하는 무신경함뿐이다!〉

코하쿠가 테이블 위에 올라 코교쿠를 보고 소리쳤다. 참 나. 이래선 이야기가 진행이 안 되잖아.

"코하쿠의 말은 알겠지만, 일단 소환해 볼게."

〈그럴 수가!〉

"아무튼, 억지로 사이좋게 지내라고는 안 할 테니까 진정 좀 해. 아, 근데 말싸움은 몰라도 진짜로 싸우면 둘 다 벌을 받을 줄 알아."

나는 마지못해 납득한 듯한 코하쿠를 데리고 안뜰로 나갔다. 다행히 안뜰에는 아무도 없어서, 얼른 소환을 끝내기로 했다.

마석 초크로 안뜰에 소환진을 그리고, 나는 그 안에 어둠 속성 마력을 주입했다.

그리고 소환진 안에 나타난 검은 안개가 점차 짙어지는 것을 확인하면서, 그곳에 코하쿠 일행의 마력을 천천히 뒤섞었다. 이걸로 준비 완료다.

"봄과 나무, 동방과 대하를 관장하는 자여. 나의 목소리에 대답하라. 나의 부름에 응해, 그 모습을 이곳에 드러내라."

소환진 안의 마력이 단숨에 부풀어 오르더니, 검은 안개 안에서 거대한 푸른 용이 나타났다. 사파이어 같은 비늘에 맑고 푸른 눈. 커다란 날개는 왕자(王者)의 풍격을 갖추었고, 와이번과는 달리 앞발이 제대로 달려 있었다. 동양의 '용'이 아니라, 틀림없는 '드래곤'이었다.

⟨……흐음. 그리운 느낌이 들어서 뭔가 했는데, 역시 너희였나. 이런 곳에서 만날 줄이야. 대체 이건 무슨 상황이지?⟩

청룡이 침착한 목소리로 말했다. 어딘가 모르게 여성의 이미지에 가까운 목소리였다. 여교사라든가 전문직 여성 같은 그런 느낌이다.

⟨오랜만이다, 창제.⟩

⟨창짱, 오랜만이야~.⟩

⟨건강해 보여 무엇보다 다행입니다, 창제.⟩

산고, 코쿠요, 코교쿠가 인사를 했지만, 코하쿠만은 고개를 돌리고 혀를 찼다. 얘가. 그 태도는 좀 그렇지 않아?

⟨흐음. 인사도 못 하는 소인배가 있는 듯하지만, 그냥 용서하지. 나는 마음이 넓으니 말이다.⟩

⟨헛소리 마라! 이 파란 도마뱀 자식아! 마음이 넓다고?! 비뚤어진 근성으로 음습한 말을 내뱉는 자식이 잘도 그런 말을?!⟩

⟨내가 근성이 비뚤어졌다고? 그렇다면 너는 근성이 너무 비뚤어진 나머지 아예 원이 되어 버렸다고 해야 하지 않을까?⟩

⟨뭐라?!⟩

"네네, 거기까지."

당장에라도 달려들 듯한 코하쿠의 목덜미를 붙잡고 나는 청룡을 올려다보았다. 청룡은 의아한 눈으로 이쪽을 바라보다가 입을 열었다.

〈보아하니, 네가 나를 부른 자인가? 이름은?〉

"모치즈키 토야. 이 나라의 국왕이야."

〈호오. 염제는 그렇다 치더라도, 어떻게 백제나 현무까지 협력하게 하였는지 궁금하군.〉

〈협력이고 뭐고. 이 사람은 우리의 주인님인데~?〉

〈⋯⋯⋯⋯⋯⋯⋯뭐라?〉

코쿠요의 말을 듣고 청룡이 움직임을 멈췄다. 그리고 믿을 수 없다는 듯이 나를 바라보았다.

갑자기 청룡에게서 엄청난 위압감이 뿜어져 나왔다. 하지만 나에게는 별 영향이 없었다. 그러고 보니 처음에 코하쿠를 불러냈을 때도 이런 느낌이었어. 이윽고 청룡은 위압감을 내뿜길 멈추고 작게 숨을 내쉬었다.

〈⋯⋯확실히 묘한 기척이 느껴지기는 하는데⋯⋯ 너는 대체 정체가 뭐냐?〉

청룡의 그런 질문에 대한 대답은 내가 아니라 내게 목덜미를 붙잡힌 코하쿠가 했다.

〈의문스럽다면 스스로 확인해 보는 게 어떠냐, 창제. 나의 주인은 너와도 계약을 맺을 생각이시니 말이다. 우리를 따르게 한 그 힘을 한번 시험해 보고 싶지 않나?〉

〈음⋯⋯. 네 설득을 따르는 것은 마음에 안 든다만⋯⋯ 신경

이 쓰이는군. 좋다. 이자의 실력을 한번 시험해 보마.〉

그 순간, 코하쿠가 씨익 악의에 가득 찬 표정을 짓는 모습을 나는 놓치지 않았다. 무슨 생각을 하는지는 대충 알겠지만…….


안뜰은 너무 좁아서 우리는 서쪽 평원에 새삼 큰 소환진을 그리고 다시 청룡을 불러냈다.

그 평원에서 나와 청룡은 일대일로 대치했다. 이곳이라면 주변에 피해를 주지 않는다. 관객은 신수들뿐이기도 하니까.

"그래, 어떻게 할 거야? 싸우면 되는 건가?"

〈흐음. 그렇겠지. 너의 실력을 알면 그것으로 충분하다. 아, 죽이진 않을 테니 안심해라.〉

그 말을 듣자마자 신수들은 모두 풉, 하고 숨을 터뜨렸다. 다들 몸을 떨고 있네. 웃는 건가?

"아무튼 좋아. 그럼 시작할게. 준비는 됐지?"

〈상관없다. 언제든 덤벼라.〉

"그럼 사양하지 않을게. 【액셀 부스트】."

나는 단숨에 지면을 박차고 최고 속도로 청룡을 향해 다가갔다. 날아오르면 성가시니까, 그 전에 끝내 버리자.

〈아니……?!〉

"【그라비티】."

〈크으윽?!〉

나는 청룡의 몸에 손을 대자마자 가중 마법을 발동했다. 순식간에 파란 용은 지면에 달라붙어 몸을 일으키지 못하게 되었다. 날기 전에 때린다. 이건 상식.

〈큭……! 뭐, 뭐냐 이 마법은……! 이, 이렇게 강력한 마법을 사용하고도 어떻게 이토록 아무렇지 않게……!〉

〈크하하하하! 창제여, 주인님의 실력을 얕봤구나! 소환된 우리가 이런 모습으로 멀쩡히 이 세상에 존재한다는 사실에 의문을 품지 않았던 건가?〉

〈!〉

청룡이 깜짝 놀랐다는 듯이 눈을 번쩍 떴다. 움직이지 못하는 청룡 주변을 빙글빙글 달리면서 코하쿠가 즐겁게 계속 말을 걸었다. 너무 좋아하는 거 아냐, 너?

〈크윽……! 이럴 수가……. 너희를 전부 불러낸 채, 그런 모습으로 계속 존재하게 만들다니……! 대체 마력을 얼마나 소비하고 있는 거지?!〉

"큭큭큭. 좋은 정보를 가르쳐 주마. 우리를 불러내고 자유롭게 존재하게 만들었는데도, 주인님의 마력은 조금도 줄지 않았다. 그뿐만 아니라 그 외의 소환수를 몇 백 마리나 불러내고 부려도 주인님은 아무렇지도 않으시다.〉

〈마, 말도 안 돼……!〉

〈후하하하하! 꼴좋구나! 이제 알았느냐! 나의 주인, 모치즈

키 토야 님의 실력을! 죽이진 않을 테니 안심하라고? 주제도 모르는 자식이!〉

그건 그렇지만. 네가 할 말은 아니지……. 계속 그러면 소인배처럼 보이니까 그만두는 게 좋아. 호랑이의 위세를 빌린 여우, 라는 말이 있는데, 넌 호랑이잖아.

〈기뻐 보이네, 코하쿠.〉

〈음, 그 마음을 모르는 것은 아니다만…….〉

〈저 모습은 좀 황당하네요…….〉

이것 봐. 다들 어이없어하잖아.

그런 식으로 코하쿠가 마구 약을 올리자, 청룡이 억지로 자리에서 일어서려고 몸에 힘을 주었다. 떨리는 무릎과 꼬리로 몸을 지탱하면서 청룡이 간신히 일어서는 데 성공했다. 오, 꽤 하는걸?

하지만 내가 더욱 가중 마법에 무게를 더하자, 청룡은 다시 지면에 바짝 엎드렸다.

〈크, 크으윽……!〉

"슬슬 항복해 줬으면 하는데?"

〈………아, 알겠, 습니다. 저의 패배, 입니다. 당신과 계약을, 맺겠, 습니다.〉

그 말을 듣고 나는 곧장 【그라비티】를 해제했다. 가중 마법이 사라지자, 청룡이 조용히 자리에서 일어섰다.

〈………그 힘을 제대로 꿰뚫어 보지 못해 실례를 범하고 말

았습니다. 모치즈키 토야 님. 부디 저와 주종 계약을 맺고, 저에게 새로운 이름을 부여해 주십시오.〉

"이름이라. 음……. 코하쿠, 산고, 코쿠요, 코교쿠처럼 보석 이름으로 계속 지었으니……. 이번엔 역시 '루리(瑠璃)'려나?"

" '루리' ……말씀입니까?"

"응. 청금석이라고도 하는데, 파란 광석의 이름이야. 내가 살던 나라의 말로는 '루리' 라고 불러."

코교쿠가 홍옥, 즉, 루비니까 이쪽도 사파이어로 할까 생각했지만, 사파이어는 분명히 '청옥' 또는 '창옥' 이라고 했었다. 그러면 홍옥이랑 겹치니, 역시 루리가 더 좋을 것 같다.

〈알겠습니다. 앞으로는 저를 '루리' 라고 불러 주십시오.〉

"응, 잘 부탁해. 아, 그리고 코하쿠하고 너무 싸우지는 마. 싸우면 둘 다 혼날 거니까 그렇게 알고."

〈가능한 한 참겠습니다.〉

〈참아야 하는 쪽은 나다!〉

곧장 코하쿠가 딴지를 걸었다. 애들이 정말.

루리는 코하쿠 일행과 마찬가지로 작은 아기용 모습으로 변신했다. 나는 그 상태로 서로 노려보는 두 마리를 보고 한숨을 내쉬었다.

"왜 이렇게 사이가 나쁜 건지."

〈여자들끼리 감정의 응어리가 좀 쌓인 상태거든요~. 그러

니 아무리 주인님이라도 너무 참견하면 따끔한 맛을 보는 수가 있어요.〉

"참 나…… 소환수조차도 여자는 무섭다니까……."

깔깔 웃으면서 그렇게 말한 코쿠요의 말을 듣고, 문득 어떤 사실을 깨달은 나는 움직임을 멈췄다. ……방금 뭐라고?

"……어? 어라? 여자들끼리? 잠, 잠깐만, 너희, 성별은?"

〈모두 암컷인데요.〉

〈거짓말 마라. 네놈은 수컷이잖나.〉

코쿠요의 말에 파트너인 산고가 태클을 걸었다. 앗, 코쿠요는 어딘가 모르게 그런 느낌이 들었지만. 다른 애들은 수컷이, 아냐?

……으악. 난 코하쿠를 수컷이라고 생각했는데……. 어쩐지 목소리 톤이 조금 높은 것 같기는…….

일단 아무 말도 하지 말자. 유미나랑 여자애들은 다 알고 있을까? 나중에 물어보자……. 호랑이가 아니라 사자였으면 구분할 수 있었을 텐데…….

〈용도 종류가 다양하므로 뭉뚱그려 말하긴 어렵습니다만.〉

일단 그렇게 양해한 뒤, 루리가 말을 계속했다. 일단 그 '지배의 향침'에 용이 지배당했다고 한다면, 루리로서는 아무것도 할 수 있는 것이 없다는 모양이었다.

하지만 상급종 용, 이른바 엘더라고 불리는 종인 경우, 정신력이 강하기 때문에 아마도 지배를 당하지 않을 가능성이 크다는 이야기였다.

용은 성장한다기보다 진화해서 어른이 된다. 인펀트[유룡(幼龍)], 영[약룡(若龍)], 어덜트[성룡(成龍)], 엘더[노룡(老龍)], 그리고 그 이상이 되면 에인션트[고룡(古龍)]까지 이른다.

하지만 엘더에 이르는 용은 상위(上位) 용이라고 불리는 종뿐으로, 하위(下位) 용, 이른바 와이번 같은 용이 엘더로 진화하는 일은 없다.

지능의 차이도 매우 크고, 약룡(내가 쓰러뜨린 검은 용은 이 정도에 해당한다)은 사람의 말을 알아들을 수는 있어도 말은 할 수 없다. '지배의 향침'의 영향을 받지 않는 용은 노룡, 고룡 정도뿐. 그렇다면 상당히 많은 수가 위험하다는 이야기인가.

〈어차피 용 자체는 그렇게 수가 많지 않으니 걱정하실 필요는 없지 않을지요?〉

〈용은 유룡이라도 한 마리 자체가 매우 강해, 다른 무언가에게 당할 위험이 적다. 그 때문에 너희같이 약한 짐승처럼 아이를 많이 낳을 필요가 없지. 게다가 수가 적다고는 해도 또 그렇게 적지도 않아. 내버려 두는 것은 그야말로 어리석은 짓이다.〉

〈뭣이라?!〉

코하쿠와 루리가 또 말다툼을 시작해 나는 질린 표정을 지으면서도 생각했다.

아무래도 신경 쓰인단 말이야. 그 와이번 말인데, 조종당한다는 느낌이 별로 없었다고 해야 할지, 자신의 의지로 날뛴 것 같은……. 아니, 하위 용은 그렇게 똑똑하지 않으니, 본능에 따라 움직이고 있었을 뿐인지도 모른다.

"아무튼, 어떻게 된 건지 한번 들어 보러 갈까? 미스미드의 성역인가에 붉은 용이 있다고 하니까."

붉은 용은 엘더라는 듯하니까, '지배의 향침'의 영향은 받지 않았을 가능성이 크다.

나는 일단 루리를 데리고 미스미드로 전이했다. 그리고 곧장 성역이라고 하는 장소를 향해 【플라이】를 이용해 날아갔다.

"중앙부에 있는 산악 지대 중심에 펼쳐진 숲 전체가 성역이었지?"

그렇다면 이미 그 성역에 들어와 있다는 말이구나. 앗, 벌써 우릴 맞이하러 나온 건가.

나는 공중에서 정지했다. 맞은편에서는 거대한 붉은 용 한 마리가 이쪽을 향해 오는 모습이 보였다. 저건 검은 용을 쓰러뜨렸을 때 만났던 붉은 용이구나.

옆에 있던 루리가 원래의 크기로 되돌아갔다. 공중에서 붉은색과 파란색 용이 서로 대치했다.

〈창제님, 이렇게 세상에 나타나신 것을 축하드립니다.〉

〈내가 부름을 받은 이유가 너희 권속의 뒤처리를 해 주기 위해서라는 것이 좀 그렇지만 말이지. 그래, 우리가 온 이유가 뭔지 이미 일고 있나?〉

〈넷. 일부가 불미스런 짓을 저질러 정말 죄송합니다.〉

붉은 용이 눈을 감고 고개를 숙였다. 우리는 곧장 아래로 내려가 그 자리에서 붉은 용에게 이야기를 들어 보기로 했다.

처음에는 젊은 용들이 폭주했다. 그 점은 우리가 쓰러뜨린 검은 용과 똑같았다. 용이란 대체로 모두 강하고, 영리하다. 그렇기는 하지만, 그와 동시에 매우 오만하기도 했다. 자신들이 누구보다도 강하고, 진화의 정점에 있다고 생각한다.

성역에 사는 용 중에도 몇 마리인가는 제멋대로 행동하는 녀석들이 있다는 듯, 그 용들은 사람들의 마을로 내려와 못된 장난을 친다고 한다.

젊었을 때의 실수라고 하기에는 이쪽에 주는 피해가 매우 크지만, 어느 세계든 어른에게 반항하는 삐뚤어진 녀석은 있기 마련이다.

지금까지도 그런 일은 있었기 때문에, 이번 일도 그냥 반항기에 일어날 수 있는 일 중 하나로 생각하며 그다지 큰 문제로 삼지 않았다.

하지만 이번 일의 계기는 의외로 내가 쓰러뜨린 그 검은 용에서부터 촉발되었다는 모양이었다.

"어? 그게 무슨 말이야?"

〈그 검은 용은 젊은 용 중에서도 말단이긴 하지만, 자신들의 동료가 살해당했는데 가만히 있을 수는 없었을 겁니다. 바로 복수해야 한다는 목소리가 젊은 용들 사이에서 커졌습니다.〉

"무슨 소리야? 성역에서 나와 먼저 마을을 불태운 건 그쪽이었어."

〈물론 그런 말을 꺼낸 젊은 용은 일부뿐으로, 나머지 자들은 인간들과 싸우지 말아야 한다고 말했습니다. 그래서 그때는 녀석들도 마지못한 모습이긴 했지만, 한발 뒤로 물러났었습니다.〉

하지만 이야기는 거기서 끝이 아니었다. 미스미드의 성역에 사는 용 외에도, 세계에는 몇 군데인가 용들이 사는 지역이 있다.

그중 하나가 이곳보다 남서쪽, 대수해 너머에 존재했다. 마침 산드라 왕국과 라일 왕국 사이의 바다에 있는 드래고니스섬이라고 불리는 작은 섬이 그것이었다.

어느 날, 성역으로 드래고니스섬에서 사절인 용이 찾아왔다. 그리고 그 용은 드래고니스의 용은 '용왕'의 부하가 되었으니 앞으로는 간섭할 필요 없다고 말했다.

"'용왕'? 응? 용은 전부 루리의 지배하에 있는 거 아니었어?"

〈평범한 상태라면 그렇습니다. 즉, 평범한 상태가 아니었다는 것입니다. 원래 인간들과 가능한 한 쓸데없는 싸움을 하지 말라고 정한 것은 바로 저입니다. 이렇게 노골적으로 거역한 자는 처음입니다.〉

〈창제님이 모습을 감추신 지 이미 몇 천 년이 지났으니까요. 젊은 용 중에는 그 존재조차 모르는 자들도 있습니다.〉

코하쿠 같은 신수라고 불리는 자들은 몇십 년, 몇 백 년에 한 번 단위로 이 세상에 나타난다. 이번에 인간에게 소환당한 것은 거의 예외적인 경우라는 듯하다. 코하쿠 때는 우연이었어도, 그 이후로는 일부러 치트를 써서 불러낸 거지만.

그중에서도 용의 신수인 루리는 오랫동안 세상에 나타나지 않았던 모양이었다. 용은 워낙에 오래 사니까.

"그런데 그 '용왕'이 누군데? '에인션트' 중 한 마리야?"

〈아니요, 용인족의 남자입니다. 드래고니스섬에 도착하자 마자, 그 섬의 젊은 용들을 지배해, 섬에 있던 '엘더'들을 집 단 학살했다고 합니다. 그리고 남은 성룡들도 힘으로 억눌러 따르게 했다고 들었습니다.〉

용인족이라. 틀림없다. 그 남자가 '지배의 향침'을 사용해 섬의 용을 지배했겠지. 그리고 지배하에 둘 수 없었던 '엘더' 를 같은 용을 이용해 죽인 것이다.

〈용왕에게 한계를 넘는 힘과 규칙에 얽매이지 않는 자유를 부여받았다는 말을 듣고, 우리 성역에 불만을 품은 젊은 용들 은 모두 그 섬으로 갔습니다. 그리고 돌아온 그들은 우리로서는 도저히 억누르기 힘든 힘을 지니고 있었습니다. 지금은 이쪽으로 돌아오는 자들이 불과 몇 마리에 지나지 않지만, 얼마 안 있어 이 근처에서도 날뛰기 시작할지도 모릅니다.〉

리플렛 마을이나 산드라 왕국에서는 용이 이미 난폭하게 날뛰었다. 아마 젊은 용들의 폭주가 시작되어 버린 듯했다. 인간들이 사는 마을에서 마구 날뛰고, 장난으로 사람들을 죽이려고 하는 그 검은 용 같은 녀석들의 폭주가.

〈정말 한심한 일이군요. 불과 몇 천 년 사이에 저의 권속이 이렇게까지 바보가 되어 버릴 줄이야.〉

〈드릴 말씀이 없습니다…….〉

"흐음……. 대략적인 이야기는 알겠어. 원흉은 그 '용왕'이라는 녀석이지만, 용들은 스스로 원해서 인간과 싸움을 시작한 거야. 그렇다면 그 녀석들을 퇴치해도 불만은 없겠지?"

〈…… '긍지를 잊은 용은 도마뱀만 못하다'. 창제님의 말씀입니다만, 이미 녀석들은 용이 아닙니다. 어떻게 처분하시든 뜻에 따르겠습니다.〉

〈긍지와 오만은 표리일체. 자신을 너무 긍정한 나머지 다른 사람을 깔보는 순간, 긍지는 오만으로 바뀝니다. 저도 최근에 따끔한 맛을 본 참입니다.〉

루리가 나를 보고 그렇게 말했다. 역시 '벼는 익을수록 고개를 숙인다.' 같은 마음을 가지기는 힘든 모양이다. 용에게는 바라기 힘든 이야기일지도 모르지만.

하지만 사람들도 바보는 아니다. 용이 아무리 강해도 집단으로 맞서면 인간도 용에게 이길 수 있다. 프레이즈와는 달리 용에게는 마법이 통하기 때문이다. 바람 속성의 상급 마법사가 있으면 용을 지면에 떨어뜨릴 수도 있다.

물론 그래도 피해는 크다. 전에 미스미드의 가른 대장에게 들은 이야기로는 분명히 한 마리를 사냥하는 데 전사 100명은 필요하다고 했었지?

마법사가 있거나, 숙련된 전사가 있거나 하면 결과는 또 달라지겠지만. 왕도나 대도시라면 문제없지만, 작은 마을에서는 아무래도 그렇게 많은 사람을 동원할 수 없다.

운이 좋으면 실력 좋은 모험자가 있을지도 모르지만, 역시 확률은 높지 않다. 다섯 명 이내의 파티로 용을 쓰러뜨리면 '드래곤 슬레이어'라는 칭호를 받을 정도니까. 웬만큼 강한 모험자…… 다섯 명 모두 빨간색 랭크 수준이 아니면 안 된다.

"자, 듣고 보니, 아무래도 그 '지배의 향침'의 '사용자의 정신에 부담을 준다'는 말은 조금 다시 생각해 봐야 할 것 같아."

아무래도 정신을 연결해 지배한다기보다는, 용들을 제멋대로 행동하게 하는 것 같았다.

이 침을 머리에 꽂으면 용으로서 한계를 넘는 힘을 손에 넣을 수는 있지만, 수명은 짧아지는데, 과연 그 부작용에 대해서는 알고 있을까?

몇 천 년이나 사는 용의 입장에서는 그깟 수명일지도 모르지만.

"가장 손쉬운 방법은 그 '용왕'을 어떻게든 하는 거려나? 어? 근데 그 녀석을 쓰러뜨려도 날뛰는 용들은 제어할 수 없는 건가?"

용왕이 죽으면 용들도 죽는 건 아닐 테니까. 반대로 완벽하게 지배에서 해방되는 것뿐인가? 물론 지배당하고 있으나 아니나 다를 건 없겠지만. 어느 쪽이든 간에 그냥 내버려 둘 수는 없다.

"일단 용의 동향을 한번 확인해 볼까?"

나는 지도를 불러와 용을 검색했다. 꽤 많네?!

당연한가. 아무리 수가 적다고는 해도 나름대로 많기야 하겠지. 이래서는 뭐가 뭔지 모르겠다. 일단 범위를 좁히자. 음~. '지배의 향침'이 박힌 용…을 검색.

'지배의 향침'은 꼬챙이 같은 형태다. 침의 머리 부분이 외부에 드러나 겉으로 봐도 알 수 있으니 아마 검색이 되지 않을까 생각한다.

생각대로 검색이 되긴 했는데, 그래도 숫자가 꽤 많아……. 전 세계에 퍼져서 다들 제멋대로 행동한다는 듯한 느낌이다. 역시 드래고니스섬에는 지배당한 용들이 많이 있네. 응?

"이건……?!"

드래고니스섬에서 날아오른 꽤 많은 용 집단이 똑바로 향하는 곳. 그곳은······.

"이 녀석들, 브륀힐드로 가려는 건가?!"

대체 어떻게 된 거지? 설마 검은 용의 원수를 갚기 위해서라든가? 그렇다면 어떻게 나를 알고 있는 걸까?

'용왕' 이라는 녀석이 가르쳐 준 건가? 미스미드에서 검은용을 쓰러뜨린 '드래곤 슬레이어'. 조사를 하면 바로 알 수 있기는 하다. 그렇다면 이 집단은 목적은······.

"루리. 모두가 위험해. 일단 돌아가자."

〈말씀대로 하겠습니다.〉

용이 적반하장으로? 좋아. 용이든 뭐든 우리 나라를 공격하고도 그냥 끝날 거라고는 생각하지 마라.

그 오만함과 함께 짓밟아 주겠어.

"그래서 곧 용의 대군이 이쪽으로 몰려올 거예요. 귀찮으니 단숨에 해치워 버리죠."

"바바 님······. 저는 뭐부터 딴지를 걸면 좋을지 모르겠습니다."

"걱정 마라, 야마가타. 나도 모르겠으니까."

회의석에서 야마가타 아저씨와 바바 할아버지가 어이없다는 듯이 나를 바라보았다.

【게이트】를 사용해서 브륀힐드로 먼저 돌아온 우리는 곧장 기사단 간부들을 모아 현재 상황을 알려 주었다. 갑작스러운 말을 듣고 모두 눈을 휘둥그렇게 떴지만, 이윽고 부단장인 니콜라 씨가 핫, 하고 제정신을 차리더니, 의자에서 급하게 일어섰다.

"자, 잠깐만요, 폐하. 용이라니, 그 하늘을 날고 입에서 불을 뿜는 그 용 말인가요?"

"네, 그 용이요. 아무래도 일부 바보 같은 녀석들이 잘난 척하며 우리 나라를 멸망시키기 위해 오고 있는 모양이에요."

"저어…… 대군이라면, 몇 마리 정도인가요……?"

"평범한 용이 스무 마리 정도? 그리고 와이번 같은 익룡이 100마리 정도예요. 얼마 전의 그 프레이즈에 비하면 별것 아니잖아요?"

""아니아니아니.""

머뭇거리며 손을 들고 질문을 한 단장인 레인 씨에게 내가 대답을 하자, 레인 씨는 니콜라 씨와 함께 눈앞에서 손을 흔들며 부정했다.

"이건 그거죠? 폐하가 단숨에 해치워 버린다, 그런 말이죠?"

약간 뻣뻣한 미소를 지으면서 노른 씨가 말했다. 노른 씨의 머리 위에 있는 늑대 귀가 부들부들 떨렸다.

"처음에는 그렇게 생각했는데요, 겸사겸사 이걸 이용해 볼까 생각해서요."

"이용?"

"네. 기사단의 집단행동 훈련을 해 보려고요. 용 상대라면 충분하잖아요?"

"네엣?!"

레인 씨가 깜짝 놀라 소리쳤다. 솔직히 우리 기사단은 상당히 강한 편이라고 생각하지만, 마수도 적고 우호국인 벨파스트와 레굴루스에 둘러싸인 입지상, 거의 전투를 해 볼 기회가 없다. 그래서 이런 기회를 이용해 조금 경험치를 쌓고자 하는 의도도 있었다.

"우리 기사단은 첩보 부대를 합쳐도 100명이 채 안 돼요!! 한 사람당 한 마리 이상 쓰러뜨리다니, 불가능해요! 게다가 하늘을 나는 상대와 어떻게 싸우나요?!"

"나는 건 제가 쓰러뜨릴게요. 나머지는 브레스 공격을 조심하면서 모두 다 같이 쓰러뜨려 주세요. 기사단의 방패에는 내열 장벽이 붙어 있으니, 어떻게든 되지 않을까요?"

"어떻게든, 이라니……."

일단 안전 대책은 몇 가지인가 세워 두었다. 루리나 코하쿠 일행도 투입할 거고, 우리도 서포트해 줄 생각이다. 솔직히 쉽게 당하지는 않으리라 생각한다.

게다가 이건 기회다. 이곳은 이제 막 생긴 나라지만, 그곳의 기사단이 100마리가 넘는 용을 격퇴했다는 사실이 알려지면, 앞으로 유론 같은 멍청한 나라가 쉽게 손을 댈 엄두를 못 낼지도 모른다.

　"그, 그래도 프레임 기어가 있으니 용 정도는 쓰러뜨릴 수 있을 것 같긴 해요. 그렇다면⋯⋯."

　"프레임 기어는 사용하지 않을 거예요."

　"네에?!"

　이번에는 잘난 척하는 용에게 인간의 저력을 보여 주고자 하는 면도 있었다. 녀석들이 하등한 생물이라고 깔보는 인간의 힘이 어느 정도인지 확실하게 각인시켜 주는 것이다. 그 녀석들은 약한 인간에게 당한 것을 굴욕이라고 생각하고 있는 거니까.

　물론 프레임 기어라면 쉽게 이길 수 있겠지만, 그래서는 기사단의 집단전 훈련이 되지 않는다. 프레임 기어가 있으면 무적이다! 라고 생각하면서, 기체의 힘을 자신의 힘이라고 착각하는 것도 곤란하고 말이다.

　"그리고 이게 제일 중요한 건데요⋯⋯."

　"?"

　"용의 소재는 돈이 돼요."

　"⋯⋯⋯⋯."

　그렇다. 용은 가죽부터 뼈까지 꽤 비싼 값에 팔 수 있다. 한 마리라도 나름의 부를 거머쥘 수 있는데, 그런 용이 100마리 이상이다. 엄청나게 돈을 벌 기회랍니다.

"돈이 있으면 여러모로 많은 도움이 돼요."

"⋯⋯⋯."

"여러분에게 보너스도 드릴게요."

"해 볼까?"

"""오오!"""

너무 쉽다.


〈보입니다. 앞으로 3분 정도면 이곳에 도착하지 않을까 합니다.〉

루리의 말을 듣고 내가 【롱센스】로 시야를 넓혀 보니, 확실히 용의 무리가 이쪽을 향해 오는 모습이 보였다. 우리는 브륀힐드의 성 아랫마을의 남쪽에 있는 평원에서 습격해 오는 용들을 기다렸다. 이곳이라면 마을에 피해를 주지 않을 거란 판단에서였다.

"뭔지는 모르겠지만 캬아아, 캬아아 하고 말하네."

〈'몰살시켜라!' 라든가, '다 불태워라!' 라고 말하고 있습니다. 그 외에는 '카하하하하하' 같은 품위 없는 웃음소리입니다. 저의 권속이라고는 도저히 생각하기 힘들 만큼 타락한 듯하군요. 아니면 그 마도구에 무언가 광기를 불러일으키는 효

과가 있는 건지도…….〉

아쉽게도 용의 말은 알아들을 수가 없었기 때문에 루리가 번역해 주었다. 용케 다 알아듣네. 그런데 그런 소릴 하고 있단 말이야? 아무래도 봐줄 필요는 전혀 없을 듯했다.

그럼 먼저 땅으로 내려오게 해 볼까.

역시 선제공격이 무조건 유리하다. 적이라고 확인했으면 당하기 전에 공격해라. 할아버지가 항상 했던 말이었다.

"【폭풍이여 베어라, 억만(億萬)의 바람 칼날, 템페스트에지】."

'도서관'에서 얻은 바람 속성 고대 마법을 드래곤들을 향해 발동했다.

갑작스럽게 일어난 폭풍에 말려든 용들은 바람 칼날에 날개가 너덜너덜하게 찢겼다.

"캬오오오오오오오오오오!!"

"크갸아아아아아아아아악?!"

다양한 비명을 지르며 용이 잇달아 아래로 떨어져 내렸다. 더 강하게 공격해서 대미지를 더 줄 수도 있었지만, 일단 나는 날개를 찢어 비행 능력을 빼앗는 정도만 해 두었다.

모든 용이 지상에 떨어지자, 거대한 새로 돌아간 코교쿠가 공중에서 큼직한 화염탄 비를 용들에게 쏟아 냈다.

"브륀힐드 기사단, 전원 공격————————!!"

〈오오오오오————————————!!〉

그 틈을 타, 단장인 레인 씨의 호령과 함께 수정검과 방패를 든 우리 기사단이 일제히 용을 향해 돌격했다.

그러자 땅에 쓰러진 용들은 고개를 기사단 쪽으로 돌려 화염 브레스를 뱉어 냈다. 하지만 갑자기 나타난 물의 커튼에 가로막혀 그 위력은 반으로 줄어들고 말았다.

〈미안하지만, 그렇게 쉽게 공격하도록 내버려 두진 않아~.〉

〈우리는 원래 방어가 특기니 말이다.〉

브레스 대책은 산호와 코쿠요에게 맡겨 두었다. 내가 원래의 큰 거북이와 큰 뱀으로 돌아간 그 거북이의 껍데기에 올라가 용들 쪽을 보니, 기사단은 모두 이미 공격을 하기 시작한 참이었다.

그에 질세라 큰 호랑이로 돌아간 코하쿠가 비룡에게 달려가 포효할 때의 충격파로 공격했다. 그 공격을 받은 비룡은 뒤쪽으로 멀찍이 날아가 버렸다.

〈그럼 저도 가겠습니다. 저 녀석에게만 맡겨 둘 수 없으니 말입니다.〉

"어디까지나 서포트 역할만 충실하게 해 줘."

〈알겠습니다.〉

날개를 펼친 루리가 하늘을 향해 포효하자, 그 소리를 들은 용들의 움직임이 움찔하고 순간적으로 멈추었다. 무슨 말을 외친 모양이네. 용의 언어는 모르지만.

역시 번역 마법【트랜슬레이션】을 사용해도 동물들의 말까지는 번역이 안 됐다. 거기까지 가능하면 그냥 【텔레파시】나 마찬가지니까. 그런 마법…… 찾아보면 있긴 있을 것 같지만.

루리가 날아올라 안쪽에 있던 용들을 향해 화염탄을 내뿜었다. 그것만으로도 용 몇 마리가 저 멀리 날아가 버렸다.

음~. 저 녀석들은 돈이 되니까, 너무 멀리 날리지 말았으면 좋겠는데.

루리도 이제 저 녀석들을 더 이상 동료라고 생각하지 않는 듯, 쓰러뜨린 용을 파는 것에도 반대하지 않았다. 꽤 담백하다는 생각이 들었지만, 약육강식인 자연계에서는 이상한 일이 아닌지도 모른다.

"우리도 지원 마법을, 사용할까."

"그러죠."

뒤에서 대기하고 있던 린제와 유미나가 광역 지원 마법을 외우기 시작했다. 이것도 '도서관'에서 발견한 고대 마법의 하나다.

"【불꽃이여 물리쳐라, 방염(防炎)의 장벽, 파이어 레지스트】."

"【바람이여 발하라, 축복의 순풍, 테일 윈드】."

기사단 사람들은 모두 빨간색과 녹색, 두 가지 인광(燐光)에 휩싸였다. 불꽃에 내성을 부여하는 보조 마법과 민첩성을 올려 주는 보조 마법이었다.

"대방패 부대 앞으로! 돌격대, 그 뒤에서 대기!!"

〈오오!!〉

방패를 든 열 명이 옆으로 일렬로 서서 방어 장벽을 전개하여, 용의 브레스 공격을 막았다. 그리고 그 방패와 방패 사이에서 긴 수정창을 든 기사들이 동시에 용을 찔러 그 몸을 쉽게 꿰뚫었다.

"카아아아아아아아악?!"

강철보다도 단단한 자신들의 비늘을 아무런 어려움 없이 꿰뚫은 창. 용은 그 사실에 놀라며 당황한 듯했지만, 그런 행동은 결국 목숨을 잃는 원인이 되었다.

"하아아아아아아앗!!"

토끼 수인의 도약력을 살려 레인 씨가 방패 부대의 머리 위를 넘어 용을 향해 뛰어들었다. 그리고 공중에서 빼낸 수정검을 용의 정수리에 깊게 찌른 뒤, 검을 그대로 두고 곧장 뒤쪽으로 이탈했다.

용은 두세 번 크게 경련을 하더니, 그대로 조용히 쓰러졌다. 꽂힌 검을 빼낸 뒤, 레인 씨가 새로운 명령을 내렸다.

"좋아! 다음, 가자!"

〈오오!〉

우리 기사단도 꽤 하는걸? 장비나 지원 마법 덕분도 있지만, 그래도 10명이 채 안 되는 사람이 모여 용을 쓰러뜨렸으니, 꽤 엄청난 거 아닐까? 게다가 '지배의 향침' 덕에 상위 용급으로 강해진 용을 상대로. 그냥 취미로 매일 검의 신에게 너덜

너덜하게 당한 것이 아니었다는 건가.

"토야, 나도 가세하고 싶은데, 안 될까?"

"모로하 누나가 가면, 훈련이 안 되잖아요!"

싸우고 싶어서 몸이 근질근질한 그 검의 신은 바로 내 옆에 있었다. 애초에 싸운다고 하더라도, 용을 상대로 해서는 정검이나 웬만한 명검이 아닌 이상엔 금방 날이 빠져 버릴 텐데 말이지. 물론 검신인 모로하 누나라면 날이 잘 안 드는 걸 건네줘도 그럭저럭 싸울 수 있을지도 모르지만.

"그런데 말이야, 만에 하나라는 것도 있잖아. 그런 상황을 대비해 나도 저곳에 가 있는 편이 좋을 것 같아."

"으……. 기본적으로는 다른 사람의 서포트예요? 무쌍을 펼치면 안 돼요?"

"알아, 알아. 자, 그러니까 어서 검 좀 줘!"

나는 【스토리지】에서 큰 정검을 꺼내 모로하 누나에게 건네주었다.

다음 순간, 모로하 누나는 싱글벙글하며 용의 다리 아래로 달려가 검을 휘둘러 만나는 용의 발목을 잇달아 잘라 버렸다. 무쌍을 펼치면 안 된다고 그렇게 말했는데……. 아무튼 이걸로 이쪽이 지는 일은 없겠지. 어떻게 보면 우리의 최종 병기를 투입한 거나 마찬가지니까.

"우리는 가면 안 돼?"

"너희까지 가면 정말로 기사단이 활약할 차례가 안 돌아오니까 안 돼."

에르제, 야에, 루, 힐다가 뾰로통한 표정을 지었다. 그런 표정을 지어도 안 되는 건 안 됩니다. 서포트는 모로하 누나만으로도 충분하다 못해 넘치니까요.

이렇게 숫자가 많으면 혼전이 펼쳐지기 쉽지만, 코교쿠가 견제하고, 산고와 코쿠요가 막고, 코하쿠와 루리가 싸우기 쉬운 상황을 만들어 주어 혼란한 상황은 벌어지지 않았다.

나는 나대로 상처 입고 쓰러진 사람들의 부상을 어느 정도까지 회복시켜 주며 뒤에서 지원해 주었다. 브레스 공격은 산호와 코쿠요가 막았기 때문에 너무 가까이 다가가 큰 일격을 맞지 않는 한 즉사하는 일은 없었다.

"오?"

비룡 한 마리가 상처 입은 날개로 간신히 날아오르려고 하는 모습이 보였다. 하지만 10미터 정도 떠올랐다가 코교쿠의 화염탄을 맞고 떨어졌다. 나이스.

"우라아아아아아!!"

그때 우렁찬 외침과 함께 바바 할아버지가 수정으로 만든 큰 창으로 비룡의 측두부를 찔렀다. 그 일격으로 비룡은 완전하게 목숨을 잃었다.

나이도 나이니, 후방 지원으로 물러나 줬으면 했는데 말이지. 하는 말을 들으려고 하지를 않는다. 그 옆에는 다른 비룡을 상대로 대검을 휘둘러 용의 다리를 자른 야마가타 아저씨가 있었다.

"오라오라오라! 덤벼라, 이 도마뱀 자식들아!"

모처럼 만의 싸움이라 그런지 굉장히 기분이 좋아 보인다.

바바 할아버지와 아마가타 아저씨는 프레임 기어에 타려고 하지 않았다. 왜냐하면 도저히 싸울 마음이 안 생기기 때문이라고 하는데, 아무래도 맨몸으로 목숨을 걸고 싸우는 것을 즐기는 경지에 다다랐기 때문이 아닌가 하는 생각이 들었다. 안전이 최고 아닌가? 전쟁에 인생을 바친 사람의 마음은 잘 이해가 안 간다.

"훗!"

"야앗!"

니콜라 씨의 핼버드가 소리를 냈고, 노른 씨의 쌍검이 난무했다. 이번에는 단장인 레인 씨를 비롯해 모두에게 소환수 아래로 내려와 달라고 부탁했다.

전쟁터에 발을 딛고 서서 전황을 살펴봐 주었으면 하는 것도 있었지만, 그리핀이나 페가수스에 탄 채로는 브레스 공격을 방패로 방어하기 힘들기 때문이기도 했다. 소환수에 타고 있는 본인은 괜찮을지 모르지만, 수환수들은 무방비한 상황에 놓이니까.

이러니저러니 하는 사이에 대부분 용이 쓰러져 더 이상 움직이지 않았다.

남은 용들도 다들 캬아아, 캬아아 하는 소리를 냈지만, 여전히 무슨 말을 하는지 알아들을 수는 없었다. 나는 발밑의 산고와 그 몸에 몸을 두른 코쿠요에게 물어보았다.

"뭐라고 하는 거야? 쟤네들?"

〈음~. 온갖 욕설의 향연이네요. '하등생물 따위가!' 라든가, '무리를 짓지 못하면 이기지도 못하는 약한 놈들!' 이라든가. 저것들도 뚫린 입이라고 막말을 하고 있어요.〉

참 나. 먼저 무리를 지어 습격한 쪽이 누군데?

루리가 최대급의 화염 브레스를 내뿜어, 마구 소리를 치던 용은 새카맣게 타고 말았다. 아아아, 다 팔아야 할 것들이라고 말을 했는데.

〈루리쨩도 참 화가 많이 난 모양이네. 물론 저런 것들이 자신의 권속이라고 한다면 울고 싶어지는 것도 당연하겠지만.〉

반면에 코하쿠는 담담하게 기사단을 습격하는 용을 충격파로 날려 버리고, 발톱으로 눈을 찢으면서, 한 마리도 죽이지 않고 전투 불능 상태로만 만들었다. 마치 자신이 상대할 가치도 없다고 말하듯이.

〈슬슬 끝날 것 같네요.〉

"이 녀석들, 정말로 상위 용 정도의 힘을 가지고 있는 거 맞아? 너무 약하지 않아?"

〈한 마리, 한 마리는 거의 근접한 힘을 가지고 있었을지도 모르죠. 하지만 집단으로 싸우기엔 문제가 있었네요. 각자 마구 날뛰기만 했을 뿐, 전혀 연계되지 않았으니까요. 동료를 방해

하는 녀석까지 있었을 정도로요. 머리까지 좋아지지는 않았던 모양이에요. 나이가 많은 '엘더 드래곤'이 한 마리 정도 있었으면, 또 달랐을지도 모르지만요.〉

원래 용은 무리를 지어 사냥하지 않는다. 그런 습성이 현저하게 나타났다는 건가.

코쿠요의 말대로 이미 승부는 결정 난 것이나 마찬가지였다. 간신히 숨이 붙어 있는 용도, 잇달아 기사단에게 몰살당했다.

이윽고 모든 용이 움직임을 멈췄다. 이쪽의 피해는 경상자 몇 명 정도. 압승이다.

"승리의 함성을 올려라━━━━━━━━!!"

"""오오오오오오━━━━━━━━━!!"""

수많은 용의 시체가 쓰러져 있는 평원에 승리의 함성이 울려 퍼졌다. 이겼다. 조금 허무하지만.

문득 정신을 차려 보니 등 뒤에 많은 구경꾼이 몰려와 있었다. 그렇게 시끄럽게 떠들었으니 눈에 띄는 것은 당연하다. 마을에서 꽤 많은 사람이 구경하러 온 모양이었다. 이곳에서 보니, 모험자들이 꽤 많은 것 같았다.

"폐, 폐하! 이건 대체……!"

길드 직원을 몇 명 정도 데리고 길드 마스터인 레리샤 씨가 구경꾼들 사이에서 나타났다. 순간 거대해진 산고와 코쿠요의 모습을 보고 겁을 먹은 듯했지만, 내 소환수라는 것을 깨달았는지 별로 신경 쓰지 않고 이쪽을 향해 달려왔다.

"드래곤 집단이 이쪽으로 오고 있다는 정보를 듣고 알려 드리려고 성으로 가 보니, 폐하도 안 계시고 기사단도 없고……."

"아, 죄송합니다. 엇갈렸나 보네요. 하지만 해치웠어요."

"그런, 듯하군요……."

레리샤 씨가 어이없다는 표정으로 바닥에 널브러져 있는 용의 시체를 둘러보았다. 아, 모험자들한테도 도와 달라고 했으면 됐을걸. 그냥 모험자들에게는 우리 기사단의 무용담을 열심히 퍼뜨려 주는 역할을 맡기기로 하자.

"그래서 말인데요. 이거, 길드에서 사들여 주실 수 있을까요?"

"이걸…… 전부 말인가요?! 물론 사들이는 것은 문제없지만, 지금 당장 대금을 치를 수 없습니다……. 열 마리 정도라면 당장 돈을 드릴 수 있지만요……."

"그럼 나머지는 제가 보관하게 있을게요. 나머지는 돈이 마련되는 대로 판매하겠습니다."

【스토리지】에 넣어두면 썩지 않으니 그래도 괜찮다. 나머진 몇 마리 정도 고기를 구워서 마을에 나눠 줄까? 용고기는 맛이 좋다고 하니까. 나눠 주자.

승리하여 떠들썩한 기사단 사람들에게 스마트폰의 화면을 공중에 투영하여 말을 걸었다.

〈기사단 여러분, 수고하셨습니다. 나중에 용고기를 구울 예정이니 마음껏 드시고 피로를 풀어 주세요~. 물론 보너스도

잘 챙겨 드리겠습니다~.〉

"우오오오오오! 성공이다~!"

"고기! 고기!"

"배고파~!"

"이걸로 술값도 갚을 수 있겠군……."

"브륀힐드 만세~!"

수많은 외침이 전장에 울려 퍼졌다. 다들 기뻐해서 정말 다행이다.

〈그리고 내일은 프레임 기어를 타고 드래고니스섬에 있는 용의 소굴을 섬멸하러 가니, 잘 부탁합니다~.〉

""""응?!""""

사람들이 깜짝 놀라 그렇게 외치더니, 눈을 휘둥그렇게 뜨고 일제히 나를 바라보았다.

드래고니스섬.

크기는 브륀힐드보다 조금 작은 편. 중앙에는 드래고니스 화산이 있는데, 그곳에서는 끊임없이 연기가 치솟았다. 섬은 황폐한 곳이 많아 도저히 사람이 살 수 있는 곳이 못 되었다.

이곳에 사는 용들은 주로 섬 주변의 바다에 있는 대형 생선이나 마괴어(魔怪魚) 등을 먹는다는 모양이었다. 또, 가끔은 섬 밖으로 나가 근처 나라의 사람이 없는 숲 등에서 마수를 사냥하기도 한다고 한다. 즉, 사람과의 거리를 어느 정도 두고 살았었다.

하지만 최근에는 사람이 키우는 가축을 습격하거나, 항구로 가는 어선을 노리거나 하는 등, 제멋대로 날뛰었다.

섬에 있던 '엘더 드래곤' 이 한 마리도 없이 모두 사라져, 통제가 제대로 되고 있지 않기 때문인 듯했다.

그런 섬의 해변에 나와 루리가 도착했다. 섬에 도착하자, 옆에 있던 루리가 섬 전체에 들릴 정도의 큰 목소리로 포효했다. 앗, 귀가 찌잉~ 하고 울리잖아!

그러자 금방 캬아아, 캬아아 하는 울음소리가 들리더니, 섬의 이곳저곳에서 용이 모습을 드러냈다. 비룡, 해룡, 지룡(地龍) 등, 하위 용의 아종에 더해, 젊은 상위 용의 무리가 이쪽을 향해 왔다.

〈포위되었군요.〉

"그런데 방금 뭐라고 말했어?"

〈긍지를 잊은 어리석은 녀석들아. 숙청의 때가 왔다. 죽을 각오는 되어 있는가? 라고 했습니다.〉

음, 틀린 말은 아니다. 길을 잘못 든 용들을 때려눕히려고 온 거니까. ……그건 그렇지만.

"캬아아, 캬아아, 캬아아, 캬아아, 시끄러워!"

용의 언어를 못 알아듣는 나에게 있어서 용들의 울음소리는 소음 그 이상도 이하도 아니었다. 무슨 불평을 터뜨리는 것은 확실한 것 같은데 말이지.

"이것 참. 대체 어떤 용술사가 찾아온 거지?"

해변에 모여든 지룡 무리를 가르고, 용인족 한 명이 이쪽으로 다가왔다.

용인족에는 키가 큰 녀석이 많은데, 이 남자도 역시나 꽤 큰 키를 자랑했다. 거의 2미터 가까이 됐다. 튼실한 체형으로 반짝이는 갑옷과 망토로 몸을 두르고 있었다. 붉은 머리카락에 금색 눈. 그리고 용인족 특유의 굵은 꼬리와 뿔도 보였다.

"보아하니, 네가 '용왕'인가 뭔가인 건가?"

"호오? 벌써 내 이름이 유명해졌다니, 기쁘기 그지없군. 그런데 너는 누구지?"

"브륀힐드라는 작은 나라의 왕이야."

움찔하고 남자의 눈썹이 움직였다. 아무래도 나를 알고 있는 모양이었다.

"……호오. 이런 곳에서 만날 줄이야. 어제는 우리 부하가 아주 큰 신세를 진 모양이더군."

"신세를 졌다고 해야 하나? 아예 상대도 안 되던데. 아, 당신이 사용한 '지배의 향침'은 불량품이래. 그런 잡동사니는 빨리 버리는 게 좋을 거야."

"뭐라······?!"

용을 조종하는 사실에 대해 언급하자, 남자는 허둥거렸다. 5000년도 전의 아티팩트를 알고 있을 것이라고는 생각 못 한 거겠지.

"그래서 일단 묻는데, 당신이 용을 조종하는 흑막, 틀림없지?"

"조종하고 있다니, 유감스러운 말이군. 나는 해방해 줬을 뿐이다! 오래된 용의 규율에 묶여 있던 그들을 말이다! 용이란 무엇보다도 강하고, 무엇보다도 기개가 높고, 무엇보다도 영리한 생물이다. 그런 용이 왜 인간 따위의 눈치를 봐야 하는 거지?!"

"영리하다, 라. 이곳에 있는 용은 우리 루리 외에는 전부 바보라고 생각하는데?"

〈동감입니다.〉

옆에 있던 루리가 내 말에 동의했다. 영리한 녀석이라면 벌써 도망쳤을 텐데 말이지.

결국 이 녀석은 그건가? 용 지상주의자. 용인족은 긍지가 높고, 그 인생의 대부분을 수행에 바친다고 한다. 자신만의 길을 추구하는 구도자의 이미지다.

하지만 한 발 잘못 내디디면, 그 긍지도 교만이 되어 엉뚱한 길로 들어서게 된다. 그런 점에서는 진짜 용과 똑같다.

"그 '인간 따위'에게 당신네 용은 패배한 건데······."

"시끄럽다! 일대일이라면 전투 능력으로 용이 패배할 리가 없다! 능력이라고는 번식력밖에 없는 인간 주제에 뭘 잘났다고 그런 소리를 하는 기냐?!"

"그 논리로 따지면, 하나하나가 강한 것이 용의 특성이고, 번식력이 인간의 특성이자 강점인 거지. 게다가 이 정도 용이라면 나 혼자서도 쓰러뜨릴 수 있어."

사실을 말하면 나는 반쯤 신이 되어 있어서, 엄밀하게 따져 내가 인간인가 어떤가 의심스럽기는 하지만. 아마 야에나 에르제도 충분히 쓰러뜨릴 수 있을 테니, 완전히 거짓말이라고는 할 수 없었다.

"그래서 이 섬에 온 것인가. 엄청난 자신감이지만, 이렇게 많은 용을 상대로 어떻게든 이길 수 있다고 믿고 있다면 미쳤다고밖에 표현할 길이 없군. 이 많은 용의 힘을 이용하면, 세계를 이 손안에 넣는 것도 어렵지 않다."

누가 봐도 수상한 땀을 흘리면서, 용왕이 그렇게 말했다. 그런가? 이곳에 있는 용만으로도 대략 1000마리 이상은 되는 것 같지만, 과연 이걸로 세계를 정복할 수 있을까? 수상한데.

"어떠냐? 우리 편이 되면 세계의 절반을 너에게 주마. 그러니까."

"풉━━━━━━━!"

"뭐가 우습지?!"

아니, 당연히 우습지! '용왕'이라면서 그런 대사를 하다니,

너무 웃기잖아! 설마 진짜로 그런 말을 들을 거라고는 생각 못했다. 자신은 용자도 뭐도 아니지만. 물론 대답은 노다.

"이봐, '오합지졸'이란 말 알아? 도움이 되지 않는 녀석들의 모임이라는 의미인데. 이렇게 많은 용이 제대로 통솔되고 있다면 몰라도, 그냥 힘을 끌어냈을 뿐 그냥 아무렇게나 방치되어 있을 뿐인데 무서워할 필요가 어디 있지? '용을 조종할 수는 있지만, 굳이 그러지 않고 자유롭게 풀어 두고 있다'라는 태도인 척하는 모양인데, 실제로는 한두 마리 정도만 조종할 수 있고, 그 이상을 조종하려고 하면 두통이 나고 몸의 컨디션이 나빠지지?"

"으윽!"

정곡을 찔린 모양이다. 셰스카의 '지배의 향침'이 불량품이라는 말은 정말인가 보다. 거물인 척하는 것도 참 힘들구나.

"후, 후후후. 조종할 필요 없다. 너는 여기 있는 용들의 원수, '드래곤 슬레이어'. 이곳에 있는 모든 용이 너를 죽이고 싶어 한다. 내가 한마디 명령만 내리면————응?"

다음 순간, 눈앞에 있는 남자의 상반신이 사라졌다. 아니, 사라진 것이 아니라, 뒤에 대기하고 있던 검은 용이 물어뜯어 버렸다.

우와아. 피투성이가 된 하반신이 털썩 바닥에 쓰러졌다. 그로테스크해……. 헉, 뭔가가 나온다. 뭔가가 나와!

하위 용이나 젊은 상위 용은 인간의 말은 못 하지만 이해는 할 수 있다.

더욱 오만해진 용들에게 있어, 힘을 얻기 위해서라고는 하지만 아인의 지배를 받는 것은 굴욕이었을 게 분명하다. 지금까지는 조종당할 위험이 있었기 때문에 참았지만, 아무래도 그게 기우에 불과했다는 사실을 알게 되어 더 이상은 망설일 필요가 없었던 모양이었다.

나와 대화하는 내용을 듣고 사실을 알게 된 검은 용이 바로 본색을 드러냈다, 그건가?

"자업자득이지만…… 이걸로 이제 문제가 해결된 것은 역시 아니겠지?"

〈 '피의 축제가 시작되었다!' 라든가, '인간 따위가!' 라든가, 여전히 입이 다들 험합니다.〉

"아아, 귀찮아. 한꺼번에 해치우자."

나는 손가락을 딱 하고 울려 【게이트】를 열었다. 쿠웅, 쿠웅 하고 해변에 잇달아 프레임 기어가 전이됐다.

용들이 갑자기 나타난 거인들을 보고 당황하기 시작했다. 불러낸 프레임 기어의 숫자는 총 50기. 수로 말하면 20분의 1 정도이지만, 그래도 많은 편에 속한다고 할 수 있을지 모른다.

〈모두에게 전달. 사양할 필요 없다. 이기면 오늘 밤도 용고기 바비큐다.〉

〈오오오~!!〉

나는 리시버를 통해 오픈 회선으로 모두에게 전달했다. 이

전과는 달리 이번에는 조금 편하게 이길 수 있겠지. 상대는 프레이즈만큼 단단하지 않고, 마법도 통하는 상대니까.

문제는 적당히 상대할 수 있을 것인가 없는가이다. 민스 상태의 용은 팔 수 없으니, 은근히 걱정되었다.

하지만 그런 생각을 한다고 해서 뭔가가 해결되는 것은 아니다. 근처 마을과 도시의 안전을 위해, 다른 용들의 긍지와 존엄을 지키기 위해, 그리고 우리 나라의 재정을 튼튼하게 만들기 위해, 주저하지 않을 생각이다. 이미 피해자는 상당히 많아졌다. 여기서 이 녀석들을 막아 내겠다.

"브륀힐드 기사단, 돌격."

〈오오오오오오오──────!!〉

내 말에 따라 고함을 치면서 슈발리에(중기사)들이 용을 향해 돌진했다. 용들이 화염탄과 불꽃 브레스를 뿜었지만, 기사단은 손에 든 큰 방패로 막으면서 접근한 용의 목을 힘껏 베어 냈다.

상대가 얼마나 강한지 눈으로 확인한 다른 용들이 일제히 날아올랐다. 하지만 중기사 한 대가 바람 마법을 사용하자, 용오름에 말려든 용 몇 마리가 자세를 제어하지 못하고 아래로 떨어졌다.

프레임 기어에 사용된 에테르리퀴드는 마력을 증폭하여 기체의 구석구석까지 미치게 만드는 역할을 한다. 회복 마법처럼 다른 사람에게 간섭하는 마법이나 소환 마법 등은 어렵지만, 그 이외의 마법이라면 대체로 사용이 가능하다. 에테르리퀴드 자체에 마석과 같은 효과가 있는 것이다.

중기사들이 떨어진 용들을 잇달아 사냥했다. 아~. 검으로 목을 날리거나, 창으로 심장을 찌르는 것은 괜찮지만, 메이스나 워해머로 머리를 찌부러뜨리는 것은 안 되는데. 값이 마구 떨어지니까. 앗, 뿔은 제일 비싸게 팔리는 부위니 밟으면 안 돼!

용왕(결국 본명은 알 수 없었구나)을 물어뜯은 검은 용은 주변을 두리번거리며 계속해서 쓰러져 가는 동료들을 침착하지 못한 모습으로 바라보았다. 그 모습을 보고 루리가 한 발 앞으로 나섰다.

"루리?"

〈주인님. 이자의 처벌은 저에게 맡겨 주십시오. 큰 각오도 없이 용으로서의 긍지를 더럽힌 이 녀석에게 진짜 용의 강력함을 각인시켜 주겠습니다.〉

"음~……. 좋아. 그 마음은 나도 잘 아니까."

〈감사합니다.〉

그렇게 말한 뒤, 루리는 크게 숨을 들이쉬고는 또 검은 용을 향해 유리가 깨질 듯한 포효를 내질렀다. 으악, 그러면 귀가 찌~잉거린다니까!

그에 맞서 검은 용도 포효했지만, 루리와 비교하면 박력이 없고 매우 한심한 목소리였다.

스스로도 그 사실을 알았는지, 검은 용은 순간적으로 주춤

하더니, 루리를 향해 입에서 화염탄을 내뿜었다. 하지만 루리는 그것을 피하지 않고, 정면에서 받아 냈다.

조금 깜짝 놀랐지만, 화염탄은 파란 비늘을 전혀 상처 입히지 못했고, 루리도 태연작약하게 계속 그 자리에 머물러 있었다.

이번에는 검은 용이 눈에 띄게 당황하며 한 걸음 뒤로 물러섰다. 반대로 루리는 단숨에 날아가 검은 용의 숨통을 물었고, 그때의 우득우득 소름 끼치는 소리와 단말마의 외침이 해변에 울려 퍼졌다. 우아아아아. 이것도 그로테스크해…….

해변에 검은 용의 시체가 떨어졌다. 그 모습을 보고 루리는 다시 섬에 울려 퍼지도록 포효를 내질렀다.

그러자 옆에 있던 몇몇 용이 겁을 먹은 듯이 바닥에 바짝 엎드린 채 움직임을 멈췄다. 그때, 리시버를 통해서 통신이 들어왔다.

〈……폐하. 몇 마리인가 용이 지면에 엎드리고는 저항을 안 하는데요, 이건…….〉

"루리. 항복 표시야?"

〈네. 마지막으로 한 번 더 항복을 권고했습니다. 항복하려는 자는 저항을 그만둬라. 그렇지 안으면 이 '창제'의 이름으로 한 마리도 남기지 않고 먼지로 만들어 주마, 라고 말입니다.〉

먼지로 만들겠다니 무슨 소리야. 소중한 자금줄인데.

아무튼, 농담은 그만두고, 조금은 '창제'라는 이름을 알고 있던 녀석도 있었다는 건가. 그래도 아직 계속 저항하는 바보

들도 많은 것 같지만.

"저항하지 않는 용은 공격하지`마세요. 덤비는 용만 쓰러뜨리면 됩니다. 항복하는 척만 하는 녀석도 있을 수 있으니 방심하지 말고요."

〈알겠습니다.〉

이윽고 용 1000마리 중, 500마리 이상의 용이 쓰러졌고, 나머지는 항복했다. 나는 항복한 용들의 머리에서 '지배의 향침'을 빼냈다. 이 아티팩트, 개수만큼은 정말 많구나. 어쩌면 파기 처분을 위해 '지배의 향침'을 잔뜩 모아 놓았던 장소가 어떤 사정으로 인해 봉인되어 있었는데, 오랜 시간이 지난 뒤 누군가가 발굴을 했다……라든가?

그런 점을 자세하고 알고 싶었지만, 유일하게 진실을 아는 녀석이 하반신뿐이니……. 일단 시체(하반신뿐이지만)는 해안가에 묻어 주었다. 그리고 그 옆에 검은 용도 묻었다. 동정을 베풀었다든가 그런 것은 아닙니다. 단순히 이 녀석의 위장 속에 상반신이 들어가 있을 거라는 생각이 들어, 가져가고 싶지 않았을 뿐입니다.

도구를 잘못 사용하면 신세를 망친다. 아주 알기 쉬운 예였다. 나도 조심해야겠어.

거기. 이미 늦었다고 말하기 없기~!

"그럼 이것이 남은 용의 소재 매입금입니다."

레리샤 씨가 내민 묵직한 자루를 열어서 나는 안을 확인해 보았다. 100닢이나 되는 왕금화가 들어간 자루가 대충 스무 개 정도. 1200닢이나 되는 왕금화다. 원래 있던 세계의 통화 와는 비교하기는 힘들지만, 지금까지의 경험을 토대로 생각해 보면 왕금화 한 닢에 1000만 엔 정도라고 생각하면, 120억 엔. 우허허헉.

덧붙여 말하자면 왕금화는 나라나 대상인과의 거래 이외에 는 거의 사용되지 않는다. 이런 걸 깜빡 떨어뜨렸다가는 정말 큰일일 테니까.

게다가 이것은 브륀힐드를 습격한 용을 넘긴 값에 불과하다. 드래고니스섬에서 쓰러뜨린 용, 550마리는 아직 【스토리지】에 잠들어 있다.

전부 다 팔아도 상관없지만, 너무 한꺼번에 팔면 이것저것 문제가 있다는 모양이라 일단은 그만두었다. 가치가 떨어지니까.

이 소재를 이용해 길드도 꽤 돈을 벌 수 있겠지. 길드도 단숨에 일반에 방출하지는 않는다고 하니, 이쪽도 조금씩만 팔자.

"사람들 사이에 꽤 소문이 퍼졌습니다. 브륀힐드 기사단이 용의 대군을 상대로 압승했다고 말입니다."

"들은 이야기만으로는 별로 못 믿겠다는 사람이 많지 않을까요?"

"그러네요. 현장에 있던 저조차도 믿을 수 없을 정도이니까요. 하지만 틀림없이 강하다는 사실은 전달되었으리라 생각합니다. 아마 브륀힐드에 이상하게 간섭하려는 나라는 줄지 않을까요?"

물론 그렇게 된다면 더할 나위 없다. 유론 같은 나라를 또 상대하고 싶지는 않으니까.

아직도 일부 유론인들은 그 대침공을 브륀힐드의 음모라고 소문을 퍼뜨리는 중이라고 한다. '브륀힐드는 죄를 인정하고 속죄해야 한다'라고 외치며, 배상금을 요구한다는 모양이었다. 물론 그럴 생각은 전혀 없다.

새 천제를 암살한 것도 나라는 소문이 파다하고 말이지. 그 뒤로 '실은 내가 천제의 숨겨진 아들이다'라고 말하며 천제의 아들을 자처하는 녀석이 잇달아 나타나, 유론은 무정부 상태다. 상당히 황폐한 느낌으로 현재는 나라가 제대로 운영되고 있지 않다는 모양이었다.

이런 경우엔 다른 나라가 도움을 주기도 하고 그러지만, 유론은 지금까지의 행실과 허풍이 심한 거짓말 외교 탓에 상대해 주는 나라가 없다고 한다. 이건 그냥 자업자득이다. 굳이 내가 신경 쓸 것도 없다.

【스토리지】에 돈을 넣고 나는 길드를 나섰다. 이걸로 모두에게 보너스를 줄 수 있겠어. 한 사람당 얼마를 주면 될까? 통 크게 팍~ 쏠까?

그런 생각을 하는 중에 전이문에 도착한 나는 여전히 노점을 열고 있는 츠바키 씨의 부하 닌자에게 말을 걸었다.

"안녕하세요."

"오, 손님. 오늘은 진귀한 물건이 들어왔습니다."

응? 무슨 일이라도 있나? 나는 웅크려 앉아 진열된 상품을 손으로 집어 보면서 이야기를 들었다.

"몇 명인가 죽은 사람이 나왔습니다."

"……그래요? 모험자인 이상 어쩔 수는 없지만, 음. 마수에게 살해당한 건가요?"

"그런 듯합니다. 들어간 뒤 돌아올 생각을 안 하는 것을 보면 말이죠. 모두 랭크가 낮은 모험자들이었으니, 아마도 자신들의 역량도 생각하지 않고 무모한 행동을 한 것이 아닌가 합니다."

앞뒤 생각하지 않고 잘난 척하며 아래층으로 내려간 건가. '조금 강한 상대다' 싶을 때는 후퇴하는 것이 제일인데. 일단 살고 봐야 하니까.

"단지 묘한 일이 하나 있습니다. 죽은 그 모험자들인데, 길드 카드 이외의 유품을 전혀 찾아볼 수 없었습니다."

"유품요? 육체는 슬라임이 녹였다고 할 수도 있지만, 검이나 갑옷, 소지품도 없었나요?"

"네. 물론 이런 말씀을 드리는 건 좀 그렇지만, 모험자들 중에는 하이에나 같은 녀석들도 있으니⋯⋯."

죽은 녀석의 무기나 방어구, 소지품을 가져가는 녀석들도 있다는 것인가. 그 자체는 결코 칭찬받을 만한 일이 아니지만, 그렇다고 나쁜 짓을 했다고 보기도 어려웠다.

죽은 모험자의 장비품을 발견했을 때는 원래 길드에게 건네주어 죽은 녀석의 동료나 가족에게 양도하는 것이 모험자의 매너다. 하지만 반드시 그런 매너를 지킬 필요는 없다. 어디까지나 매너이니까.

이런 이야기가 있다. 어떤 모험자가 큰돈을 들여 실력에 어울리지 않는 값비싼 갑옷을 구입했다. 너무 기쁜 나머지 그 모험자는 기회가 있을 때마다 그 갑옷을 자랑했다. 그리고 며칠 후, 던전에서 그 모험자는 시체로 발견되었는데, 그 시체는 값비싼 갑옷을 입고 있지 않았다.

과연, 그 모험자는 던전에서 마물에게 살해당한 뒤, 그 시체를 발견한 모험자가 우연히 값비싼 갑옷을 빼앗아간 걸까? 아니면 그 갑옷을 가지고 싶어 한 다른 모험자들에게 살해당한 것일까? 진상은 아무도 모른다.

물론 이번에는 특별히 값비싼 장비를 하거나 도구를 가지고 있었던 것이 아닌 모양이니, 다른 누군가가 노렸을 가능성은 없을 듯하지만.

"지금까지 몇 명이나 죽었죠?"

"발견된 길드 카드는 열 장입니다. 모두 길드 카드 외에는 아무것도 발견되지 않았습니다."

　열 명이나 죽었다고? 조금 마음이 무겁다. 역시 던전 안에 마수에게 습격당하지 않는 안전지대나 지상으로 대피할 수 있는 전송진을 만들어 두는 편이 좋으려나? 하다못해 초심자가 자주 드나드는 위쪽 층에라도.

　닌자와 헤어진 나는 전이문 앞으로 갔다.

　'아마테라스' 전이문 앞으로 가 보니, 접수 직원에게 입장료인 동화 한 닢에 해당하는 청동화 열 닢을 각각 치르는 아이들이 있었다. 나이는 열두세 살 정도인가. 네 사람이 파티인데 남자아이와 여자아이가 각각 두 사람씩이었다.

　남자아이들의 장비는 한 명이 단창(쇼트 스피어)과 비늘 갑옷(스케일 메일), 또 한 사람은 수렵용 단궁(쇼트 보우)에 가죽 갑옷.

　여자아이들의 장비는 한쪽이 철검과 가죽 갑옷, 나머지 한 명은 초심자용 지팡이(완드)와 로브였다. 딱, 초보 모험자라는 느낌이다.

　네 사람은 흥분하면서도 '아마테라스'의 전이문을 지나 던전이 있는 섬으로 사라져 갔다.

조금 전에 그런 이야기를 들었으니~. 저런 아이들을 보면 조금 걱정된다.

……뒤따라 가 볼까? 아니아니, 그렇게 스토커 같은 짓은 안 돼. 모험자를 위한 전문학교 같은 것이 있으면 이런저런 지식이라든가 기술이라든가, 그런 것을 배울 수 있을 텐데.

……아니지, 은근히 좋은 아이디어일지도 몰라. 교관은 은퇴한 모험자를 고용하면 되는 거니까.

단지 제대로 경영이 될지 어떨지가 문제인데. 입학금을 높게 잡을 수도 없으니 말이야. 졸업한 뒤에 내라고 할까? 길드에 협력을 구하면 길드 카드로 어떤 의뢰를 받았는지, 얼마나 벌었는지 알 수 있을 테니까.

레리샤 씨에와 상의해 볼까? 뭔가 좋은 아이디어를 내줄지도 모른다.

"어라? 토야?"

누군가가 말을 걸어 뒤를 돌아보니, 폴라를 데리고 온 린이 서 있었다. 린은 여전히 고스로리풍의 검은 옷을 입고, 검은 양산을 쓴 모습이었다.

"린이구나. 이런 곳에 무슨 일이야?"

"조금 살 게 있어서 구경하러 왔어. 진귀한 물건이라도 없나 싶어서. 그쪽은?"

"아~……. 던전을 조금 손질해 볼까 해서. 휴식을 취할 수 있는 안전지대가 있으면 편리하지 않을까, 그런 생각이 들었거든."

"와아, 재미있을 것 같아. 따라가 봐도 될까?"

대답을 기다리지 않고 린이 내 팔을 붙잡았다. 으, 음. 그 뒤로 린이 적극적으로 나에게 대시를 하게 됐다. 나랑 결혼하고 싶다고 했는데 진심인 건가?

겉보기에는 유미나와 거의 비슷하니, 다른 사람이 보기엔 오빠와 여동생으로밖에 보이지 않겠지만, 어딘가 모르게 부끄럽다.

성큼성큼 '아마테라스'로 가는 전이문의 접수처에 도착하자, 린이 허리의 포셰트에서 동화 한 닢을 꺼내 접수원에게 건네준 뒤, 앞에 놓여 있던 노트에 이름을 적었다.

모험자 길드에 등록되어 있지 않더라도 이름을 적고 입장료를 내면 전이하는 것은 가능하다. 이름을 기입하는 이유는 언제 들어가고 언제 나왔는지 확인하기 위해서였다. 물론 길드 카드가 있으면 절차는 순식간에 끝난다.

하지만 나도 이름을 기입하고 동화 한 닢을 냈다. 내 카드는 금색이라서 너무 눈에 띄니까……. 이름도 '타케다 신겐'이라고 가명을 적었다. 굳이 본명을 써야 한다는 규칙은 없으니까. 돌아왔을 때, 들어갈 때와 마찬가지로 '타케다 신겐'입니다라고 말을 하면 그만인 이야기다.

전이문을 통과해 들어가니 눈부신 태양 빛이 쏟아졌다. 한

겨울인 브륀힐드와 비교하면 이쪽은 굉장히 따뜻하다.

주변을 두리번거리며 바라보았지만, 조금 전의 루키 네 명은 보이지 않았다. 벌써 던전 안으로 들어간 듯했다.

우리도 폴라를 데리고 던전 안으로 들어갔다. 린이 양산을 접고 【라이트】를 발동했다.

"일단 지하 3층 정도까지 가 볼까?"

'아마테라스' 던전은 지하 6층까지 공략되었다고 한다. 나는 지도 어플을 열고, 지하 2층으로 가는 계단을 향해 걸었다.

"……어떻게 이 던전의 길을 전부 다 알 수 있는 걸까?"

"글쎄, 나도 잘 모르겠어. 그냥 이렇게 표시되더라고 말할 수밖에."

린이 공중에 투영된 지도를 보면서 어이없다는 듯이 중얼거렸다. 나도 설마 표시될 거라고는 생각하지 못했다.

우리는 헤매지 않고 곧장 계단에 도착해 지하 2층으로 내려갔다. 그리고 가끔 만나는 마수나 마물을 격퇴하면서 조금 전과 마찬가지로 지하 3층으로 내려갔다. 꽤 시간이 걸리는 편이네.

"이쯤에 휴식을 취할 수 있는 안전지대를 만들고 싶은데, 적당한 장소 어디 없을까……?"

공중에 투영한 지도를 바라보면서 나는 적당한 장소를 찾았다. 일단 지도에는 모험자들도 표시되게 해 두었다. 탐색을 방해하는 것도 좀 그러니까.

"저곳은 어때? 다른 계단과도 거리가 비슷하고, 적당히 넓어서 괜찮을 것 같은데?"

린이 가리킨 장소는 꽤 트인 곳으로, 몇 개의 파티가 동시에 쉴 수 있을 정도의 넓이였다. 게다가 우회로도 있어서 굳이 저곳을 지나지 않아도 곤란할 일이 없을 듯했다. 저기면 될 것 같다.

마수들을 쓰러뜨리면서 우리는 던전 안을 걸었다. 자꾸 나타나는 적이 귀찮네~. 게임의 성수 같은 마물 제거 아이템이 있으면 좋을 텐데.

이윽고 목적지에 도착해 나는 주변을 조사하기 시작했다. 특별히 트랩이라든가 숨겨진 문은 없는 듯하다.

그래서 곧장 【프로그램】과 【인챈트】를 사용해 그 공간에는 마수나 마물 종류가 들어오지 못하도록 막았다. 그리고 벽 한쪽에 문자를 새겨 넣었다. 이 공간에는 마수나 마물이 들어오지 못하니, 안심하고 휴식을 취해 주십시오, 같은 말이었다.

함정이라고 생각해 쓸데없이 경계하면 곤란하니, 일단은 사인도 해 두자.

"브륀힐드 공국 공왕, 모치즈키 토야……."

이걸로 마음을 놓아 줬으면 하는데, 그러고 보니, 그 루키 파티와는 못 만났네. 일단 초심자니 아마 1층 근처에서 돌아다니고 있을 거라 보지만.

얼굴도 아니, 잠깐 검색해 볼까. 음~. 일반 모험자를 파란색으로 표시, 전이문 앞에서 본 신인 모험자를 녹색으로 표시…….

오, 있다. 의외네. 지하 2층까지 내려온 거야? 게다가 네 사람도 아니잖아. 네 사람 외에 세 명이 더 있어. 이 파티를 따라서 2층으로 내려간 건가?

? 뭔가 이상해. 이 움직임…… 마물과 싸우는 중인가?

"일곱 명이나 있는데 고전하는 걸 보면 상당한 초심자인 걸까?"

"적어도 네 사람은 완전 초짜 같은 느낌이었어. 시골에서 막 올라온 소년소녀 같은 느낌이라고 할까?"

하지만 그 아이들이 약한 것이 아니라 상대의 수가 워낙에 많은 것 아닐까? 아무리 코볼트나 고블린이라고 해도 열 마리가 넘게 습격하면 위험하다.

어디 보자, 마물이나 마수를 표시……. 어?

표시되지 않네? 아니, 다른 지도상에는 분명히 표시됐잖아. 그렇다면…….

"……어떻게 된 거지?"

"……이 초심자 네 사람은 습격당한 거야. 다른 모험자 세 사람에게."

이럴 수가.

◇ ◇ ◇

지하 2층의 그 장소에 도착했을 때, 마침 단창을 들고 있던 소년이 뒤로 날아갔다. 이미 활을 쏘는 소년과 마법사 소녀는 상처를 입고 쓰러져 있었다. 간신히 검사인 소녀와 창을 사용하는 소년이 둘이서 그 둘을 지키는 중이었다.

"이봐. 너무 다치게 하면 안 되지. 소중한 상품이잖아."

"알고 있다니까. 참 나. 네가 마비 독을 깜빡해서 이렇게 귀찮게 된 거잖아."

"됐으니까 얼른 해치워. 마수가 나오면 더 귀찮아지니이이이?!"

나는 망을 보던 뚱보 아저씨의 얼굴을 발로 차서 안쪽 공간으로 멀리 날려 버렸다. 고무공처럼 엄청난 속도로 날아간 그 녀석은 동료 앞에서 호들갑스럽게 쓰러졌다.

"뭐, 뭐냐 넌?!"

"그건 이쪽이 할 말이지. 너흰 대체 뭐야?"

뚱보, 키가 큰 말라깽이, 머리카락이 거의 없는 대머리. 정말 수상한 녀석들이다.

나에게 발로 차인 뚱보가 코피를 닦으면서 일어섰다. 음? 꽤 맷집이 강하네. 지방이 대미지를 흡수한 건가.

"어머, 아무래도 늦진 않은 모양이야."

린이 폴라와 함께 다가왔다. 그 모습을 본 세 사람의 얼굴이 음흉하게 일그러졌다. 세 사람 중 말라깽이가 나와 린 쪽에 검을 겨눈 채 가까이 다가왔다.

다른 두 사람도 무기를 손에 들고 이쪽을 돌아보았다. 내가 브륀힐드밖에 가지고 있지 않다고 생각한 모양이었다. 세 사람은 조금 전과는 다른 여유를 보이면서, 무언가를 평가하는 듯한 시선으로 린을 바라보았다.

"히히, 꽤 미인이군. 아주 운이 좋아. 야, 너. 목숨이 아까우면 그 여자애를 두고 가라."

"……앙?"

"못 들었냐? 그 여자애를 우리에게 넘기라고! 죽고 싶냐? 아앙?!"

나는 눈을 치켜든 말라깽이에게 아무 말도 없이 다가가 자신의 다리를 힘껏 아래로 내려 차서 녀석의 발등의 뼈를 부서뜨렸다.

"끄아아아아아아아아——————?!"

말라깽이가 발을 붙잡고 마구 몸부림쳤다. 그리고 눈물과 콧물을 흘리면서 바닥에 쓰러져 마구 뒹굴었다. 내가 그에 더해 관자놀이에 발차기를 날리자 말라깽이는 그제야 얌전해졌다.

"우어어어어어어어억!"

내가 왜 너 따위한테 린을 넘겨줘? 잠꼬대는 잠자면서 해야지, 이 양아치 모험자야. 죽을래?

"이, 이 자식! 뭐하는 짓이냐?!"

"우리는 파란색 랭크의 모험자다! 이길 수 있을 거라고 생각하나……?!"

"뭐가 잘났다고 그런 소릴. 어차피 다른 사람의 먹잇감을 가로채서 쌓은 랭크잖아? 파란색 랭크 모험자가 이렇게 약할 리가 없거든. 모험자를 얕보지 마."

나는 뚱보의 무릎을 정면에서 발로 차 부서뜨렸다. 그러자 자신의 체중을 버티지 못한 뚱보가 곧장 앞으로 쓰러져, 조금 전과 마찬가지로 마구 괴로워하기 시작했다.

"으아아아아아아아악?! 무, 무릎이이이이!"

"히, 히익!"

머리카락이 거의 없는 대머리가 두 사람을 두고 도망가려고 등을 돌렸다. 나는 그 등을 향해 브륀힐드를 빼내 주저하지 않고 방아쇠를 당겼다.

"크학?!"

마비탄을 맞은 허세만 심한 대머리가 쓰러졌다. 동료를 버리고 도망가다니, 정말 별 볼 일 없는 모험자다. 진짜 파란색 랭크가 들으면 어이없어할걸?

"……굉장히 과격하네. 조금 의외야."

아직도 웅크리고 울부짖는 말라깽이와 뚱보를 보면서 린이 그렇게 중얼거렸다.

"아………. 미안. 린을 위협하는 소릴 듣고 갑자기 화가 폭발했거든.”

이렇게 화가 치민 것도 참 오랜만이다. 리니에의 바보 왕자 이후로 처음인가. 조금 참을성이 좋아졌다고 생각했었는데, 아직도 한참 먼 모양이다. 자신을 위협하는 것은 별로 신경 쓰이지 않는데 말이야.

“흐~응. 나를 위해서 화를 내주는 건 물론 기쁘지만 말이지.”

린이 의미심장하게 미소 지었다. 큭. 뭔가 부끄럽다. 나는 얼굴이 빨개지는 느낌이 들어 린에게서 등을 돌려 신입 모험자들을 바라보았다.

“괜찮아?”

“앗, 네! 저희는 조금 다치긴 했지만 괜찮아요. 하지만 클라우스랑 이온이…….”

창을 든 소년이 쓰러져 있는 두 사람을 바라보았다. 정신을 잃은 것뿐인 듯해서, 일단 【큐어힐】과 【리프레시】를 걸어 두 사람의 의식을 회복시켜 주었다.

네 사람이 새삼 고맙다고 인사했지만, 대충 받아 두고, 이렇게 된 자초지종을 물었다.

아이들이 말하길, 녀석들이 던전 안에서 안전한 사냥터를 가르쳐 주겠다고 말을 걸어 따라갔다는 모양이었다. 조심성이 없긴.

그 결과 이곳까지 와서 녀석들에게 공격을 당했다는 것이다.

그래서 앞쪽을 경계하지 않았던 두 사람은 갑작스러운 공격에 순식간에 의식을 잃고 쓰러질 수밖에 없었던 모양이었다.

"조금 전의 대화 내용을 들어 보면, 이 녀석들은 인신매매범일지도 몰라. 던전에서는 행방불명이 되어도 호들갑스러운 혈흔이 남아 있거나, 길드 카드가 남아 있으면 마수에게 먹혔다고 판단되어 더 이상 수색도 하지 않을 테니까."

"네! 저희를 노예 상인에게 판다고 말했어요!"

처억 손을 들고 포니테일 여자 검사가 그렇게 말했다. 힘이 넘치네.

그런데 노예 상인이라. 혹시…….

나는 숨을 헐떡이며 앞으로 몸을 숙이고 있던 말라깽이의 관자놀이에 브륀힐드의 총구를 겨누었다.

"알기 쉽게 예, 아니요로만 대답해. 지금까지 죽었다고 여겨진 모험자는 너희가 납치한 거지?"

비지땀을 흘리면서 말라깽이가 크게 고개를 끄덕였다. 역시나.

그 말을 듣고 린이 고개를 갸웃했다.

"하지만 납치해도 전이문 밖으로는 데리고 나올 수 없잖아? 대체 어떻게……."

"간단해. 아마 배를 타고 직접 여기까지 온 거겠지. 노예선을 타고. 그렇지?"

다시 말라깽이가 크게 고개를 끄덕였다. 이것 봐.

이 섬들은 산드라 왕국의 정남방에 위치한다. 그리고 그 산드라 왕국은 노예 제도가 아직도 뿌리 깊게 남아 있는 나라다.

'노예의 초커 목걸이'라는 마도구로 사람들의 자유를 빼앗고, 물건처럼 다루는 제도가 남아 있는 나라. 그곳에 사람들을 팔아넘기려고 한 것이다.

"그래서? 지금 납치한 모험자들은 벌써 산드라 왕국으로 보낸 건가?"

말라깽이가 이번에는 고개를 가로저었다. 아직 보내진 않은 건가? 그럼 구해 낼 기회가 있다는 말이다.

아마 노예선은 이곳 어딘가의 보이지 않는 곳에 정박되어 있겠지. 이 신입 아이들은 이곳에서 납치되어 그 정박된 배로 옮겨진 뒤, 던전 내에서 행방불명이 되어 죽은 것으로 처리될 예정이었던 듯했다.

지도를 검색해 보니, '아마테라스' 던전이 있는 이 섬의 북동쪽에 작은 섬이 하나 있는데, 그곳에 중형선이 정박되어 있었다. 이건가.

이게 어떤 사건인지는 알았다. 그러니 이제 이 녀석들에게 볼일은 없었다. 나는 【패럴라이즈】로 숨을 헐떡이는 두 사람을 모두 마비시켰다.

"저어…… 어떻게 할 생각이신가요? 길드나 기사단에 연락하실 생각이시라면 제가 다녀올게요……."

소녀 검사가 머뭇거리며 물었다. 다른 세 사람도 이쪽을 보

며 내 모습을 살폈다. 일이 얼마나 중대한지 깨달은 모양이
다. 어딘가 모르게 불안함 속에 흥분이 뒤섞여 있는 것처럼 보
였다.

"연락은 이쪽이 할 거니까, 걱정할 것 없어. 그러고 보니 아
직 자기소개를 안 했구나? 이쪽은 린이고, 작은 곰이 폴라. 그
리고 나는 모치즈키 토야. 이 나라의 왕이야."

""""왕?!""""

네 사람이 일제히 눈을 휘둥그렇게 뜨며 일어서더니, 당황
해 하며 나를 보고 납작 몸을 굽혔다. 참 분주하네.

"아아, 어서 고개 들어. 그런 건 별로 신경 안 쓰니까. 내가
예전에 모험자였다는 건 알고 있지? 아니, 지금도 모험자이
지만."

그렇게 말하며 나는 네 사람에게 금색 길드 카드를 보여 주
었다. 이 아이들은 한 번 속아 넘어간 기억이 있으니까. 이게
증거가 될지 어떨지는 모르겠지만.

"금색이다……."

"우와……."

"요, 용이라든가 골렘이라든가 대악마를 쓰러뜨린 거
야……."

"아빠한테 자랑할래……!"

아무래도 믿어 준 모양이었다. 이 아이들은 기본적으로 아
주 착한 듯했다. 그렇게 뭐든 잘 믿으면 혼쭐이 날 수도 있어.

앗, 이미 혼쭐이 난 건가?

네 사람은 잔뜩 긴장한 모습으로 자기소개를 했다. 모두 레굴루스에 있는 퓨톤이라는 마을 출신으로, 다 같이 이 나라로 왔다는 모양이었다.

단창을 들고 비늘 갑옷을 입은 소년이 롭.

철검을 들고 가죽 갑옷을 입은 소녀가 프란.

단궁을 들고 역시 가죽 갑옷을 입은 소년이 클라우스.

지팡이를 들고 로브를 걸친 소녀가 이온.

각각의 이미지를 꼽자면, 롭은 솔직한 남자아이, 프란은 힘찬 여자아이, 클라우스는 반장, 이온은 멍한 느낌이었다. 조금 걱정되는 파티다.

"그래서 어떻게 할 거야? 물론 잡힌 모험자들을 구하는 거야 당연하지만 말이야."

"음. 노예선의 위치도 알았으니, 당장 섬멸하러 가 볼까?"

"저, 저어! 저희가 할 수 있는 일은 없을까요?!"

"앗, 야, 프란!"

당황하는 클라우스를 슬쩍 보며 소녀 검사 프란이 나에게 말을 걸었다.

음~. 의욕이 넘치는 것은 좋지만, 솔직히 말해 이제 막 모험자가 된 신입이 돕고 싶다고 해도 말이지…….

경험을 쌓게 해서 강해지도록 도와주고 싶기는 하지만, 음, 어떻게 하지? 정말 각오가 되어 있기는 한 건가?

"상대는 노예를 다루는 상인이야. 어쩌면 전투 노예가 있을지도 몰라. 싸우게 되면 자신의 몸은 스스로 지켜야 하는데, 너희가 과연 그럴 수 있을까?"

"윽……."

프란이 분하다는 듯이 고개를 숙였다. 조금 전에 자신들이 보여 준 추태 때문에 부끄러운 모양이었다.

나이로 따지면 이 아이들은 유미나나 루보다 위고, 에르제와 린제 자매보다는 아래로, 나와 그렇게 나이 차이가 크게 나지는 않는다.

하지만 우리는 상황이 상황이라 프레이즈를 상대하고, 용을 상대하거나, 쿠데타에 말려들거나 하는 등, 힘겨운 경험을 많이 해 왔다. ……대부분은 내 탓이지만.

"너무 몰아붙이지 마. 이 아이들도 도움이 될 수 있어."

"어떤 면에서?"

린의 말을 듣고 나는 눈썹을 모았다. 설마 미끼가 되라는 건 아니겠지?

"조금 달라. 일부러 잡힌 척을 하면서 노예선에 탄 다른 모험자들과 접촉하는 거지. 이제 곧 도와줄 사람이 올 테니, 그때 당황하지 말고 탈출하라고 미리 알려 주면, 일이 순조롭게 진행되지 않을까?"

"그렇구나……. 근데 이 녀석들이 과연 하라는 대로 할까?"

나는 마비되어 축 늘어진 채 움직이지 않는 세 사람을 바라보았다. 위협을 하면 따르기야 하겠지만, 노골적으로 표정에 다 드러나서 쉽게 들키지 않을까?

"네가 【미라주】로 환영을 덮어 써서, 이 녀석들의 모습으로 변하면 되지 않아?"

"아, 그런 방법이 있었구나."

확실히 그렇게 하면 이 녀석들로 변신한 내가 모두를 데리고 노예선에 갈 수 있다. 그리고 붙잡힌 모험자들에게 가면 그 사람들의 안전을 확보할 수 있을지도 모른다.

붙잡힌 사람들을 인질로 이용하면 성가셔지니, 나쁜 작전은 아닌데…….

솔직히 나 혼자 【인비저블】로 모습을 지우고 잠입한 뒤, 감금 장소를 발견해 구출하기가 더 쉽고 빠르지 않을까?

힐끔. 네 사람을 바라보니, 흥미롭다는 듯이 마른침을 삼키고 있었다. 으으음. 어떻게 할까? 노예는 상품이니 거칠게 다루지는 않겠지만…….

게다가 이 아이들은 자신감을 잃어 가는 중이었다. 여기서 '너희는 필요 없어. 짐만 될 뿐이야' 라고 노골적으로 말하면, 마음이 꺾일지도 모른다.

그 정도로 마음이 꺾일 정도라면 어차피 모험자가 되지는 못하지 않을까…… 하고도 생각했지만, 자신이 그런 말을 직접 하는 것도 좀…… 그렇지?

"그럼, 해 볼래……?"

"""""네!!!"""""

네 사람이 힘찬 목소리로 그렇게 말했다. 괜찮으려나? 내가 옆에서 지원해 주기야 하겠지만 말이야.

그 뒤, 일단 던전 밖으로 나온 다음, 나 혼자서 성의 감옥까지 납치범 세 사람을 데리고 단숨에 전이했다.

이 모험자들을 전이문까지 데리고 가면 아무래도 눈에 띄니, 노예 상인 동료가 그 모습을 보고 배를 타고 그냥 도망가면 사태가 귀찮아진다.

레리샤 씨에게도 연락하여 일의 상세한 내용을 알렸다. 물론 세 사람의 길드 카드는 몰수하고, 등록도 말소했다. 앞으로는 설사 가명을 쓰더라도 다시는 등록을 못 한다. 더 이상 모험자로는 살아갈 수 없는 것이다.

모험자 길드에서 줄 수 있는 벌은 거기까지로, 이제부터는 나라에서 주는 형벌을 받아야 한다.

아무것도 모르는 신입 모험자들을 속여 전부 납치한 뒤, 노예 상인에게 팔려고 한 것이니, 이것은 정말 엄청난 중죄다. 참고로 레굴루스의 법을 적용하면 정상 참작의 여지 없이 무조건 사형이다.

하지만 아쉽게도(?), 브륀힐드에는 사형 제도가 없었다. 없다고 하기보다는 만들지 않았다. 자, 어떻게 해 줄까 고민을 하다가 최근에 '도서관'에서 읽은 고대 마법이 떠올랐다.

어둠 속성의 마법이란 기본적으로 소환 마법이지만, 고대에는 다른 마법도 어둠 속성이었다.

즉, 빛 속성 회복 마법의 반대. 생명을 빼앗는 죽음의 마법이다.

물론 그렇게 간단히 상대를 죽음에 이르게 할 수는 없었다. 그 마법을 사용하려면 막대한 마력과 기술, 정신력이 필요했다. 솔직히 나라면 할 수 있을 듯하지만, 도저히 시험해 보고 싶지는 않았다.

나는 이 세 납치범에게 죽음의 마법을 사용하려는 것이 아니었다. 그 마법에서 파생된 다른 마법을 사용하려는 것이었다.

'생명 흡수', '발병', '공포 부여', '정신 착란' 같은 계통의 마법.

알기 쉽게 말하면 '저주'다. 아니, '저주'라고 하면 오싹한 느낌이 들지만, 더 간단하게 말하면 '약속'이다.

'~을 해서는 안 된다. 또는 ~을 해야만 한다'라는 약속과 그것을 어겼을 때 내려지는 벌. 그것이 '저주' 마법이다. 다른 말로 '새끼손가락 걸고 약속, 약속을 어기면 손가락 날아간다' 마법.

"【어둠이여 묶어라, 저자들의 죄에 벌을 내려라, 길티커스】."

나는 감옥 안의 세 사람에게 저주를 발동했다.

조건은 단순하게 '사람을 상처 입히는 죄를 짓지 마라' 였다. 그 조건을 어기면 아무리 작은 죄라도 손가락이 하나씩 마비되어 간다. 결국에는 팔 하나, 다리 하나조차 움직이지 못하게 되고, 더 나아가 시각, 청각이라는 오감(五感)도 잃는다. 그리고 최종적으로는 심장이 마비되어 이 세상과 작별한다. 큰 죄를 지으면 한 방에 작별이고.

참고로 이것은 【인챈트】와 같은 부여 계통의 마법이기 때문에 내가 죽어도 아무런 영향을 받지 않는다. 즉, 저주는 풀 수 없다.

나는 부여된 마법에 대해 세 사람에게 친절히 설명했다. '사람을 상처 입힌다' 는 것은 육체적인 것만을 말하는 것이 아니었다. 욕을 하거나, 다른 사람의 마음에 깊은 상처를 남기는 말을 해도 마법은 발동된다.

물건을 훔치고, 주인의 마음을 상처 입혀도 발동. 여성에게 고백을 당했는데 거절했다가 그 여성이 마음의 상처를 입어도 발동. 그 발동 조건은 너무 불합리하다는 생각이 들 정도로 가차가 없었다.

사형이 돼야 하는데 목숨을 살려 준 것이니, 그 정도는 짊어지고 살아야 한다. 아무튼 최선을 다해 착한 사람이 되면 그만이다.

나는 다른 사람을 상처 입히지 않고 살기란 불가능하다고 생각한다. 사람이 없는 장소에서 자급자족 생활을 하면 혹여 가능할지도 모르지만. 아무튼 그 정도로 목숨을 구한 것이다. 이곳이 레굴루스나 그 외의 사형이 있는 국가가 아니었다는 사실을 다행이라고 생각해 주길 바랐다.

형벌의 내용을 들은 세 사람은 얼굴이 창백해져서는 몸에 힘이 빠진 듯 축 늘어졌다. 세 사람의 이마에서는 저주의 상징인 문양(文樣)이 떠올랐다.

그때 그중의 뚱보가 키가 큰 말라깽이에게 "너 때문이 이렇게 됐잖아!" 하고 비난하기 시작했다. 아~아. 이 녀석들, 내 설명을 안 들었던 건가?

"으악?! 으아악?! 어, 엄지에 감각이 사라졌어! 안 움직여어어어?!"

뚱보가 자신의 손가락을 붙잡으며 눈물을 흘렸다. 당연하다. 네 발언으로 말라깽이가 깊은 상처를 입었거든. 그 벌을 받은 거야.

저주의 효과가 어떤 것인지 이제 알게 된 모양이니, 이제 국외로 추방하는 일만 남았다. 으음……. 유론에다가 보내 버릴까? 그곳에 가면 나를 욕하는 녀석들이 많으니, 동정을 받을 수 있을지도 모르니까.

나는 세 사람을 【게이트】를 통해 유론의 적당한 장소로 보냈다. 좋아, 이걸로 한 건 해결.

앗, 아직이었지. 이번에는 노예 상인들을 어떻게든 해야 한다.

날이 저물기를 기다린 뒤, 나는 다시 던전 근처의 숲을 향해 갔다. 미안하지만, 신입 네 사람은 그때까지 숲에서 기다리게 했다. 붙잡힌 네 사람이 어슬렁거리며 돌아다니면 어디서 일이 어긋날지 알 수 없었기 때문이다.

일단 린이 같이 있었기 때문에 마수가 습격할 일은 없었지만.

그리고 노예선이 정박해 있는 섬까지 【게이트】를 사용해 모두 다 같이 이동했다. 처음으로 경험하는 전이에 네 사람 모두 깜짝 놀랐다.

"자아. 그럼 무기를 이리 줘. 붙잡힌 상대가 가지고 있으면 안 되니까."

그러자 네 사람 모두 순순히 무기를 건네주어서, 나는 그것을 일단 【스토리지】에 넣고, 대신에 로프와 재갈을 꺼냈다. 그리고 그것으로 네 사람을 묶었다. 물론 금방 풀 수 있도록 묶었다.

이어서 소환 마법으로 불러낸 작은 생쥐 같은 소환수를 롭의 품에 숨겼다. 이걸로 내부 상황이 어느 정도 나에게 전해진다.

그리고 마지막 마무리로 【미라주】를 사용해 유론에 날려 보

낸 세 사람 중 한 명, 머리카락이 거의 없는 대머리의 모습으로 변신했다. ……소거법으로 따져 본 결과, 체형을 어물쩍 넘어갈 수 있는 사람이 이 녀석밖에 없었다.

"어때?"

"똑같아요……. 역시 임금님, 굉장하세요……."

롭이 솔직한 감상을 말해 주었다. 마찬가지로 【미라주】를 이용해 나머지 두 사람의 환영도 좌우에 투영했다.

네 사람에게는 각각 재갈을 물게 한 다음, 그 뒤에 검을 든 뚱보와 말라깽이 환영을 세워 두었다. 이렇게 하면 위협을 당해 연행되는 모습처럼 보이겠지.

"린은 어떻게 할래? 얘네처럼 붙잡힌 모습이 될래?"

"사양하겠어. 대신에 나는 배에서 도망치는 녀석이 없나 망을 보고 있을게."

폴라가 손을 번쩍 들었다. 좋아 그럼 노예선이 있는 곳으로 가 볼까.

섬의 북쪽, 깎아지른 암벽 아래에 어둠에 숨어 있듯이 그 배는 떠 있었다.

그리고 근처 해변에 보트 두 척을 연결해 두고, 옆에서 모닥불을 피운 채 생선을 굽는 남자들이 보였다. 네 사람 중 세 사람은 노예였다.

모두 굉장히 건장해 보이는 남자로, 아마 전투 노예인 듯했다. 남은 한 사람은 딱 봐도 말단인 뻐드렁니가 난 남자였다.

어딘가 간사이 지방의 개그맨과 닮았다. 어두운 숲 안에 린과 폴라를 놔두고 우리는 그 녀석들에게 다가갔다.

"여어~. 오늘도 수고가 많아. 단숨에 네 명이라, 힘 좀 냈는걸?"

뻐드렁니 남자가 우리를 발견하고 헤실헤실 야무지지 못한 미소를 지으며 다가왔다.

뻐드렁니 남자는 곧장 밧줄에 묶인 네 사람을 가만히 바라보면서 우리 주변을 빙글 한 바퀴 돌았다.

"남자는 금화 두 닢, 여자는 금화 다섯 닢 정도일까."

"좋아. 그럼 값을 치러 주실까?"

"응? 오늘은 안 버티네?"

"조금 서두르고 있거든."

그런 것보다 너무 이야기를 많이 하면 들킨다. 그건 그렇고 금화 두 닢과 다섯 닢이라. 대충 20만에서 50만 엔. 이 녀석들은 겨우 그 정도로 남의 인생을 사들이는 건가?

나중에는 지금 부른 값의 몇 배나 되는 값으로 부자에게 팔아넘기겠지. 나는 불쾌하게 웃는 뻐드렁니 남자에게서 돈을 받고 발걸음을 돌려 그 자리를 떠났다.

더 이상 얼굴을 보면 나도 모르게 주먹이 나갈 것 같았기 때문이다.

린이 기다리는 숲으로 돌아간 뒤 나는 【미라주】를 해제하고 원래 모습으로 돌아갔다.

그리고【롱센스】를 사용해 시야를 넓혀 녀석들을 감시하는
데, 생선을 다 먹은 네 사람이 각각 두 사람씩 보트 두 척에 몸
을 싣고 앞바다를 향해 노를 저었다.

　"일단은 잠입 성공인가?"

　"이제 붙잡힌 다른 모험자들과 무사히 접촉하면 좋겠는데.
죽었다고 했던 사람은 몇 명이야?"

　"레리샤 씨에게 확인했더니 역시 열 명이었대. 모두 피 웅덩
이 안에서 길드 카드만이 발견되어서 사망 처리를 한 모양이
야. 음~. 남자가 세 명, 여자가 일곱 명이었던가?"

　"여자가 더 많네."

　"그냥 단순하게 돈이 더 되는 것도 있고, 역시 붙잡기 쉬웠기
때문이 아닐까? 모두 검은색 랭크의 초보자들이었거든."

　다른 길드에서도 이렇게 신입을 노리고 괴롭히는 자들이 있
다고 한다. 억지로 파티에 넣어서 마수를 끌어내는 미끼를 사
용한 뒤, 수업료라고 하면서 신입의 보수를 절반씩 빼앗아 가
는 것이다. 물론 괴롭힘을 당한 루키는 그 길드를 떠나 귀찮은
알력을 피해 혼자서 사냥에 나서는 경우가 많다. 정말 열 받는
이야기다.

　어디를 가든 초심자나 신입을 골려 먹는 녀석들이 있는 법이
구나. 자신들도 처음에는 신입이었으면서.

　아무튼 열 명 모두가 무사하면 좋겠는데……. 노예로 팔아
넘길 심산이었으니 죽이지는 않았을 거라 생각한다. 물론 살

해당하지 않았으니 무사하다고는 할 수 없는 일이다.

시각을 롭에게 건네주었던 생쥐와 동조시켰다. 어둑어둑한 배의 갑판이 보였다. 무사히 배에 올라탄 모양이었다.

이번에는 청각도 동조. 주변의 목소리가 들려왔다. 참고로 동조시키는 것은 여기까지만이다. 한 번 미각까지 동조시켜 본 적이 있는데, 정말 험한 꼴을 당했다. 벌레의 맛까지는 알고 싶지 않았어.

"자베르 님. 오늘은 네 명입니다."

"호오? 꽤 수확이 좋군. 남자도 여자도 젊으니, 비싼 값에 팔릴 듯해."

네 사람을 데리고 온 뻐드렁니가 갑판에 있던 통통한 남자에게 손을 비비면서 다가갔다. 아무래도 이 녀석이 노예 상인인 모양이었다.

모직 상의를 걸친 모습으로, 비단으로 만든 허리띠에는 금장식이 들어간 단검이 꽂혀 있었다. 끝이 빙글 굽은 신발을 신고, 머리에는 어울리지 않는 터번 같은 것을 두른 그는, 살이 찐 가짜 신드바드 같은 외모였다.

자베르, 라. 십중팔구, 산드라 왕국의 노예 상인이다. 그것도 불법 노예 상인.

노예가 허용된 산드라 왕국에서도 일단 사람을 납치하여 노예로 삼는 것은 불법이었다. 노예란 범죄를 저지른 자, 자신의 의지로 매매되길 원하는 자만이 되는 것이었기 때문이다.

하지만 그런 것은 명목일 뿐, 얼마든지 사람을 노예로 만들 방법은 많았다. 빚으로 몰아붙이거나, 일부러 범죄를 저지르게 하거나. 그런 방법으로 사람을 노예로 전락시켰다. 그리고 남몰래 납치하는 것도 사람을 노예로 만드는 방법 중 하나였다.

자신이 속임수에 넘어갔다는 것을 알더라도, 사람들은 한 번 노예로 전락한 사람의 주장을 인정해 주지 않았다. 속아 넘어갔다, 유괴되었다고 호소해도, 노예에서 해방될 수는 없는 것이다.

무엇보다도 큰 문제는 나라가 그 사실을 알면서도 묵인하고 있다는 것이었다. 국왕과 귀족은 대부분 노예를 소유했다. 노예에게 마차를 끄는 말처럼 일하게 하고, 더 이상 일을 시킬 수 없다고 판단되면 새로운 노예를 샀다. 산드라에서는 노예 없이는 귀족이 우아한 생활을 유지할 수 없었다.

"자, 이쪽이다! 어물거리지 마라!"

뻐드렁니 남자가 연결된 로프를 끌고 네 사람을 배 안으로 데리고 갔다.

배 안의 최하층, 배 아래쪽에는 좁은 감옥이 있었는데, 네 사람은 모두 그곳으로 들어가야 했다. 감옥은 좌우 두 개로, 남자용과 여자용으로 나뉘어 있었다. 남자는 셋, 여자는 일곱. 아마 납치된 모험자들이다. 롭 일행도 남녀로 나뉘어 감옥 안으로 내던져졌다.

뻐드렁니 남자가 배 아래에서 나가는 모습을 확인한 뒤, 롭,

클라우스, 프란, 이온은 각각 같은 감옥에 들어가 있던 사람들의 이름을 물었다.

납치된 모험자들의 이름을 미리 알아 두었기 때문에, 나는 그것으로 모두가 무사하다는 사실을 확인했다.

몇 명인가는 체력이 떨어져 힘이 없었지만, 일단 거친 취급은 당하지 않은 듯했다.

"모두 무사한가 봐. 사실은 이대로 【게이트】를 열어 전이시키면 편하게 모든 것이 끝나는데 말이지."

"그 아이들에게도 경험을 쌓게 해 줘."

"경험이라니……. 배에서 탈출하는 것뿐이잖아?"

"어머, 적에게 발견되지 않고, 주변 사람들에게 신경 쓰면서 매번 상황을 판단하며 행동하는 것이니, 아주 중요한 경험 아닐까?"

린이 그렇게 말하며 미소 지었다. 물론 그 말은 맞는 말이다.

배 아래에 있던 롭 일행이 탈출 준비를 시작했다. 미리 네 사람에게는 각각 아이템 두 개를 건네주었다.

하나는 날 길이 5센티미터 정도 되는 작은 접이식 나이프. 물론 그냥 평범한 나이프는 아니었다. 프레이즈의 파편으로 만들어 뭐든지 자를 수 있는 나이프였다. 그것 하나만 있으면 감옥에서 탈출하는 것은 아주 쉬웠다.

그리고 또 하나가 길이 1미터 정도 되는 줄자. 빼내서 늘리면 【인챈트】된 【패럴라이즈】 효과가 발현되는 채찍으로 사용할 수 있다.

이 배에는 전투 노예도 있기 때문에, 그냥 평범하게 싸우면 롭 일행에게 승산이 없으니 말이야. 게다가 그 전투 노예들도 어쩔 수 없이 억지로 명령에 따르고 있는 것뿐일지도 모른다.

롭 일행은 재빨리 자물쇠를 나이프로 자르고, 소리가 나지 않게 감옥을 빠져나갔다.

"그럼 슬슬 나도 움직일까. 그편이 그 아이들도 움직이기 쉬울 테니까."

"잘 다녀와."

생쥐와의 동조를 끊고 나는 린의 배웅을 받으며 숲에서 날아올랐다. 그리고 노예선 상공에 조용히 정지한 뒤, 브륀힐드를 꺼내 탄창의 총알을 마비탄에서 약한 【익스플로전】이 들어간 폭렬탄(약)으로 바꿔서 장전했다.

"그럼 시작해 볼까."

나는 노예선의 메인 돛대를 노리고 브륀힐드의 방아쇠를 당겼다.

그러자 호들갑스러운 폭발음을 내며 메인 돛대의 아래쪽이 날아가 버렸다. 당연히 돛대는 우득거리는 불길한 소리를 내며 기울더니, 기세 좋게 쓰러졌다. 배 위의 사람들은 갑판에서 바다 안으로 쓰러지는 돛대를 보고 패닉을 일으켰다.

"무, 무슨 일이지?!"

"모르겠습니다! 갑자기 폭발이……!"

배 안으로 이어지는 앞쪽 문에서 노예 상인인 자베르라는 사람이 뛰쳐나왔다. 그 타이밍을 노려 나는 뱃머리 쪽에 착지하여 달빛 아래에 모습을 드러냈다.

"누, 누구냐?!"

"브륀힐드 공국 공왕, 모치즈키 토야."

갑판에 있던 사람들이 모두 숨을 삼키는 모습이 보였다. 그 중에서도 노예 상인이 꼴불견이라 해도 과언이 아닐 만큼 벌벌 떨면서, 주변을 두리번두리번 돌아보았다. 일단 자신이 나쁜 짓을 했다는 자각은 있는 모양이지?

"이 섬은 브륀힐드의 영토다. 멋대로 장사를 하면 안 되지."

"머, 멋대로 장사?!"

"시치미 떼지 마. 던전의 신입 모험자를 납치해 노예로 팔아넘기려 했다는 사실은 이미 확인했으니까."

노예 상인의 입매가 일그러졌다. 노예 상인은 비지땀을 흘리면서 더욱 안절부절못했다.

"솔직히 말하면 우리는 작은 나라라서 법이라든가 형벌이라든가, 지금까지 확실한 건 없었어. 그렇게까지 나쁜 사람도 없었고. 기껏해야 여행자가 길에서 날뛰는 정도였거든. 그래서 이번 일은 나도 반성하는 중이야."

그때 린과 던전에 들어가지 않았다면, 롭을 비롯한 아이들이 노예로 팔려 나갔을 테고, 그 후에도 아마 희생자가 나왔을 가능성이 크다. 게다가 그 사실을 눈치채지 못했을지도 모른다.

형벌이 범죄의 억지력이 된다는 점은 알고 있지만, 느슨한 생활을 보내 왔기 때문인지 '그렇게까지 하지 않아도' 된다고 가볍게 생각한 것이 사실이다. 유미나의 마안이 있었기 때문에, 지금까지 기본적으로 주변에 나쁜 사람이 없었기도 했고.

하지만 나름의 죄에는 나름의 벌을 주는 것이 당연한 일이고, 그것이 제대로 집행되고 있다는 사실을 알려 줄 필요도 있다.

얼른 생각해 두는 것이 좋겠어. 일단은 벨파스트의 법을 참고해 코사카 씨한테 만들라고 말해 둘까?

던전이 생긴 뒤, 많은 인종이 뒤섞여 예상치 못한 일도 많이 벌어지는 중이었다. 하나하나 대처해 갈 수밖에 없지만, 일단은 눈앞의 문제부터 해결하자.

응? 배에서 보트 네 척이 멀어지는 모습이 보였다. 롭 일행이 무사히 탈출한 건가. 이제 전혀 주저할 필요가 없어졌구나.

"큭, 공왕이 이런 곳에 올 리가 없다! 애들아, 해치워라!"

마치 시대극의 악한 관리처럼 자베르가 그렇게 명령하자, 전투 노예 세 명이 반월 모양 칼날을 빼내 이쪽을 향해 휘둘렀다.

"【슬립】."

꽈당~! 갑판 위에 세 사람이 호들갑스럽게 넘어졌다. 그리고 세 사람이 놓친 반월 모양 검이 갑판에 꽂혔다.

세 사람 모두 일어서려고 했지만, 금방 다시 그 자리에 넘어졌다. 으응? 【슬립】의 효과가 길어진 듯한……. 이전에는 조금 더 짧았던 느낌이었는데. 이것도 '신기'의 영향인 걸까?

"뭐, 뭐 하는 거냐?! 장난치지 말고 어서 해치워라!"

자베르가 그렇게 외치자 노예들이 목을 손으로 누르며 괴로 워하기 시작했다. 자베르가 '노예의 초커 목걸이'로 고통스 럽게 만들었기 때문이었다.

나는 브륀힐드를 자베르의 발밑에 겨누고 총알을 쏘았다. 그러자 【익스플로전】(약)이 발동되어 작은 폭발이 일어나 노 예 상인이 뒤로 날아가 버렸다.

"쿠에에에엑?!"

꼴사납게 갑판에 내동댕이쳐진 뚱뚱한 신드바드는 코피를 흘리며 뒷걸음질 쳤다.

"요, 용서해 주십시오! 정말 우발적으로 한 짓입니다……!"

"네가 우발적으로 죄도 없는 사람을 노예로 전락시키고, 자 신의 이익을 위해 다른 사람의 인생을 망쳐 왔다고 한다면, 내 가 굳이 너를 용서해야 할 이유가 있을까?"

"사, 살려 주세요……."

"그리고 노예가 된 사람들은 과연 너를 용서해도 된다고 생 각할까?"

이 녀석이 무슨 짓을 해 왔는지 나는 모른다. 하지만 이런 짓 을 하는 녀석이 제대로 된 녀석일 리가 없었다.

이야기해 봐야 입만 아픈 건가. 나는 브륀힐드의 총알을 마 비탄으로 바꾸고, 노예 상인을 향해 총알을 쏘았다.

으갹?! 자베르가 그렇게 기성을 지르더니 더 이상 움직이지 않았다.

이어서 쓰러져 있던 전투 노예들에게도 마비탄을 쏘았다. 이 사람들은 그냥 명령에 따랐을 뿐이겠지만, 억지로 도왔는지, 아니면 기꺼이 도왔는지에 따라 죄가 달라질 것 같아. 자베르보다 훨씬 성가시네. 노예에서 해방해 주어도 좋은지 판단이 서지 않아 나는 일단 그 사람들을 그대로 가만 놔두었다.

나는 갑판에 남아 있던 선원들에게도 마비탄을 쏘아 전투 불능으로 만들었다.

"검색. 배 안에 아직 남아 있는 승무원은 있어?"

〈검색 중······. 검색 완료. 배 안에 사람은 세 명. 모두 마비되어 쓰러져 있습니다.〉

흐음. 롭 일행이 탈출할 때 쓰러뜨린 사람들이구나. 그럼 이게 다야. 모두 스무 명. 그중의 반이 노예인가?

어? 그러고 보니 롭 일행을 데리고 갔던 뻐드렁니 남자는 어디 갔지?

"흐가각?!"

육지 쪽에서 작은 비명이 들렸다. 나는 【롱센스】로 시야를 확대해 확인해 보았다. 그러자, 연기를 내뿜으며 쓰러진 뻐드렁니와 이쪽을 향해 손을 흔드는 린이 보였다. 저 뻐드렁니, 어느새 도망친 거지? 아무래도 린이 제압을 해 준 모양이지만.

롭 일행도 상륙하여 린이 있는 곳으로 향했다. 일단은 이걸로 처리된 건가?

숲 안쪽에서 다가오는 기사단 녀석들을 바라보면서, 나는 배 안에 있던 사람을 한 명도 남김없이 해안으로 전이시켰다.

기사단이 노예 상인인 자베르, 그 부하, 선원, 전투 노예를 모두 묶어 연행해 갔다. 일단 지하 감옥에 넣어 둔 뒤, 나중에 코사카 씨와 상의해 보자.

"처리했구나."

"아직 이것저것 뒤처리를 할 게 남아 있긴 하지만 말이야."

나는 해안가에 착지해 린에게 그렇게 말하면서 노예선을 돌아보았다. 이제 저 노예선은 어쩌면 좋지? 나라에서 몰수해도 괜찮은가? 돛대나 갑판을 부숴 버렸으니, 저대로는 팔지도 못하겠지만.

"저, 저어, 폐하! 납치된 모험자는 모두 무사합니다!"

롭이 나에게 다가와 그렇게 보고했지만, 생쥐를 통해 보고 있었기 때문에 어느 정도는 이미 다 파악한 내용이었다. 나는 체력이 떨어진 모험자들에게 【리프레시】를 걸어 준 뒤, 모두 다 같이 '은월'로 전이해 방을 잡아 주었다. 내가 해 줄 수 있는 최소한의 사과다.

롭 일행에게는 도와줘서 고맙다는 의미로 포션을 열 개씩 나누어 주었다. 가지고 있어서 손해 볼 것은 없는 물건이니까.

자세한 경위 조사는 나중에 하기로 하고, 일단 모두와는 거기서 헤어졌다.

그 뒤, 모험자 길드로 가서 레리샤 씨에게 사태의 전말을 이야기하고, 사망 선고를 내렸던 신입 모험자들의 길드 카드를 재발행해 달라고 부탁했다.

"이번 일은 길드로서도 매우 유감입니다. 길드는 어디까지나 의뢰인의 중개자이지, 모험자를 처벌하는 곳이 아닙니다. 그래서 명목상으로는 모험자로서의 자격을 박탈하고, 그자와의 거래를 완전히 중지하는 처분을 내리는 것밖에 할 수 없습니다."

"……명목상으로는요?"

"이건 비밀이지만, 길드에게 해를 끼쳤다고 판단되었을 때는 길드 소속의 비밀 부대가 움직이기도 합니다. 이번에도 폐하가 처리해 주지 않으셨다면 이곳으로 파견되었을지도 모릅니다."

길드의 비밀 부대? 설마 암살 길드 같은 건 아니겠지? 조금 무서워서 묻기가 좀 그렇지만. 전 세계에 있는 모험자 길드. 그 조직을 통솔하는 레리샤 씨급 길드 마스터는 몇 명 정도 있다고 하는데, 그중의 한 명이 이끄는 부대라고 한다. 별로 얽히고 싶지는 않다.

일단 붙잡은 모험자들의 지원은 맡기기로 하고, 나와 린은 길드를 떠났다.

벌써 시간이 이렇게 오래됐구나. 나는 스마트폰을 꺼내 전원을 넣고 시간을 확인해 보았다. 우와, 벌써 열두 시가 훌쩍 넘어갔잖아.

배가 꽤 고프지만, '이렇게 늦은 시간에 클레아 씨한테 만들어 달라고 할 수도 없으니, 조금 배를 채우고 갈까? 【스토리지】안에 꼬치구이 같은 것이 있기는 했지만, 마침 옆은 길드의 술집이었다.

"린은 어떻게 할래? 뭐하면 내가 살게."

"그래, 그럼 그렇게 할까? 요즘에는 외식도 거의 안 했으니까."

나는 린과 폴라를 데리고 길드 옆에 있는 술집에 들어갔다. 나를 알고 있는 사람도 있을지 몰라 일단은 코트의 후드를 뒤집어썼다.

안쪽은 꽤 넓었는데, 구석의 4인석이 비어 있어 그쪽에 자리를 잡고 앉았다.

술은 못 마시기 때문에 과일 음료수와 닭고기 허브 구이 세트를 주문했다. 그리고 린은 파스타와 야채 샐러드, 그리고 약간의 과일주를 주문했다.

잠시 뒤, 나는 배고픔을 이기지 못하고 웨이트리스가 요리를 가져다준 요리를 엄청난 기세로 먹기 시작했다. 꽤 맛있다. 마을 안에서는 '은월'에서 먹을 때가 많지만, 이런 식사도 나름 괜찮은 듯했다.

술집에서는 모험자들이 웃고 떠들고 술을 걸치면서 즐겁게 한때를 보냈다.

던전이 생긴 뒤에는 이 술집도 꽤 떠들썩해졌어. 난 이런 분위기를 싫어하지 않는다. 술주정뱅이는 싫어하지만.

식사를 끝낸 뒤 우리는 술집 밖으로 나갔다. 시간을 확인해 보니 거의 새벽 두 시였다. 브륀힐드에는 환락가 같은 곳은 없으므로 이런 시간이 되면 거의 모든 가게가 문을 닫는다. 이 나라의 밤은 의외로 조용하다.

상인들은 다른 왕도처럼 카지노나 유흥 가게를 세우자는 이 야기를 나이토 아저씨에게 하는 듯했는데, 그쪽은 맡겨 두기로 했다. 없어도 되지 않을까 하고도 생각했지만, 그런 곳도 없으면 그건 그거대로 성가신 일이 벌어질지도 모르니까.

물론 부정직하거나 악덕한 상사를 하지 못하게 눈을 부릅뜨고 있어야 할 필요는 있다. 어느새인가 악의 온상이 되어 있다고 한다면 그야말로 안 하느니만 못하다.

산드라 왕국에서는 노예를 화류계에서 일하게 시키기도 한다는데…….

"노예 제도, 어떻게 좀 안 될까……?"

"네가 산드라 왕국을 멸망시키면, 어느 정도는 없어지지 않을까?"

"아니, 그럴 수는 없지."

린의 말을 듣고 무심코 딴지를 걸었다. 취했나? 얼굴이 조금 빨간데.

그래도 노예 제도는 점차 사라져 가고 있기는 하다고 한다. 지금까지 남은 노예 대국은 산드라와 유론이었는데, 한쪽은 거의 사라졌다고 생각해도 될 듯했다.

유론은 '노예의 초커 목걸이'로 지배하는 것이 아니라, 계약에 의한 노예 제도라서 취급이 아주 심하지는 않다고 한다. 그래도 엄격한 신분 제도인 것은 분명하지만.

"산드라 왕국은 어느 작은 부족의 족장이 노예들을 부려서 사막에 있는 다른 부족을 쓰러뜨리고 세운 나라야. 초대 국왕은 사람들에게 '노예왕'이라고 불렸다고 해."

노예왕이라니. 꼭 자기도 노예라고 말하는 것 같은데? 아니면 정말로 전에는 노예였던 걸까? 그렇다면 건국을 한 뒤에는 노예 제도를 폐지했어야지.

그렇게까지 강하게 얽혀 있으면 노예 폐지가 어려운 건가?

조금 밤바람을 쐬고 싶다는 린을 데리고 나는 성까지 길을 따라 걸었다. 조금 취했는지, 린이 살짝 벚꽃색으로 뺨을 물들이며 나에게 팔짱을 끼었다. 내심 두근거렸지만, 아무렇지도 않은 척하며 나는 린과 함께 밤길을 계속 걸었다.

성문에서는 기사 네 명이 경비를 서다가 어둠 속에서 우리를 발견하고는 "누구냐?" 하고 물으며 창을 겨눴지만, 나라는 사실을 확인하자 안심했다는 듯이 창을 내렸다.

수고가 많으세요. 나는 그렇게 말을 걸고 성 안으로 들어갔다. 현관홀까지 도착하자, 벽에 장식해 둔 그림에서 마법 생물이자, 우리 성 안의 방범 카메라이기도 한 리플이 뛰쳐나왔다.

〈마스터! 긴급 사태예요~! 마스터의 신변에 위험이 닥쳤어요! 어서 대처를…… 아아아, 이미 늦어 버렸어요…….〉

"뭐야? 대체 무슨 일인데?"

당황하며 마구 말을 하다가 갑자기 얼굴이 창백해지며 **뻣뻣한 웃음**을 지은 리플이 "무운을 빌게요."라는 말을 남기고 퍼엉 하고 그 자리에서 사라졌다. 뭐지? 왜 저렇게 허둥대?

"어서 오세요, 토야 오빠. 많이 늦었네요?"

"앗, 유미나구나. 다녀왔어, 어……."

계단 위에서 목소리가 들려 그쪽을 올려다본 나는 무심코 목소리가 작아졌다.

그곳에는 유미나, 루, 에르제, 린제, 야에, 힐다, 이렇게 여섯 명이 모두 모여 이쪽을 내려다보고 있었다. 이 여섯 명에 스우까지 있으면 내 약혼자 모두가 모이는 거네?

다들 모두 미소를 짓고는 있지만, 눈은 웃고 있지 않았다. 어라? 화난 건가……?

"저, 저어…… 왜 그래?"

"조금 할 얘기가 있어요. 이쪽으로. 아, 린 언니도요."

"응? 그, 그래."

린이 영문을 모르겠다는 듯한 표정을 지으며 대답했다. 야에와 힐다가 내려와 나의 양팔을 꽉 붙잡았다. 앗?! 왜 그래요?! 이 '연행'이라는 말이 어울리는 취급은 뭐죠?!

"죄송해요, 토야 님. 이미 결정된 일이라서요."

"워워워워. 토야 님, 그만 포기하시지요."

"자자자자, 잠깐만! 무슨 얘긴지 모르겠는데?!"

두 사람에게 끌려가는 중에도 내 머릿속에는 "?! ?! ?!" 하는 의문 부호가 잇달아 떠올랐다.

저, 저기…… 내가 무, 무슨 짓을 했었나……?


◇ ◇ ◇


"얼마 전부터 두 사람 사이에 무언가 변화가 있었다는 사실을 깨달았어요."

테이블 앞에 앉은 유미나가 그렇게 말을 꺼냈다. 린도 다른 모두와 마찬가지로 테이블 앞에 앉았다. 하지만 나만 바닥에 무릎을 꿇고 앉았다. 너무하다고? 하하하, 이제 익숙해졌습니다. 대체 몇 번째 무릎을 꿇는 거냐고?

"린 언니도 토야 오빠를 좋아하는 거죠?"

"……응. 너희처럼 정열적은 아니지만, 나는 나대로 토야가 마음에 들고, 평생 같이하고 싶어."

"그건……."

"물론 토야의 지위라든가 바빌론의 유산 때문에 그러는 게 아니야. 그것도 매력적이긴 하지만, 내가 좋아하는 사람은 토야라는 일개 개인. 그런 마음에 거짓은 없어.”

유미나의 말을 끊고 린이 그렇게 말을 이었다. 그리고 린은 똑바로 유미나의 시선을 마주 보았다.

이윽고 유미나가 눈을 부드럽게 뜨며 미소를 지었다.

“알겠습니다. 저는 린 언니가 토야 오빠의 신부가 되는 데 찬성이에요. 여러분은 어떠신가요?”

유미나가 주변의 모두를 둘러보았다. 가장 먼저 손을 든 사람은 야에였다.

“소인도 상관없습니다.”

“나, 나도 문제, 없어.”

“나도 상관없다고 생각해.”

야에에 이어 쌍둥이 자매가 작게 손을 들었다. 그 모습을 보고 당황한 듯이 나머지 두 사람도 손을 들었다.

“저도 이의 없어요.”

“저, 저도 마찬가지입니다.”

루와 힐다는 린과 많이 어울려 보지는 않았다. 그래도 몇 번인가 이야기하거나 같이 행동하기도 했기 때문에 인품이 어떤지는 잘 알 거라 생각한다.

처음 알게 된 때를 따지면, 린이 다른 약혼자들보다 길지만. 설마 이런 전개가 될 줄은 생각하지 못했다.

“이 자리에 스우는 없지만, 아마 반대하지 않을 거라 생각해요. 린 언니, 앞으로도 잘 부탁드립니다.”

"그래, 잘 부탁해."

두 사람은 모두 온화하게 악수를 하고 같이 미소 지었다. 이래서야 정말로 내가 끼어들 틈이 없다. 아니, 반대할 이유는 없지만. 린은 귀엽고, 듬직하고, 정신적으로는 어른이니까.

유미나가 모두를 한데 묶는 역할이니, 린은 아마 서브 리더로서 활약하지 않을까?

그건 그렇고…… 드디어 여덟 명이 된 건가. 거의 마지막까지 다 왔어, 에고고. 솔직히 그 바보 박사가 쓸데없는 말만 안 했어도 이렇게는 안 되지 않았을까?

아무래도 유미나를 비롯한 약혼자들은 얼른 아홉 명을 채우고 싶어 하는 듯한……. 이상한 여자에게 걸리기 전에 빨리 결정해야 한다, 그런 건가? 팜을 받아들이지 않은 걸 보면, 무턱대고 받아들이지는 않는 것 같지만.

"자, 이걸로 린 언니는 우리와 마찬가지로 토야 오빠의 약혼자예요. 동료인 거죠. 동지예요."

"응? 아, 그, 그러네."

"그런데…… 이렇게 늦은 시간까지 둘이서 어디를 갔다 온 거죠?"

"후엣?!"

린이 얼빠진 목소리를 흘렸다. 게다가 어느새인가 다른 다섯 명도 린을 둘러싸고 생글생글 웃으면서 무언의 압력을 가했다.

"자, 잠깐만. 너희, 뭔가 착각하는 거 아니야?"

"이렇게 깊은 밤까지 단둘이⋯⋯. 그 외에 무슨 이유가 있다는 말씀입니까?"

바짝 다가서는 야에에게 나도 있었어~ 하고 폴라가 필사적으로 어필했지만, 린을 둘러싸고 있는 모두에게는 전혀 보이지 않는 모양이었다. 게다가 쌍둥이 자매도 린에게 바짝 다가서기 시작했다.

"호, 혹시⋯⋯."

"하, 한 건가요?!"

""뭐어?!""

린과 내 목소리가 동시에 울려 퍼졌다. 하다니⋯⋯ 그걸 말하는 거지? 말한 쪽도 들은 쪽도 얼굴이 새빨개져 있으니까.

"무, 무, 무슨, 무슨 소리를 하는 거야?! 그, 그럴 리가 없잖아!"

삶은 문어처럼 변한 린이 당황해서 그렇게 부정했다.

어~라? 반응이 꽤 순진하네⋯⋯. 600년 이상 산 것치고는 겉보기 나이랑 똑같은 반응이라고 해야 할지.

그런 반응을 보니 오히려 이쪽이 냉정해졌다.

그래서 당황한 나머지 뭐라고 말을 못하는 린을 대신해 내가 오늘 밤에 있었던 일을 설명해 주었다.

"사정은 잘 알았습니다. 하지만 이렇게 늦을 것 같으면 연락 한 번은 해 주셔야 하는 것 아닌가요?"

"윽, 미안해……."

"코하쿠를 통하면 연락하는 것 정도는 아주 간단하지 않나요?"

"아."

그러고 보니 그러네. 부산하게 움직이다 보니 눈치를 못 챘어. 확실히 이런 시간까지 연락 한 번 하지 않고 돌아오지 않으면 이래저래 걱정되는 게 당연한가.

나는 아무런 걱정도 필요 없다고 생각했는데, 너무 잘난 척을 한 것 같다.

소중한 사람들에게 민폐나 걱정을 끼치다니, 내 본의가 아니다. 앞으로는 주의하자.

"가만 놔두면 뭘 할지 모르니까, 너는."

"그렇습니다. 언제였던가, 마법 실험이라고 하면서……."

"빈집 한 채를, 불태운 적도 있죠……?"

에르제와 야에, 그리고 린제가 한숨을 내쉬었다. 그런 걱정이었어?! 그건 파이어볼을 유도탄처럼 컨트롤할 수 없을까 생각해서 한 일일 뿐이다. 실패했지만.

술을 마시고 취해서 돌아온 남편이 아내들에게 혼나는 것은 이런 느낌인가? ……어, 응? 이미 완벽하게 잡혀 사는 중?!

그렇다고 '잔말 말고 따라와.' 라고 하는 가부장적인 사람이 되고 싶은 것은 아니다. 유미나를 비롯한 색시들이 화를 내는 것은 다 나를 생각해서 그런 경우가 많아 반론도 할 수 없으니까. 약혼자끼리도 사이가 좋아서 서로 싸움 한번 하지 않고 말이지. 이런 상황에서 불평하면 천벌을 받는다.

"아무튼, 앞으로는 늦을 것 같으면 연락을 할 것. 가능한 한 이라도 좋으니까요. 알겠죠?"

"알겠습니다……."

그 뒤로 약혼자들은 한 사람당 하나씩 설교를 했고, 내가 간신히 그 설교에서 해방되어 침대에 누운 시간은 거의 새벽녘이 다 되어서였다. 많은 약속을 해야 했지만, 자업자득이라 어쩔 수 없다.

뭐지……? 한 명, 한 명을 보면 예쁘고, 다정하고, 같이 있으면 마음이 편안해지는데, 여자애들이 다 같이 모이면 내가 도저히 못 당해 내겠어. 완전히 주도권을 빼앗겼다. 하지만 이것도 받아들일 수밖에.

아아, 졸려. 쿠울.


잠에서 깬 뒤, 일단은 어제의 일을 코사카 씨에게 보고하러 갔다. 그랬더니 코사카 씨는 이미 벨파스트의 법률을 참고해 어느 정도 초안을 생각해 둔 상태였다. 나머지는 내가 승인만 하면 되는데……. 뒷전으로 미뤄서 죄송합니다…….

이쪽 세계에서는 에도 시대처럼 사형 다음으로 가벼운 형벌이 추방으로, 에도 시대라면 섬 유배형에 해당하였다. 다른 나라에는 광산 등에서 강제 노동을 시키는 형벌이 있는 듯하지만, 공교롭게도 우리에게는 광산 같은 것이 없다.

사형 제도를 폐지하면, 이런저런 불편한 문제들이 생긴다고 한다. 국외 추방을 하면 다른 나라에 피해가 가기도 하고 말이지. 사형을 하는 것이 나중에 문제 될 것이 없다, 그런 이야기인가.

그런 의미에서는 '노예의 초커 목걸이'는 죄인을 벌하는 데 적절한 아티팩트인지도 모른다. 정말 중대한 범죄를 저지른 사람에게만 장착했을 때의 얘기지만. 개조할 수 없나?

일단 벨파스트 형벌을 참고하면, 노예 상인 자베르는 사형에 해당하는 듯했다. 지금까지의 소행을 되돌아보면 당연하다고도 할 수 있는 건가. 납치된 사람들이 노예가 되지 않아 무사했으니 형을 가볍게 해 주는 것도 이상하다.

문제는 다른 선원과 노예들을 어떻게 할 것인가이구나. 노예들의 본질을 유미나의 마안으로 확인하게 하고, 문제없는 사람들이라면 초커 목걸이를 풀어 줘도 될 것 같은데…….

아무튼 마을로 나가 숙소 '은월'을 찾았다. 어제 구해 줬던 모험자들이 걱정되었기 때문이다. 이상한 트라우마에 시달리지 않았으면 좋겠다.

'은월'에 도착해 붙잡혔던 모험자들과 이야기를 해 보니, 다행히 열 명 모두 모험자를 계속 할 거라고 해서 조금 안심했다. 이제부터는 주의 깊이, 조심해서 탐색해 줬으면 했다. 서두를 것은 없다. 천천히 강해지면 되는 거니까.

　카드가 재발행된다는 이야기를 듣고 다들 곧장 길드를 찾았다. 정말로 자칫 잘못했으면…… 하는 생각을 하니 너무 미안했다.

　아직 아침을 먹지 않았기 때문에(점심시간이 다 될 때까지 잠을 잔 탓이지만), 은월에서 점심을 먹기로 했다. 롭 일행 네 명도 겸사겸사 불렀다.

　처음에는 다들 사양했지만 내가 런치 5인분을 주문하자, 다들 미안해하면서도 자리에 앉아 주었다.

　"와아, 너희가 사는 마을에도 던전이 있었어?"

　"던전 정도는 아니에요. 그냥 작은 동굴 같은 느낌인데, 아무래도 무슨 유적이었던 것은 확실해요. 어렸을 때부터 들어가서 모험 놀이를 하며 놀았었어요."

　모험 놀이라고 해도 어린아이에게는 위험하지 않나? 늑대라든가가 터를 잡고 살고 있을지도 모르는데.

　"몇 번인가 늑대나 큰 박쥐와 만난 적도 있지만, 저희 넷이서 퇴치했어요. 그래서 조금 자신이 있었는데……. 이곳에 와서 저희가 얼마나 생각이 짧았는지 절감했습니다."

　분하다는 듯이 검사 프란이 그렇게 말했다. 프란이 말한 대로 늑대와 고블린, 코볼트는 아무래도 차원이 다르다. 도구를 사용하는 것은 물론 연대 공격도 하니까. 하지만 롭과 프란 둘

이서 아무리 형편없었다지만 어쨌든 파란색 랭크였던 사람을 상대했다는 것은, 나름 유망주라고 할 수 있는 것 아닌가? 이 아이들.

"너무 무리하지 말고 할 수 있는 것부터 차근차근 해 나가면 돼. 실패에서 배우고 자신들이 할 수 있는 범위의 일을 하면 되는 거지. 그리고 너무 그럴듯한 이야기는 의심해 볼 것. 그럴듯한 이야기에는 이면이 있다, 예쁜 꽃에는 가시가 있다, 공짜보다 비싼 것은 없다. 알았지?"

네 사람은 신묘한 표정을 지으며 고개를 끄덕였다. 물론 이번 일로 절감했겠지만. 왜 다른 모험자가 좋은 사냥터가 있다고 말했는지 한번 생각해 볼 필요가 있었다. 자신의 이익이 줄어드는데, 대체 그걸 가르쳐 줄 때의 이점이 무엇인가, 하고 말이다. 너무 사람을 의심하는 것도 좀 그렇지만.

"저어, 폐하. 그래서 이 아이 말인데요……."

"응?"

마법사 이온이 내가 소환한 흰 생쥐를 손에 들고 가리켰다. 앗, 깜빡했어.

음~. 아직 이 아이들이 걱정인데. 이 녀석을 계속 붙여 둘까? 이 녀석은 '스노 랫'이라고 하는 마수로, 머리가 좋고 집단을 이루면 꽤 강해진다는 모양이지만, 내 눈에는 생쥐로밖에 안 보인다.

이쪽 세상에 생쥐가 있는지 없는지는 모르겠지만.

'위험 감지' 능력이 있다고 하니, 이 녀석이 있으면 기습을 방어하거나, 위험을 감지하고 도망가는 것도 가능하다.

"그 아이는 너희에게 맡길게. 꽤 머리가 좋고 위험을 감지할 수 있으니, 탐험할 때 도움이 될 거야. 그리고 나랑 연락할 때도 사용할 수 있으니, 만약 무슨 일이 있으면 그 녀석을 통해서 연락해."

내 말을 듣고 이온이 미소를 지으며 고개를 끄덕였다. 아무래도 이 녀석이 마음에 든 모양이었다. 물론 나야 사이좋게 지내 준다면 그것만큼 좋은 것이 없다. 너무 자주 연락을 해도 곤란하지만.

식사를 끝낸 뒤 네 사람과 헤어졌다. 스노 랫은 딱 이온의 머리에 올라가 나에게 손을 흔들었다. 저 녀석, 정말로 엄청나게 머리가 좋은 건지도…….

그러고 보니, 조금 전에 대화하다가 한 가지 신경 쓰이는 점이 생겼다. 아이들 네 명이 들어가서 놀았다고 하는 동굴. 그곳에 있었다고 하는 유적의 모습이 아무래도 바빌론 유적과 비슷한 것 같았다.

그 아이들의 출신지는 레굴루스의 퓨톤 마을이라고 했었지? 지도를 확인해 보니 그렇게 멀지도 않았다. 설마 이렇게 가까이에 있을 줄이야……. 탐색을 위해 풀어 둔 새들이 깜빡 놓쳤던 걸까?

아, 혹시 밤눈이 어두워 동굴 안쪽까지는 몰랐다든, 가? 아니, 그래도 그건 꼭 그렇지도 않다고 들었는데. 원래 새는 밤 눈도 거의 사람과 비슷한 정도라고 한다. 단지, 먹이를 발견할 수 없어서 밤에는 활동하지 않을 뿐. 게다가 올빼미처럼 야행성 새도 있다.

그렇다면 역시 그냥 깜빡 보지 못했을 뿐이라는 건가. 아무튼, 일단 가 보면 알 수 있겠지만.

나는 곧장【플라이】로 날아오르려고 했지만, 그 전에 코하쿠에게 텔레파시를 보내, 모두에게 말을 해 달라고 부탁했다. 어제 그렇게 막 혼난 참이니까~. 이틀 연속 설교를 받는 것만큼은 제발 사양하고 싶었다.

자, 가 볼까?

퓨톤 마을은 레굴루스 남서부, 벨파스트에 가까운 산간에 있어 별로 눈에 띄지 않는 마을이었다. 목가적인 시골 마을, 이라고 하면 딱 어울리는 그런 느낌이다.

마을 사람에게 발견되면 성가셔질지도 몰라서, 일단 나는 근처의 숲속에 착지해 스마트폰으로 '동굴'을 검색해 보았다. 그러자 마을에서 조금 떨어진 위치가 표시되었다.

"의외로 가깝네. 아이들이 놀이터로 삼을 정도니, 당연하다면 당연한가?

동굴은 마을 외곽의 산 중턱에 있었다. 확실히 작다. 입구는 사람 한 명이 겨우 들어갈 수 있을 정도였다. 토굴 같은 느낌인데, 안으로 들어가 보니 생각보다 훨씬 넓었다.

아니, 이건 산속에 있던 유적 옆에 구멍이 뚫려 있는 것 같은 느낌이었다. 많은 통로가 흙모래나 바위에 먹혀 이런 형태가 된 것이 아닐까?

잠시 걷자 큰 박쥐가 공격해 와서 물리쳤다. 으음, 아이들이 상대하기에 딱 적당한 상대인가? 물론 활이나 마법 실력이 없으면 공격해서 떨어뜨리는 것도 상당히 힘들지도 모르지만 크게 다칠 염려는 없을 듯했다.

계속 앞으로 나아가다 이윽고 검은 정육면체가 보였다.

한 변이 7미터 정도 되는 크기다. 나는 차가운 대리석 같은 표면을 만져 보았다. 틀림없다. 이건 바빌론의 유적이다.

"자, 그럼······. 어딘가에 안으로 들어갈 수 있도록 해 주는 스위치 같은 것이 있을 텐데······."

나는 정육면체를 상세히 조사해 보았다. 하지만 아무리 찾아도 그럴듯한 것이 보이지 않았다. 모니카 때처럼 홈이 있는 것도 아니고······. 어떻게 된 거지?

어딘가 건드리면 그냥 통과할 수 있는 벽이 있을지도 모른다고 생각해 이런저런 장소의 옆과 위를 만져 보았지만, 통과할 수 있는 곳은 없었다.

"흐으음……. 대체 어떻게 하면 될까……?"

그냥 【모델링】으로 변형시켜 구멍을 뚫어 버릴까? ……아니, 그 박사의 성격상 정식 입구로 들어가지 않으면 정육면체가 자폭할지도 모른다. 게다가 그렇게 하면 내가 꼭 패배한 것 같은 느낌이 들 것 같기도 했다. 어떻게든 실력으로 찾을 수밖에 없는데…….

그 후로도 이래저래 조사해 보았지만, 전혀 입구 비슷한 것도 찾지 못했다.

"음~. 이거 대체 어디지? 전후좌우, 위조차도…… 아."

설마 아래인가?

아무리 그래도, 라고 생각을 하면서도 나는 흙 마법으로 지면을 정육면체가 떨어지지 않도록 가늘고 깊게 파낸 뒤, 그곳으로 들어가 정육면체의 아래를 확인했다.

……있다. 바닥에 마치 주사위의 1 표시처럼 한 가운데에 원형 홈이 파여 있었다.

"아마 이곳으로 들어갈 수 있겠지……."

원형 장소에 손을 대자, 마치 끌려들어 가듯이 나는 정육면체 안으로 들어갔다.

주변을 둘러보니, 언제나 그렇듯 기둥 여섯 개에 둘러싸인 전송진이 있었다. 흐릿하게 붉은 공간에 각 속성의 마석이 빛나는 모습이 보였다.

하지만 평소와는 다르게 전송진이 바닥이 아니라 측면에 있었다. 마석이 박힌 기둥도 옆으로 여섯 개가 뻗어 나와 있는 상태였다.

"잠깐만. 이거 원래 이게 아래 아닌가? 그럼 원래 옆에서 들어갈 수 있었던 거잖아."

이 정육면체를 설치할 때, 명백하게 뭔가 잘못을 한 듯싶었다. 입구를 지면 아래에 묻어 둘 이유가 없으니까. 주사위로 따지면, 1이 나오는 면이 옆이 되고, 2인 면이 아래가 되어야 정상이다. 그런데 뭔가 실수를 해서 입구인 1이 아래가 되었고, 2가 옆이 되었으니, 당연히 들어갈 수 있을 리가 없었다.

"참 나, 설치 좀 제대로 해 줘……."

나는 투덜거리면서도 【플라이】로 몸을 띄워 순서대로 마력을 마석에 흘렸다. 여섯 속성 모두가 개방된 뒤, 나는 전송진이 있는 벽의 측면에 섰다. 뭔가 이상한 느낌이다. 닌자도 아니고. 인법 벽 서기. 그런 건가.

전송진에 무속성 마력을 흘리자, 전송진이 기동 되었다. 이윽고 눈 부신 빛의 소용돌이에 휩싸이더니, 전이가 무사히 완료되었다.

"어서 오세요, 바빌론의, 하왓?!"

"으그윽?!"

전이가 끝나고 빛줄기가 진정되었을 때, 갑자기 누군가가 배에 박치기했다. 윽, 기습을 당하면 아무래도 대처할 수가 없다!

대체 누가……가 아니라, 당연히 관리인이겠지만, 아무래도 달려오다가 다리가 꼬여 나에게 그대로 돌진했던 모양이었다.

"아와와, 죄송합니다! 맞이하려고 했는데, 걸려 넘어지고 말았어요~!"

"알았어, 알았으니까, 일단 좀 비켜 줘!"

몸통 박치기를 한 소녀와 나는 완전히 서로 몸이 포개어진 상태로 쓰러져 있었다. 이건 역시 좀 부끄럽다. 게다가 이 아이, 플로라 정도는 아니지만 그곳이 상당히 커서, 더 서먹서먹했다.

"바로 비키겠습니다. 아, 아아앗!"

"뭐 하는……."

당황해서 일어서려고 하던 소녀는 비틀거리더니 체중을 실은 그 오른발로 내 고간을 정확하게 짓밟았다!

"으구어으억?!"

악……! 으억, 크으으………! 윽……!

소리 없는 외침. 몸을 웅크린 채 땅을 구르는 것 이외에 내가 할 수 있는 일이 과연 뭘까? 이쪽 세계에 온 뒤로 가장 큰 대미지를 입었다……!

프레이즈의 일격보다도 이쪽이 몇 배는 더 아프다……! 회, 회복 마법이 과연 효과가 있을까……? 아, 아니, 이, 런 경우엔 【리프레시】인가? 으아아, 안 되겠어, 마법에 집중을 못 하겠어……! 아파, 아파!!

"저어…… 괜찮으신가요?"

"그, 럴, 리가 없잖아……."

하복부의 치솟는 통증을 참으면서 나는 주먹으로 지면을 팍팍 때렸다. 비지땀이 줄줄 흐르고 호흡이 일정치 못했다. 정말…… 아프다……. 나는…… 무력해…….

잠시 뒤, 간신히 통증이 가라앉기 시작해 내가 비틀거리며 일어서자, 소녀가 처억 하고 거수경례로 나에게 인사했다. 키는 셰스카보다 조금 작은 정도인가. 소녀가 활달한 미소를 지으며 말했다.

"그럼 다시 하겠습니다. 어서 오십시오, 바빌론의 '창고'에! 저는 이 '창고' 의 관리를 맡은 단말, '리루루파르셰' 입니다. '파르셰' 라고 불러 주세요."

"너냐야아아————————————————!!"

"후에에에에에에에에엥?!"

이 녀석이 '창고' 의 관리인이었구나! '불사의 보옥' 을 떨어뜨려 타케다가 멸망하는 계기를 만들고, '흡마의 팔찌' 와 '방벽의 팔찌' 를 떨어뜨려 제국에서 일어난 쿠데타의 원인을 제공한 녀석!

　다른 바빌론 넘버즈가 말하길, 꽤 덜렁댄다는 모양인데, 몸소 그 사실을 깨달았어!

　"잠깐 거기 앉아! 설교할 테니까!"

　"가, 갑자기 왜 그러세요?! 왜 그러시는 거죠?! 왜 제가 혼나는 거죠~?!"

　그렇게 피해를 주고도 전혀 자각이 없는 건가. 제대로 설명을 해서 깨닫게 해 줄 필요가 있겠어.

　그 뒤로 아주 간곡하게 나는 파르셰가 떨어뜨린 아티팩트 탓에 얼마나 많은 사람이 피해를 보았는지 이야기해 주었다. 특히 내가 얼마나 많이 말려들었는지 아주 세세하게.

　"반성했어?"

　"했습니다……. 정말 죄송합니다. 설마 일이 그렇게 됐을 줄은 생각도 못 했어요."

　파르셰는 추욱 어깨를 떨구었다. 그리고 살짝 아래를 내려다본 상태로 회색 포니테일 머리카락을 작게 떨었다. 말이 너무 심했나?

　"아무튼, 이제부터는 조심해. 바빌론의 모두도 '창고'가 추락한 게 아닐까 걱정했었을 정도니까."

　"오요? 저 외의 바빌론 관리인과도 만난 건가요?"

　" '연구소' 이외에는. 소개가 늦었지만, 나는 모치즈키 토야. 바빌론 넘버즈는 나를 마스터로 인정해 줬어."

"호오호오. 그렇다면 저도 적합자로 인정해 드릴 수밖에 없겠네요. 알겠습니다. 이제부터 기체 넘버 26, 개체명 '리루루 파르셰'는 당신에게 양도됩니다. 잘 부탁드립니다, 마스터."

다시 기운을 되찾아 처억 경례를 하는 파르셰. 기분이 휙휙 바뀌네. 정말로 반성하는 거 맞지?

파르셰는 갑자기 나에게 다가오더니 입술을 가까이 댔다. 아~. 이게 있었지…….

벌써 여덟 번째라 그런지 별로 저항하고 싶은 마음도 들지 않았다. 어차피 해야 하는 일이니까. 내가 깨달음을 얻은 느낌으로 몸을 내맡겼는데, 파르셰가 꽈악 내 발을 밟았다.

"아얏……! 으읍!"

포개어진 입술 사이로 혀가 침입해 들어왔지만, 지금은 그게 문제가 아니었다. 오른발이! 키 차이를 메우기 위해서 까치발을 든 파르셰의 체중이 내 오른발에 계속 엄청난 대미지를 주었다. 발등은 꽤 통증에 약해!

진짜 무서운 것은 덜렁이 체질인가?! 그런데 이걸 덜렁댄다고 할 수 있는 건가?!

"등록이 완료되었습니다! 마스터의 유전자를 기억했어요. 이제부터 '창고'의 소유권은 마스터에게로 이양됩니다! …… 왜 그러세요?"

또 웅크리고 있는 내가 신기한지 고개를 갸웃하는 파르셰. 왜 눈치를 못 채는 거야! 발을 밟은 것 정도는 당연히 알 수 있지 않나?! 나는 오른발을 붙잡고 땅을 뒹굴었다. 이 녀석을 상대할 때는 【실드】를 펼치는 게 좋을지도 모른다…….

"아무튼 '창고'로 안내해 드릴게요. 이쪽이에요."

무성한 낮은 나무를 빠져나가자, 돔 모양의 건물이 서 있었다. 크기는 그렇게 크지 않았다. 조금 큰 단독 주택 정도의 크기였다. 뭐냐, 이누이트가 눈을 압축한 블록으로 만드는 집, 아, 이글루라고 했던가. 그거랑 닮았다.

비교적 큰 문을 열고 안으로 들어가 보니, 그곳은 새하얀 공간으로, 한 면이 50센티미터 정도의 걸터앉기 딱 좋은 정육면체가 몇 개 정도 굴러다닐 뿐이었다. 그리고 방의 중앙에는 검은 모노리스가 하나 서 있었다.

"'창고'라고 해서 더 보물이 가득 들어 있는 그런 곳을 상상했었는데…….."

"박사님이 개발한 아티팩트나 개인적인 컬렉션, 돈, 소재, 각종 기록 등은 전부 이 지하에 보관되어 있어요. 한 번 외벽이 부서졌었는데, 지금은 다 수리한 상태예요."

그때 '불사의 보옥'을 비롯한 여러 물건이 떨어졌던 건가? 참 나, 민폐가 따로 없다.

파르셰가 모노리스에 마력을 흘려 무언가를 조작하자, 바닥에 굴러다니던 정육면체 중 하나가 투욱 바닥 안으로 떨어졌다. 그리고 대신에 내 눈앞의 바닥에서 똑같은 정육면체가 위로 올라왔다.

잘 보니, 정육면체의 위쪽, 오른쪽 위에 작게 무슨 문자가 적혀 있었다. 고대 파르테노어구나. 아무래도 번호가 부여된 듯했다.

파르셰가 정육면체에 손을 대자, 천천히 그 위가 보물 상자처럼 열렸다. 오오오! 안에는 금화가 가득 들어가 있었다.

"이 상자는 저나 마스터가 아니면 못 열어요. 설사 바빌론 박사님이 있다고 해도 열 수 없는 상자예요."

아하, 보물 상자의 열쇠를 나에게 양도했다, 그건가? 그렇다면 이게 전부 내 것……. 전부 마음껏 써도 된다는 이야기겠지?

상자 안에서 금화 하나를 꺼냈다. 본 적 없는 형태……. 아니, 한 번 본 적이 있다. 엔데와 처음으로 만났을 때, 그 녀석이 가지고 있던 은화랑 비슷했다. 그렇다면 이건 파르테노 금화인가?

생각해 보면 당연하다. 이 '창고' 자체가 5000년 전에 만들어진 거니까.

이 돈은 못 사용하겠네. 녹여서 사용할까……? 골동품 가게에 가지고 간다고 해도, 이건 5000년 전의 돈이라고는 생각하기 힘들 만큼 반짝거리니……. 아마 가짜라고 생각할 것 같았다.

"앗, 그렇지. 이곳에 신형 프레임 기어 설계도, 있어?"

"프레임 기어 설계도요? 있죠. 으~음……."

파르셰가 모노리스를 조작하자, 금화가 들어간 상자가 바닥으로 가라앉고, 대신에 다른 상자가 떠올랐다. 전부 다 똑같이 새하얀 상자라 구별이 안 된다.

조금 전에 파르셰가 한 것처럼 내가 상자에 손을 대자 천천히 뚜껑이 열렸다. 나는 상자 안의 물건을 보고…… 천천히 뚜껑을 닫았다.

"파르셰…… 이건, 아냐. 잘못 꺼냈나 봐. 안에다 넣어 둬. 얼른."

"네? 아, 진짜네요. 번호를 잘못 선택했어요."

파르셰가 모노리스를 조작하자, 눈앞의 상자가 아래로 가라앉아 사라졌다. 나는 얼굴이 새빨개졌을지도 몰라 파르셰에게서 등을 돌렸다.

응? 상자에 뭐가 들었냐고? 그냥 장난감인데요? …………어른의……. 으악, 뭐야, 그 박사 진짜…….

다시 올라온 상자를 똑같이 열어 보니, 이번에는 안에 많은 통 같은 것이 들어가 있었다. 나는 졸업 증서를 넣는 통 같은 그것을 뽀옹 하고 열어 안에 있는 것을 꺼냈다.

그것은 설계도 같았다. 수많은 부품 일러스트와 작은 글씨로 적힌 문장이 가득했다.

물론 나는 그것을 읽을 수 없었다. 번역 마법을 사용하면 읽을 수 있겠지만, 읽어 봐야 어려워서 이해하기 힘들다!

좋아, 이걸로 드디어 프레임 기어도 한 단계 위의 기체를 만들 수 있겠어. 지금까지는 기존의 기체를 조금 개량하는 것이 최선이었지만, 이제는 처음부터 기체를 다시 만들 수 있다. 즉, 특화형이나 개인 전용기를 만들 수 있다는 것이다.

하반신이 탱크 모양인 프레임 기어를 만들어 볼까? 변형은 좀 무리이려나? 인터넷에서 다양한 로봇을 찾아볼까? 중장갑형, 고기동형, 후방지원형. 그 외에 또 뭐가 있었지?

으악, 막 두근거려. 남자아이라서 어쩔 수 없나 봐!

"이 녀석들로 어떤 게 가능해?"

"이것은…… 일단 에테르리퀴드가 필요 없도록 만들 수 있어요. 아, 아니, 필요 없어지는 것이 아니라, 교환할 필요가 없어진다는 의미예요."

'공방'의 책상에 '창고'에서 손에 넣은 설계도를 펼쳐 놓고 로제타가 그렇게 설명했다.

에테르리퀴드의 역할을 탑승자의 마력을 증폭하여 기체 구석구석까지 미치게 하는 것이다. 지금까지는 마력에 가득 찬 리퀴드를 소비해서 움직였지만, 신형 중핵에는 빛과 대기에서 마소를 끌어들여 마력을 증폭시키는 장치가 장착되어 있다는 모양이었다. 건전지가 태양전지로 바뀐 것이랑 비슷한 건가?

게다가 그 장치의 소재에 사용되는 것은 프레이즈의 파편인 정재(晶材)였다. 역시라고 해야 할지, 박사도 프레이즈의 특성을 눈치채고 그것을 응용하는 방법을 찾았구나.

이걸로 에테르리퀴드는 소비되지 않고 순환된다. 즉, 교환이 필요 없어지는 것이다.

"신형은 메인 시스템인 중추 코어, 그리고 골격이 되는 몇 종류의 본 프레임에 각각 특성이 될 만한 부품을 조립하여 만드는 콘셉트예요. 즉, 딱 정해진 형태가 없다는 말이죠."

"자유롭게 만들 수 있다……. 아니, 반대로 말하면 어떤 기체로 만들까 결정하지 않으면 만들 수 없다는 말인가?"

"바로 그거예요. 적당히 만들라고 하면 만들 수야 있겠지만, 별 볼 일 없는 졸작이 될 뿐이죠."

아깝게 그런 졸작을 만들게 할 수는 없다. 그래…… 일단은 간단한 기체를 만들어 보고 싶은데…….

"기동성, 출력, 장갑, 마력변환율, 정밀성, 장비……. 이것저것 균형을 맞춰야 하지만, 당연히 장갑을 두껍게 하면 기동성이 떨어지고, 출력을 올리면 마력변환율이 낮아져요. 마스터처럼 터무니없는…… 아니, 음~ 엄청난 마력량일 경우에는 다양한 보조 마법을 발동해서 어떻게든 되긴 하지만요."

터무니없어서 미안하네요. 그런데 어떻게 하지? 나는 어떻게든 될 듯하지만, 다른 사람의 기체는 역시 특성을 살린 기체가 좋을 것 같아. 예를 들어 에르제의 기체는 파워와 스피드를 중시한다든가 말이야.

새 기체는 완전히 개인에 맞춰서 만들 생각이기 때문에, 다른 사람이 조종해도 제대로 다룰 수 없다. 게다가 마력을 동조시켜 반응을 강하게 만들 예정이라, 다른 사람은 움직이는 것조차 힘들 듯했다.

"일단은 '창고'에 있던 미니 로봇을 회수하여 돕게 하고 있어요. 소생과 모니카만으로는 도저히 다 처리할 수 없어서요."

맞다. 나는 '공방' 안을 이영차차차 하고 달리는 2등신 보조 로봇을 바라보았다. 이 녀석들은 의외로 요령이 좋아서, 일단 기억한 일은 큰 문제 없이 잘 처리했다. 스스로 생각해 새로운 행동을 하지 못한다는 것이 흠이지만, 조수로서는 상당히 유용했다.

그리고 새 기체를 만들기 위해 '공방'을 풀가동해야 해서, 한동안 슈발리에의 양산은 중지였다. 이쪽은 어느 정도 양산이 끝난 상태기 때문에 물론 큰 문제는 없다.

"으음……. 역시 일단은 에르제의 기체부터 만들자. 파워와 스피드를 중시하고, 팔 부분과 다리 부분의 장갑을 튼튼하게 해 줘. 대신 마력변환율은 그렇게 신경 쓰지 않아도 돼. 그다음은 다 만든 다음에 조정하기로 할까?"

"알겠습니다."

왜 에르제의 기체부터 만드느냐 하면, 전투 방식이 알기 쉬웠기 때문이다. 아무튼 주먹으로 때리고 발로 차고 해서 상대를 파괴하는 전투 스타일이니, 쓸데없는 밸런스도 필요 없을 것이라 생각한 것이다. 한 가지에만 특화된 형태라고 해야 하나?

개발 쪽은 '공방'의 로제타에게 맡기고 나는 '창고' 쪽으로 갔다.

"오요? 마스터, 수고가 많으세요."

'창고'에 들어가 보니 파르셰가 모노리스 앞에서 나를 맞이했다. 파르셰의 모습은 버선에 조리를 신고 흰옷에 붉은 전통바지를 입은, 전형적인 무녀였다. 그런데 무녀는 귀보다 높은 위치에서 묶는 포니테일은 하면 안 됐을 텐데?

아무튼, 저쪽 편 세상의 규칙을 가지고 이쪽에서 이러쿵저러쿵하는 것도 난센스이니 그러든 말든 상관없지만.

자낙 씨에게 건네준 자료에 무녀 복장이 있었던가……? 이제는 뭘 건네줬는지도 기억나지 않지만, 이 선택은 글쎄. 덜렁이 무녀라……. 하느님도 아마 엄청 불편해하겠지.

"'창고'에 있는 물건의 일람표를 만들어 뒀어요. 모두 1093점이네요."

"꽤 많네."

나는 넘겨받은 일람표를 팔락팔락 넘기면서 확인했다. 어느 정도 짐작이 가는 것도 있고, 전혀 짐작이 가지 않는 것도 있었다. ……이 박사의 '결전용 속옷'이라든가 '너무 위험한 수영복'이라든가 '비키니 아머' 같은 건 그냥 봉인해 두면 되지 않을까?

나중에 제대로 정리해서 분야별로 나눠 두는 게 좋겠어, 이거. 봉인해야 할 것은 먼저 봉인해 두는 편이…….

응? '풍흉제(豊胸劑)'? 이건 설마 그……. 전쟁이 일어날 거야…….

"파르셰, 이 리스트랑 '창고'에 보관된 아이템은 내 허락 없이 다른 사람에게 유출하거나 건네주지 마, 절대로. 알았지?"

"? 알겠습니다."

크든 작든 그건 각자의 개성이다. 어느 게 더 위인지 아래인지는 전혀 상관없다. 밥이 맛있다고 해서 빵이 맛없는 것은 아니다. 밥도 빵도 맛있다!

물론 개중에는 밥이 제일 좋다든가 빵이 제일 좋다든가 그런 사람도 있겠지만, 나는 양쪽 다 상관없다. 큰 쪽으로 눈이 돌아가는 것은 남자의 슬픈 습성이지만.


그건 그렇고.


"그러고 보니, 이곳에 에테르리퀴드도 비축되어 있었지? 그거 '공방'의 로제타랑 '격납고'의 모니카한테 건네줘."

"알겠습니다."

파르셰가 모노리스를 조작하자, 바닥에서 정육면체 아홉 개가 솟아났다. 안을 확인해 보니, 여전히 메론소다처럼 보이는 액체가 500밀리리터짜리 페트병 같은 용기에 가득 들어차 있었다. 이건 일부로, 아직도 많이 있는 모양이었다.

그것을 미니 로봇 아홉 대가 머리에 올리고 아장아장 '창고' 밖으로 나갔다.

"파르셰, 이 리스트에 사선이 들어간 건…….'

"네에. 떨어뜨린 몇 가지 물건이에요."

어깨를 늘어뜨린 채 파르셰가 중얼거렸다. '흡마의 팔찌', '방벽의 팔찌'는 있지만 '불사의 보옥'은 없네.

……혹시 이 '망자의 눈동자'가 그건가? 명칭이 다른 건 주운 녀석이 멋대로 이름을 붙였기 때문인가 보구나.

"그럼 이 '치유의 검'이라는 게 성검 레스티아인가? 리플은 '생명의 액자' 고."

그런 것들을 제외하고도 몇 개인가 행방불명이 된 물건이 있었다. 으음, 이제 와서 찾으려고 해도 역시 귀찮다. 누가 가지고 있다고 한다면 꽤 값이 나갈 테니, 돌려 달라고 해도 돌려주지 않을 테고 말이야.

무엇보다 발견하기가 쉽지 않다. 명칭을 안다고 해도, 내 검색 마법은 본 적이 없는 것, 한눈에 판단할 수 없는 것은 검색할 수 없다. 아쉽게도 리스트에는 사진도 첨부되어 있지 않고 말이지.

"그건 그렇고 정말 다양한 물건이 들어 있구나…….'

"바빌론 박사님은 천재이긴 하지만, 정리정돈은 잘하지 못

하세요. 번뜩 떠오른 다양한 물건을 만들고, 금방 질려서 '창고'에 던져 넣는 것이 일상이었죠. 모두 세상에 내놓으면 꽤 돈이 될 만한 것들이지만요."

"돈에는 별로 관심이 없었구나?"

상자에 아무렇게나 가득 담겨 있는 엄청난 금화를 보면 그런 점은 대충 알 수 있었다.

"돈에는 전혀 관심이 없는 분이셨지만 마음에 드는 것은 철저하게 추구하는 분으로, 한 번은 어떤 나라와 전면 전쟁을 할 뻔한 적도 있어요."

대체 뭘 어떻게 하면 그렇게 되는지는 모르겠지만, 역시 조금 이상한 사람이라는 것은 잘 알겠다.

그런 박사가 미래를 보는 마도구로 나를 발견하고, 흥미를 느꼈다……. 그것만으로 '바빌론'을 양도해 줬다는 것이 잘 이해가 안 되는 점이지만. 뭔가 다른 이유가 있었을지도 모른다.

"어라? 그럼 바빌론 박사가 사용했던 미래를 보는 마도구도 '창고'에 있어?"

"미래를 보는……? 아, '미래시(視)의 보옥' 말이군요. 있어요."

바르셰가 모노리스를 조작하자, 바닥에서 조용하게 정육면체 박스가 솟아올랐다. 그것을 열어 보니, 아름답게 세공된 대좌(臺座)가 달린 배구공 정도의 검은 수정구 같은 것이 들어 있었다.

"이게 '미래시의 보옥' 이야?"

"맞아요. 마력을 담아 염원하면, 미래의 자신과 똑같은 마력의 생체 파동을 지닌 자를 비춰 줘요. 하지만 비치는 대상이 완전히 랜덤이고, 미래는 불확정 요소가 많아요. 그래서 같은 인물이 비치는 경우는 거의 없지만, 박사님이 염원하면 같은 인물…… 아마 마스터가 비쳤던 모양이에요."

그거야 대상자가 한 명뿐이었으니까. 그런 변태 박사와 생체 파동이 같다니 조금 진절머리가 나긴 하지만.

시험 삼아 나는 마력을 주입해 봤지만, 아무것도 비치지 않았다. 어라?

"망가진 건가?"

"아니요. 마스터와 같은 생체 파동을 지닌 사람이 적어도 앞으로 5000년 동안은 나타나지 않기 때문이라고 생각해요. 물론 미래는 고정된 것이 아니니 확정은 아니지만요."

"모든 속성을 지닌 사람은 앞으로 5000년 동안 태어나지 않는다는 거야?"

"아니요. 그것도 요소의 한 가지에 불과해요. 모든 속성을 지니고 있어도 마스터의 파동과 맞지 않으면 포착할 수 없는 거니까요."

그렇구나. 모든 속성을 지녀야 한다는 조건만으로도 포착할 수 있는 미래 인물의 수가 엄청나게 줄어든다는 말인가. 만약 나에게 마법 적성이 없으면, 생체 파동이 맞는 사람을 많이 포착할 수 있을지도 모른다. 아쉽다.

　음~. 그래도 역시 조금이라도 좋으니 미래를 보고 싶어. 파르세의 이야기에 따르면 미래를 볼 때 대략적인 시간과 범위를 설정할 수 있다는 모양이니, 미래의 브륀힐드가 나타날지도 모르잖아.



"이것에 마력을, 요?"

"응. 제대로 작동하는지 시험해 보고 싶어서."

　거실에서 차를 마시며 책을 읽던 린제에게 '미래시의 보옥'을 사용해 봐 달라고 부탁했다. 물론 어떤 물건인지는 제대로 설명해 주었다.

"재미있을 것 같은걸? 한번 해 보지?"

　소파에서 건틀릿을 닦고 있던 에르제도 흥미가 있다는 듯이 그렇게 말했다. 옆에 있던 야에나 힐다도 관심이 있는 모양이었다.

　유미나나 루도 차를 손에 들고 가까이 다가왔다. 참고로 스우는 오늘도 오지 않았고, 린은 '도서관'에 틀어박혀 있는 중이었다.

"그, 그럼, 조금만요."

　린제가 '미래시의 보옥'에 마력을 흘리자, 새카맸던 수정구에 별 같은 것이 나타나 뒤쪽에 흐르기 시작했다. 마치 우주 공간을 날고 있는 듯한 영상이었다.

다음 순간, 수정구에 비친 것은 밀짚모자를 쓴 흰머리 할아버지가 밭에서 괭이를 휘두르는 모습이었다. 누구지?

"아라라, 설정하는 걸 잊어버렸네요."

파르셰가 수정구를 들고 대좌 아래에 있던 손잡이를 움직였다.

"방금 그건?"

"음~. 대체로 50년에서 100년 뒤의 미래예요. 장소는 리프리스에서 레굴루스 근처의 어딘가? 라고 생각해요."

꽤 먼 미래네. 그렇다면 그 할아버지, 혹시 지금 살아 있는 어린아이일지도 모른다는 건가? 아니, 아직 태어나지 않았을 가능성도 있네.

"그 할아버지와 내가, 같은 생체 파동을, 지닌 건가요⋯⋯?"

어? 린제가 풀 죽었어. 아니, 정확하게는 수많은 동조자 중 한 명이니, 그렇게 신경 쓸 것 없을 것 같은데 말이지.

"설정을 다시 할게요. 볼 수 있는 미래의 범위는 10년 이내, 장소도 국내로 좁힐게요."

파르셰가 '미래시의 보옥'을 다시 테이블 위에 되돌려 놓았다. 그리고 이번에는 풀이 죽은 린제를 대신해 에르제가 수정구에 손을 댔다.

다시 우주 공간에 별이 흐르더니, 이번에는 마을에서 물건을 사는 중년 여성이 비쳤다.

"여기는 성 아래쪽 마을인가?"

"큰 시계탑이 있습니다만…… 브륀힐드에는 그런 것이 없습니다."

"앗, 방금 아주 잠깐이지만 '은월'이 비쳤어요! 역시 우리 마을이에요!"

맞다. 유미나의 말대로 지금 있는 숙소인 '은월'의 간판이 조금 비쳤다. 역시 우리 마을인 듯하다.

그렇다면 10년 이내에 시계탑을 세운다는 건가?

이 영상은 대상자를 중심에 비치고 있어서, 주변 상황을 잘 알 수 없는 것이 난점이었다.

"저어…… 이건 목소리도 들리지 않나요? 방금 '싸네요'라고 한 목소리가 들린 것 같은데요……."

루가 귀를 기울이며 사과를 손에 들고 있는 여성이 비친 수정구 가까이 다가갔다.

"대상자와의 접속에 따라 다르지만, 음성도 들을 수 있어요. 대체로 띄엄띄엄 밖에 안 들리지만, 가끔 선명하게 들리는 일도 있다나 봐요."

파르셰의 설명을 듣고, 모두 귀를 기울이자, 갑자기 영상이 흐트러지더니 새카맣게 변했다.

"에구구. 대상자와의 접속이 끊어졌네요. 손을 놓으면 끊어지고 말아요."

"조금 전에 보던 걸 이어서 보지는 못해?"

"거의 불가능해요~. 범위 10년 이내의 대상자를 랜덤으로 보여 주는 거니까요."

이 아티팩트는 1년 단위로 설정할 수밖에 없다니, 역시 그건 어려운 듯했다. 운 좋게 조금 전의 그 인물과 연결되어도 그때 봤던 현재가 아니라 과거나 미래를 보게 된다.

나하고만 연결되었던 바빌론 박사조차도 우리를 단편적으로밖에 못 봤을 정도니까. 물론 5000년 후의 미래를 보는 것만으로도 굉장한 거지만.

"그럼, 다음은 소인이."

야에는 마법 적성을 지니고 있지 않으니 동조자가 많겠지? 그만큼 쉽게 연결되지만, 대신에 대상자를 좁힐 수 없을 만큼 랜덤성이 높아진다는 단점도 있다.

야에가 수정구에 마력을 흘렸다. 적성이 없어도 마력은 누구나 가지고 있다. 그래서 마법을 사용할 수 없는 사람을 위해 마도구를 만들기 시작한 것이다.

"오, 무언가가 비칩니다. 이건…… 이 성 안 아닌가요?"

야에가 손을 대고 있는 수정구에는 메이드 한 명이 비쳤다. 처음 보는 얼굴이네. 10년 이내에 새로 고용한 메이드인가? 20대 중반 정도의 젊은 메이드 여성이 성의 복도를 걸었다.

"성 안은 거의 안 변했네요."

"아니, 내년 영상일지도 몰라. 그리고 10년 후라도 그렇게 안 변하지 않을까?"

시시하다는 듯이 중얼거리는 에르제에게 나는 쓴웃음을 지으며 딴지를 걸었다. 그리고 그때 아주 살짝 시선을 돌린 것을 나는 굉장히 후회했다.

"으응?!"

"바, 방금 달려서 빠져 나간 사람은……!"

"어? 뭔데? 왜?"

야에와 유미나가 깜짝 놀란 듯 눈을 휘둥그렇게 떴다. 나는 뭐가 뭔지 몰라 루와 힐다, 린제를 바라보았는데, 세 사람도 꼼짝을 하지 않았다.

"뭐, 뭐가 비쳤는데? 난 못 봤어."

"어, 으으음, 이 메이드의 옆을요, 작은 아이가 휘익, 하고, 지나갔어요."

"아이?"

린제의 말을 듣고 내가 고개를 갸웃했다. 성에 어린아이라니……. 어? 서, 설마.

"자, 자, 잠깐만! 방금 그 아이를 한 번 더 비춰 줄 수 없어?!"

"무, 무무, 무리예요! 어디까지나 대상자는 그 메이드이니까요!"

나는 파르셰를 흔들면서 조금 전의 그 장면을 보지 않았다는 사실을 후회했다.

성에 있는 아이. 즉, 그 아이는 내 아이일 가능성이 꽤 크다는 말이다!

아니, 물론 성에 놀러 온 다른 나라의 왕자나 왕녀일 가능성도 있지만!

"어, 어떤 아이였는데?"

"어, 여자아이……였죠?"

"으으음, 귀여운 남자아이처럼도 보였습니다만…….

"머리카락이 조금 긴 편이었으니, 여자아이가, 아닐까요?"

"반바지 같기도, 퀼로트 같기도 한 옷을 입고 있었죠?"

"머리카락은 검은색이었던 것 같은데…….

"그, 그, 그, 그런 것보다! 어머니는 누구였을까요?!"

힐다의 말을 듣고 모두가 딱 움직임을 멈췄다. 린과 스우는 이 장소에 없지만, 조금 전에 비친 아이가 자신의 딸(아들?)일지도 모르는 것이다. 모두 그 사실을 겨우 떠올린 모양이었다.

여기서부터는 떠들썩하게 야단법석이 일어나기 시작했다.

"앗, 야에! 한 번 더 그 아이를 비춰 줘!"

"그런 터무니없는 말씀을! 소인도 볼 수만 있으면 한 번 더 보고 싶은 마음입니다!"

"아아아! 야, 야에 씨, 손, 손을 떼지 마세요! 접속이, 끊, 끊어, 져요!"

"어, 어딘가 모르게 저를 닮지 않았나요?"

"으, 음~. 너무 순간적이라…….

"검을 들고 있었다면 틀림없이 제 아이였을 텐데요…….

"잠깐만! 조용! 무슨 소리가 들려!"

나는 패닉에 빠지려는 모두를 다독이며 입에 검지를 댔다. 그때, 수정구 안에서 대상자인 메이드가 동료 메이드로 보이는 사람과 대화를 하는 소리가 들렸다.

〈──님이라면 조금 전에 저쪽으로 달려가셨는데…….〉

〈참! 오늘은 그렇게 방에 계시라고 말씀드렸는데……! 가만히 있지를 못 하는 면은 폐하를 빼다 박았어요!〉

모두의 시선이 이쪽을 향했다. 정말 전혀 발전이 없구나, 라고 말을 하는 듯한 시선이었다. 미래의 나는 대체 뭘 하는 거야! 좀 더 정신 바짝 차려야지!

"이걸로 확실해졌네요. 이름은 못 들었지만, 그 아이는 틀림없이 토야 오빠의 아이예요."

아니, 그러니까, 그 아이, 나는 못 봤는데…….

대상자인 메이드는 동료와 헤어져 주방으로 갔다. 현재의 모습과 거의 다름없는 주방에는 키친 메이드 몇 명이 바쁘게 일하는 모습이 보였다. 몇 명인가는 지금도 일하고 있는 사람들이었다. 이건 미래의 영상이니 '현재도'라는 표현이 어색하긴 하지만.

"앗, 클레아 씨야!"

에르제가 수정구에 비친 사람을 보고 외쳤다. 비친 사람은 확실히 우리의 주방장인 클레아 씨였다. 어느 정도 나이를 든 것처럼 보이지만, 10년은 지나지 않은 듯했다.

"저, 저는 비치지 않았나요?"

루가 수정구를 응시했다. 루는 자주 요리를 하니, 주방에 있어도 이상하지 않다. 하지만 아쉽게도 루의 모습은 보이지 않았다.

나는 어깨를 떨구는 루에게 말했다.

"너무 신경 쓰지 마. 어떤 모습이든 루는 루니까."

"미래의 어른이 된 저를 토야 님에게 보여 드리고 싶었는데……."

"그건 천천히 시간을 들여서 지켜볼게."

"앗?!"

갑자기 힐다가 낸 목소리를 듣고 나와 루가 돌아보았다. 앗, 잠깐만. 설마…….

"바, 방금 작은 도시락 상자를 든 여자아이가 주방에서 나왔어요……."

"응, 맞아. 긴 은발인……."

"뭐라고요?!"

루가 큰 소리라 외쳤다. 내 약혼자 중에 은발이라고 하면 루와 에르제, 린제, 이렇게 세 사람밖에 없다. 린은 흰색이다.

"어, 어, 어디로 갔나요?!"

"그러니까, 밖으로 나갔습니다. 주방 밖으로 말입니다."

"뒤쫓아 가 주세요!"

"그건 좀……."

완전히 놓쳐 버린 루가 필사적으로 수정구에 손을 대고 있는 야에에게 다가갔다. 마음은 안다. 나는 또 놓쳐 버렸으니…….

"조금 진정해. 우리 아이일지도 모르잖아?"

"아니요! 분명히 제가 어렸을 때부터 요리 영재 교육을 하고 있을 게 틀림없어요! 그러니까 어릴 때도 주방에 드나들고 있는 걸 거예요!"

루는 벌써 그럴 작정인 모양이었다. 나도 물론 린제는 몰라도, 에르제의 아이가 요리를 좋아할 가능성은 작다고 생각한다. 그렇겠지? 엄청나게 매운 요리를 만드는 엄마니……. 아, 아니지. 반면교사로 삼을 가능성도 제로는 아니야.

"하지만 요리를 만들고 있었는지 어떤지는 몰라요. 그냥 도시락을 다른 사람에게 전해 주고 있었을지도 모르잖아요."

"으으으……. 이 루시아 레아 레굴루스, 평생의 실수! 자신만 찾고 있을 때가 아니었어요~!"

루가 아쉽다는 듯이 그렇게 으르렁거렸다. 나로서는 루의 딸이 요리를 좋아하게 됐을지 어떤지는 판단하기가 쉽지 않았다. 린제의 딸이 루에게 요리를 배울 가능성도 제로는 아니니까.

그런 것보다도 신경이 쓰인 것은 그 아이가 스스로 요리를 하고 도시락을 만들었다면…… 누구에게 전해 주려고 했을까, 였다.

그게 미래의 나라면 상관없다. 딸이 손수 만들어 준 도시락. 아마 눈물을 흘리면서 먹겠지.

루인지는 모르겠지만, 그 아이의 엄마라도 좋다. 엄마에게 도시락을 만들어 주는 착한 아이니까. 그것도 눈물이 날 일이다.

하지만 그 이외라면……. 예를 들어, 남자 친구라든가……. 그런 남자에게 손수 도시락을 만들어 준다면, 아마 이때도 난 펑펑 울 것 같았다. 조금 전과는 눈물의 의미가 다르지만.

──────아니아니. 말도 안 돼. 응. 왜냐하면 미래의 내가 그런 녀석이 딸에게 접근하도록 허락했을 리가 없으니까. 하하하.

내가 빠르게 딸바보 정신을 발휘하고 있을 때, 대상자인 메이드는 클레아 씨와 한두 마디 대화를 나누고 곧장 주방 밖으로 나갔다.

그때, 여기서 노이즈가 발생했다. 어라?

왜 그런가 보니, 야에가 이리저리 머리를 흔들면서, 손에서 수정구를 떨어뜨리려고 했다. 아악! 마력이 다 떨어진 건가?!

앞으로 쓰러지려고 하는 야에를 내가 부축하고, 테이블 위에서 받침대와 함께 떨어지려던 '미래시의 보옥'은 바닥에 떨어지기 전에 파르셰가 붙잡았다. ──────같이 쓰러져 구르던 홍차 포트까지다.

"으앗뜨거워요?!"

많이 뜨거웠는지 파르셰가 포트와 함께 '미래시의 보옥'을 위로 집어 던졌다. 천천히 호를 그리던 보옥은 포트와 함께 바닥으로 떨어졌다. 포트와 마찬가지로 산산조각이 나는 파괴음을 울리면서.

"""""아아아─────────────────?!"""""

방 안에 모두의 절규가 울려 퍼졌다. 완전히 부서졌다. 이것 참. 이럴 줄 알았으면 그냥 테이블에서 굴러떨어지는 편이 나았을지도 모른다.

모두가 입을 벌린 채 움직임을 멈춘 가운데, 파르셰만이 어색한 미소를 짓고 있었다.

뭐라고 해야 할지…… 덜렁이 무녀 파워가 작렬했다, 라고 해야 하는 건가?

"죄, 죄, 죄, 죄송합니다! 죄송해요~~!"

털썩, 하고 곧장 몸을 바짝 엎드리는 파르셰. 아주 익숙한 모습이다. 지금까지도 수많은 물건을 부수며 살아왔을 게 분명하다.

하지만 이건, 부서져 버렸으니 어쩔 수 없는 일이다. 일부러 그런 것도 아니니, 화를 내 봐야 아무 소용 없다. 결과적으로 부서져 버렸지만, 원래 파르셰는 '미래시의 보옥'을 받아 내려고 한 거니까.

"신경 쓰지 마. 원래 그 박사의 엿보기 도구였잖아."

"그래도요……."

"괜찮다니까. 미래는 모르는 편이 더 재미있잖아? 게다가 어디까지나 그건 그럴 가능성이 있는 미래에 불과할 뿐, 진짜 미래는 어떻게 될지 모르잖아."

미래는 얼마든지 바꿀 수 있다. 인간의 미래는 누구나 백지다. 영화 속에서 자동차형 타임머신을 발명한 흰머리 과학자도 그렇게 말했다.

"그러네요. 그 미래도 나쁘지 않았지만, 더 멋진 미래를 만들 수 있을 거예요."

"그렇습니다……."

유미나의 말을 듣고 나의 【트랜스퍼】로 의식을 회복한 야에가 고개를 끄덕였다.

하지만 아무리 가정에 불과한 미래라고는 하지만 딸의 모습을 보지 못해 조금 아쉬웠다. 귀여웠을까? 당연히 귀엽겠지. 응, 틀림없다.

그런 확신을 하고 있을 때, 문을 노크한 뒤, "실례합니다." 라고 말하며 메이드장인 라피스 씨가 안으로 들어왔다.

"폐하. 저번에 말씀드린 새로운 메이드들을 모두 선발해서 인사드리러 왔습니다. 괜찮으신가요?"

"아, 전에 말한 그거군요. 네, 상관없어요. 들어와 주세요."

성에 살게 된 뒤로는 역시 이래저래 일손이 많이 부족해졌다. 그래서 라피스 씨가 메이드 길드에서 유능한 스태프를 스카우트해 왔다는 듯했다.

　내가 허가를 하자 열 명 정도 되는 메이드가 안으로 들어와 고개를 숙였다. 그리고 동시에 고개를 든 열 사람 중 한 명에게 우리의 시선이 고정됐다.

　"""""""아아아——————————————?!""""""""

　"후에엣?! 왜, 왜, 왜 그러시나요?! 제가 뭐 잘못이라도?!"

　손가락으로 가리키면서 우리가 깜짝 놀라자, 그 메이드가 당황한 표정을 지었다.

　그 메이드는 나이는 젊었지만 틀림없이 조금 전에 수정구에 비친 그 메이드였다.

　"놀랐어요…….""

　"응, 놀랐어."

　라피스 씨의 안내로 메이드들이 방 밖으로 나간 뒤, 우리는 일제히 한숨을 내쉬었다.

　미래를 보여 준다고는 해도 어딘가 수상쩍었던 수정구였는데, 이렇게 되면 믿을 수밖에 없다.

　"그렇다면 역시 조금 전에 본 미래는 정말이라는 것일까요?"

　"글쎄. 하지만 나쁜 미래는 아니니, 괜찮지 않을까?"

야에가 으으음, 하고 중얼거리자, 에르제가 가벼운 목소리로 그렇게 대답했다.

나쁜 미래가 아니었다. 나쁜 미래기는커녕 딸이 건강하게 살고 있다는 사실을 알게 되었으니, 굳이 따진다면 좋은 미래라고 할 수 있었다.

"그 아이들을 만나기 위해 우리도 힘을 내야겠어."

내가 아무렇지도 않게 그렇게 한마디를 하자, 갑자기 모두 얼굴을 붉게 물들이며 고개를 숙였다. 응? 뭐지?

"아, 아직 식도 안 올렸으니, 좀 이르지 않을까 해요…….

"무, 물론 그 아이들은 귀여웠지만, 그래도…….

"히, 히, 힘을 내자고, 말을 하셔도, 마, 마음의 준비가……!"

"어? 아! 아니, 아냐! 그런 뜻으로 '힘내자'라고 한 건 아냐!"

정말이거든?! 힘내자는 건, 그 미래가 정말로 찾아올 수 있도록 '나라 만들기'에 힘을 기울이자는 그런 말이었어!! '아이를 만들자'가 아니라!!

당황한 모습으로 설명했지만, "그, 그러네요! 그쪽이었죠?!", "소, 소, 소인은 처음부터 알고 있었습니다! 정말입니다!"라고 모두 쩔쩔매는 탓에, 결국 분위기가 서먹서먹해졌다.

미래의 아이들아. 아빠랑 엄마들이 너희와 만날 날은 아직 좀 더 훗날의 일일 것 같아…….

덧붙여서.

무속성 마법【리콜】을 사용해 모두의 기억 속에서 아이들의 모습을 전달받으면 된다는 사실을 깨달은 것은 꽤 시간이 지난 뒤의 일이었다. 자신이 너무 바보 같아 원망스러웠다.

결론.

딸은 대박 귀엽다.

린과도 결혼하기로 한 뒤로는 꽤 이래저래 분주했다.

먼저 미스미드로 가서 사정을 설명. 린의 친선 대사 임명을 해제하는 것과 동시에, 미스미드에서 새로운 친선 대사를 받아들이기로 약속했다.

다행이라고 해야 할지, 예상대로 수왕 폐하는 호쾌하게 웃으며 허용해 주었지만.

원래 미스미드는 수인족, 유익족, 유각족, 용인족, 목인족, 수서족, 요정족까지 일곱 주요 종족의 족장이 모여서 만든 나라다.

일단은 수인족의 왕이 수왕으로 군림하지만, 일곱 종족의 수장은 서로 대등한 입장인 경우가 많았다.

요정족의 족장인 린이 결정한 일에 다른 종족이 반대할 명분은 없는 것이었다.

린의 말대로, 린은 거의 나라의 기밀에는 접촉하지 않았기 때문에, 다른 종족의 족장들도 우리의 결혼을 축복해 주었다.

일곱 종족은 수명이 긴 종족이 많아서, 린과 오래도록 알고 지낸 사람이 대부분이었다.

유익인인 재상 그라츠 씨도 우리 이야기를 듣고 매우 기뻐해 주었다.

그렇게 축복해 주는 사람들 가운데도 예외가 한 명 있었다.

"나는 반대예요!"

"에리스…… 너……."

끼이~! 하는 의성어가 들릴 것처럼 화가 난 듯 어깨를 떠는 여성에게 린이 어이없다는 듯이 그렇게 말했다.

미스미드 왕국의 궁정마술사인 요정족, 에리스 씨.

겉보기에는 린과는 달리 스무 살이 넘은 여성. 하지만 요정 족인 이상, 아마 겉보기와는 나이가 다를 것이다. 플라티나 블론드라기보다는 백발에 가까운 머리카락을 어깨까지 닿는 포니테일로 묶은 사람.

늘씬한 몸매에 흰 블라우스 차림. 가슴 쪽에는 카메오가 달린 리본 타이. 타이트 스커트에서 뻗은 검은 스타킹과 펌프스. 손 목과 발목을 한쪽씩 장식하는 빛나는 은색 팔찌와 발찌.

그리고 앞이 열린 옅은 비취색 로브와 손에 든 흰 「?」 마크 같은 지팡이는 딱 이지적인 궁정마술사 그 자체였는데, 유감 스럽게도 지금처럼 떼를 쓰는 모습은 그런 이미지와는 정반 대였다.

"왜 린 님이 브륀힐드에 시집을 가야만 하는 거죠?! 요정족 의 족장으로서의 책무는요?!"

"최근 100년 동안, 난 아무것도 안 했어. 그러니 있으나 마나 한 것 아닐까? 아, 이렇게 됐으니, 족장 자리도 너한테 물려줄게. 힘내."

"처음 듣는 이야기인데요?!"

또 끼이~! 하는 소리가 날 것처럼 어깨를 떠는 에리스 씨.

나도 실은 뭐든지 밀어붙이는 것은 좀 그렇다고 생각하지만…….

"도대체 왜 이렇게 새파랗게 젊은 사람이 린 님의 상대인가요?! 100살도 되지 않은 애송이잖아요!! 틀림없이 아직도 이불에 오줌도 싸고 그럴 거예요!!"

"이상한 소리 좀 하지 마요, 참."

물론 요정 입장에서 보면 젊게 느껴지는 거야 어쩔 수 없지만, 애송이라고 부르면 어떡하자는 건지. 일단 한 나라의 왕인데.

"사랑에 나이 차이가 무슨 상관이야? 그러니까 너도 상대가…….."

"저, 저, 저, 저하고는 아무 상관 없잖아요! 아무튼 인정할 수 없어요! 대체 어디서 굴러들어 왔는지 모르는 말 뼈다귀 같은 녀석에게 린 님을 넘겨줄 수 없어요!"

"아니, 어디서 굴러들어 오다니. 신분 확실하잖아. 브륀힐드의 왕이라니까."

"저기요!!"

정말 성가신 사람이네. 발밑에 있던 폴라를 보니, 못 말린다는 듯이 어깨를 으쓱 들어 올리고 있었다. 앗, 너도 그렇게 생각해?!

"아~무~튼!! 린 님에게 어울리는 실력을 지니고 있는지 시험해 보기 전까지는 절대로 용서할 수 없어요!!"

"시험하다니, 어떻게 하면 되는데요?"

"시련이에요! 요정족의 시련을 극복하면 린 님의 반려로 인정하겠어요! 극복하지 못하면 약혼은 파혼이에요!"

또 일이 귀찮게 돼 버렸다. 하지만 도망갈 수는 없다. 무슨 짓을 당할지는 모르지만, 그 도전, 얼마든지 받아 주겠어.

"요정족은 마법이 뛰어난 종족! 재능 없는 저자를 족장의 결혼 상대로 인정할 수는 없어요! 마법에서 가장 중요한 것은 컨트롤. 그걸 보여 주세요!"

우리가 대치하고 있는 장소는 미스미드의 왕국 뒤뜰인 투기장. 이전에 나와 미스미드 수왕이 대결했던 장소다. 여전히 넓다.

관객석을 보니, 어느새인가 나와 에리스 씨의 대결 소식을 들은 사람들이 흥미롭다는 듯이 모여 있었다. 당연하지만 수왕 폐하도 즐겁다는 듯이 특등석에 앉아 있었다. 일 좀 해요.

"컨트롤이라니, 뭘 하면 되죠?"

"지금부터 제가 당신에게 마법을 쏘겠어요! 그걸 상쇄해서 사라지게 하세요! 어떤 속성이든 상관은 없고요! 하지만 너무 강해서도, 약해서도 안 돼요! 나나 당신에게 마법이 도달하면 당신이 지는 거예요! 아, 미리 말해 두지만, 벽 계열 마법은 안 되니, 그렇게 아세요!"

저기요, 그건 너무 치사한 거 아닌가요? 그쪽이 강약은 물론 속성까지 마음대로 정해 버리다니. 물론 정확히 사라지게 하려면 컨트롤이 중요하긴 하지만 말이죠.

물론 상대와 같은 강도로 마법을 사용하지 않으면 마법은 상쇄되지 않지만, 상쇄하는 정도라면 다른 방법도 있을 텐데?

"아무튼, 에리스 씨의 마법이 저에게 닿기 전에 지우면 되는 거죠?"

"흥! 강한 척하는 것도 지금뿐이에요! 일단은 사전 연습! 【불꽃이여 오너라, 홍련의 염창(炎槍), 파이어 스피어】!"

에리스 씨가 겨눈 지팡이 끝에서 불꽃 창이 발사되었다. 와아. 요정족은 불 속성 마법을 껄끄러워한다고 들었는데, 린 이외에도 사용할 수 있는 사람이 있었구나.

앗, 감탄하고 있을 때가 아니야. 나는 불꽃 창을 상쇄하기 위해 마법을 발동했다.

"【어브소브】."

불꽃 창이 나에게 닿기 전에 사라졌다.

"어어?! 그게 뭐죠?!"

"무속성 마법 【어브소브】. 마법을 흡수해서 마력으로 변환시키는 마법인데요. 그게 왜요?"

"컨트롤을 보겠다고 말했잖아요! 흡수하다니, 치사하게!"

"네~?! 속성은 상관없다고 했으면서."

"무속성 금지!"

쳇. 【어브소브】도 그 나름대로 컨트롤이 필요하거든요?

"웃기는 짓을 하다니…… 보세요! 【구름이여 오너라, 백련(白蓮)의 뇌창(雷槍), 선더 스피어】!"

"【구름이여 오너라, 백련(白蓮)의 뇌창(雷槍), 선더 스피어】."

구름 창이 천둥 소리와 함께 투기장의 중앙에서 맞부딪쳐 날아갔다. 상쇄되어 소멸된 것이다.

"큭! 【얼음이여 꿰뚫어라, 빙결의 첨침(尖針), 아이스니들】!"

"【얼음이여 꿰뚫어라, 빙결의 첨침(尖針), 아이스니들】."

다시 투기장 중앙에서 얼음 침이 맞부딪쳐 소멸했다. 역시 속성이 똑같아야 편하게 지울 수 있구나. 강약을 파악하기도 그렇게 어렵지는 않았다. 저 사람은 워낙에 알기 쉬우니까.

"【빛이여 오너라, 반짝이는 연탄(連彈), 라이트 애로우】!"

"【빛이여 오너라, 반짝이는 연탄(連彈), 라이트 애로우】."

빛의 화살이 조금 전의 빛의 침과 마찬가지로 중앙에서 서로 맞부딪쳐 소멸했다.

그 뒤에도 불꽃 화살과 불꽃 화살이 맞부딪쳐 상쇄되고, 돌과 돌이 맞부딪쳐 상쇄되었다.

"잠깐만! 당신 대체 속성을 얼마나 가지고 있는 거죠?! 무속성까지 해서 여섯 개?! 린 님과 똑같다는 건가요?!"

"네? 아닌데요……."

"에리스, 그 사람은 모든 속성을 가지고 있어. 나보다 많아."

"뭐라고요?!"

눈을 휘둥그렇게 뜨는 에리스 씨. 아무래도 에리스 씨는 불, 물, 바람, 흙, 빛까지 다섯 개의 속성을 지닌 듯했다. 마법 적성은 두 개만 가지고 있어도 굉장하다는 말을 듣는다. 린제나 유미나도 세 개, 요정족인 족장인 린도 여섯 개다. 그러니 다섯 개만 가지고 있어도 원래는 정말 어마어마하다고 할 수 있었다.

"이……! 뭘 잘났다고!!"

에리스 씨가 양손에 각각 다른 마력을 모으기 시작했다. 오?

"【불꽃이여 오너라, 붉은 연탄, 파이어 애로우】, 【물이여 오너라, 맑고 차가운 칼날, 아쿠아 커터】!"

에리스 씨가 좌우의 손에서 각각 다른 마법을 사용해 발사했다. 오, 이건 속성이 다른 마법을 동시에 사용한 건가?

"【불꽃이여 오너라, 붉은 연탄, 파이어 애로우】, 【물이여 오너라, 맑고 차가운 칼날, 아쿠아 커터〕."

　나도 마찬가지로 두 개의 마법을 동시에 발동해 날아오는 마법을 상쇄시켰다.

　에리스 씨는 놀란 표정을 지은 뒤, 이번에는 새빨갛게 얼굴을 물들이더니, 분노와 함께 잇달아 다양한 마법을 발사하기 시작했다.

　"이 자식 이 자식 이 자식 이 자식 이 자식 이 자식 이 자식 이 자식!"

　"얍. 흡. 핫. 훗. 휙."

　랜덤으로 발사되는 속성을 파악해, 나는 같은 마법으로 상대의 마법을 상쇄해 갔다. 이상하게도 상대가 달아오르면 오를수록 이쪽은 냉정해져서, 페인트도 섞고 하면 좋을 텐데~처럼 쓸데없는 생각마저 하고 말았다.

　"하아, 하아, 하아……."

　에리스 씨가 비틀거리며 지팡이에 의지해 서 있었다. 다리가 지금 막 태어난 새끼 사슴처럼 부들거리지만 괜찮으려나?

　심판인 린이 손을 들었다.

　"거기까지. 에리스는 마력이 다했구나?"

　"아직 할 수 있어요!"

　"억지로 참으려고 해도 소용없어."

　투다다닥, 걸어온 폴라가 다리를 쿡쿡 찌르자마자, 에리스 씨는 그대로 무릎을 꺾으며 쓰러졌다. 상당히 의식이 몽롱했었나 보다.

"끄응⋯⋯."

"이것 봐. 마법사에게 있어 마력 고갈은 목숨과 관련된 문제야. 내가 반드시 10~20퍼센트 정도는 마력을 남겨 두라고 항상 말했잖아."

"제성합니다⋯⋯."

어이가 없다는 듯이 그렇게 말을 하면서도 린은 【트랜스퍼】로 마력을 양도하여 에리스 씨를 부활시켜 주었다.

에리스 씨는 바로 일어서더니 번뜩하고 나를 노려보았다.

"이걸로 끝났다고 생각하지 마세요! 마법의 재능만으로 린 님의 반려가 될 수 있다고 생각한다면 큰 착각이니까!"

그렇겠지. 이 사람, 겉보기는 미인이지만 정말 못 말린다. 스우보다도 더 어린아이를 상대하는 기분이다.

"앗, 지금 절 무시하는 생각했죠?!"

"아니요, 별로요."

감은 날카로운 것 같지만.

"이 숲은 '미혹의 숲'. 숲의 마음을 읽지 못하면 영원히 그곳에서 빠져나갈 수 없다고 하는 곳이에요. 요정족이라면 별 문제 아니지만, 과연 인간이 이 숲에 들어갔다가 나올 수 있을까요?"

어떠냐는 듯한 표정을 지으며 에리스 씨가 팔짱을 끼고 몸을 뒤로 젖혔다.

장소는 대수해 근처, 미스미드의 남쪽에 있는 숲속.

이 숲은 요정족의 영역 중 하나로, 일반적으로는 외부인이 들어올 수 없는 숲이라고 한다.

그 이유는 에리스 씨가 의기양양한 얼굴로 말한 대로 한 번 잘못 들면 요정족의 손을 빌리든가 숲과 마음을 교류하지 않는 한 밖으로 나갈 수가 없기 때문이었다.

한마디로 안전을 위해 출입금지가 된 것인데, 에리스 씨는 지금 나에게 그 숲으로 들어가라고 하는 중이다.

"겁을 먹었다면 그만둬도 좋아요. 그 대신 린 님에게 다시는 접근하지 마세요."

"에리스, 너 정말……."

속이 뻔히 보이는 도발을 하는 에리스 씨를 보고 린이 어이가 없다는 듯이 한숨을 내쉬었다. 그 발밑에서는 봉제인형인 폴라가 못 말린다고 하듯이 이번에도 어깨를 으쓱 들어 올렸다.

"물론 들어가라고 한다면 들어가겠지만요. 어떻게 하면 되죠?"

"숲 중앙에 커다란 사과나무가 있어요. 그 과실을 따서 이곳에 오면 돼요. 물론 거기까지 도달할 수 있을지 어떨지는 알 수 없지만요. 만약 이틀이 지나도 돌아오지 않는다면 내가 구하러 가 줄게요."

구해 준다라. 정말로 와 줄지 어떨지 의심스럽지만…… 뭐, 좋아.

"미리 말해 두지만, 이 숲에서는 마법을 사용할 수 없어요. 전이 마법이나 검색 마법을 쓰려고 해도 소용없어요."

"켁."

지도 어플리케이션으로 검색한 뒤, 사과를 따면 【게이트】를 이용해 돌아오려고 했었는데, 미리 그렇게 못을 박아 두다니. 쳇.

"괜찮겠어? 일일이 에리스가 하라는 대로 할 필요는 없어."

조금 눈썹을 찌푸리면서 린이 그렇게 말했다. 걱정해 주는 것일까?

"괜찮아, 걱정 마. 마법을 못 써도 어떻게든 될 테니까."

"흥. 강한 척할 수 있는 것도 지금뿐이에요."

흐흥, 하고 에리스 씨가 히죽 웃으면서 그렇게 말했다. 별로 강한 척하는 건 아닌데 말이야.

아무튼 이야기해 봐야 소용없을 듯하니 얼른 해치우자.

"그럼 다녀올게."

두 사람에게 그렇게 말한 나는 '미혹의 숲' 안으로 들어갔다.

——한 시간 후.

"이럴 수가?! 대체 어떻게 하면 이렇게 빨리 나올 수 있는 거죠?! 게다가 그 아이는 누구예요?!"

사과를 아삭거리며 깨물어 먹는 나를 보고 에리스가 잔뜩 화를 내며 외쳤다.

내 옆에는 난처한 표정의 녹색 머리카락 소녀가 서 있었다. 소녀는 에메랄드 같은 긴 머리카락과 옅은 녹색 원피스를 입은 모습이었다. 그리고 비취 같은 두 눈은 눈앞에서 마구 화를 내는 에리스 씨를 보고 매우 난처한 감정을 드러냈다.

"대수해가 근처라서 목소리가 닿을 거라고 생각했는데, 정말 덕분에 살았어."

〈아니요. 이 정도는 별로 대단한 일이……. 저어, 그런데 저분은 괜찮으신가요?〉

"무시하지 마세요! 아까부터 누구냐고 묻잖아요!"

일부러 에리스 씨를 무시했더니 더 크게 화를 냈다. 너무 심하게 놀린 건가? 반성.

"이 아이는 대수의 정령. 대수해를 관장하는 대수해의 화신이에요. 길 안내를 부탁했더니 기쁘게 허락해 줬어요."

"네?"

〈토야 님은 대수해의 은인. 이 정도는 아무것도 아닙니다.

게다가…….〉

앗, 하느님 관계는 NG다. 나는 자신의 입에 검지를 대고 쉿~ 하고 말하며 대수의 정령의 입을 막았다.

그런 나를 보고 어이가 없다는 듯이 린이 허리에 손을 대고 한숨을 내쉬었다. 그 발밑에서 폴라도 린의 흉내를 냈다.

"달링, 역시 정령님에게 길 안내를 부탁하는 건 좀 그렇지 않을까?"

"안내라기보다는 중개를 부탁한 거야. '미혹의 숲'이 나를 방해하지 않도록 해 달라고."

무엇보다 에리스 씨가 말한 '숲의 의지'란 숲에 사는 정령을 말한다. 대수의 정령의 권속, 작은 정령이라고도 할 수 있는 존재가 숲에 들어간 자들을 미혹하는 것이다.

기본적으로 정령은 자유다. 미혹하는 것도 아마 그 사과나무를 지키기 위한 것이겠지. 그야말로 작은 정령들의 휴식 장소나 마찬가지니까.

요정족이 그 영향을 받지 않는 이유는 작은 정령이 요정족을 좋아하기 때문에 불과하다.

"왜 정령님이 당신의 길 안내를 해야 하는 거죠?! 실례잖아요! 솔직히 말해서!"

"에리스, 너도 일국의 왕에게 너무 실례 아니니? 이 사람은 브륀힐드 공왕. 너는 미스미드의 궁정마술사. 자칫 잘못하면 국교 단절도 될 수 있는 문제야. 나라의 일각을 짊어지고 있는 사람이니 그런 점은 잘 생각해 보고 발언했으면 해."

"윽⋯⋯."

존경하는 린에게 그런 지적을 받고 에리스 씨가 조금 몸을 움츠렸다. 물론 나는(아마 미스미드 국왕도) 별로 신경을 쓰지 않았지만, 주변 사람들도 모두 그럴 거라고는 생각하기 어렵다. 역시 공적인 장소에는 어울리지 않는 태도니까.

"아, 아무튼, 정령님이 도와주셔서 이긴 거니까, 고마워하세요! 만약 도움을 받지 않았으면 당신 같은 사람은 영원히 헤매다가 울면서 나에게 도움을 청했을 게 분명하니까요!"

"네네. 알겠어요. 그래서요? 이걸로 끝인가요?"

"아직이에요! 당신의 실력이야 어쨌든, 요정족의 족장이었던 린 님이 갑자기 결혼이라니, 다른 사람들이 용서해 줄 리가 없어요! 장로 여러분의 허가가 있으면 인정해 줄게요!"

"장로라니, 요정족의 장로요?"

린을 돌아보고 확인해 보니, 웬일로 린이 씁쓸한 표정을 짓고 있었다. 왜 그래?

"장로에게는⋯⋯ 굳이 물어볼 필요 없지 않을까? 나중에 '우리 결혼했습니다'라는 편지를 보낼 테니까⋯⋯."

말이 좀 시원스럽지가 않네. 눈썹을 모은 찌푸린 표정이기도 하고. 그러면 예쁜 외모가 엉망이 되잖아.

"장로라니, 요정족의 족장인 린보다 높은 사람들이야?"

"당연하죠. 장로들은 역대 요정족의 '족장'이에요. 이번 세

대의 '족장' 이 잘못된 방향으로 가지 않도록 길을 제시하는 게 장로들의 역할이에요."

"제시해 준 적은 없었지만 말이지."

핫, 하고 웃으며 린이 비아냥거리는 투로 중얼거렸다. 말이 장로지, 간단하게 말해 귀찮은 '족장' 의 일을 다음 '족장' 에게 떠넘긴 사람들인 모양이었다.

"그건 린 님이 너무 뛰어났기 때문이에요! 장로들도 참견할 필요성을 느끼지 못했던 게 틀림없어요!"

그런가? 확실히 미스미드라는 아인 왕국을 건설할 때, 요정족의 지위를 끌어올린 린의 공적은 매우 크다고 생각하긴 하지만.

"아무튼 장로들과 만나 줘야겠어요!"

"아니, 저는 별로 상관없는데요."

나는 힐끔, 하고 린을 돌아보았다.

"여, 역시 만나지 않아도 되지 않을까? 이 사람도 한가하지 않고, 장로들도 아마 바쁠 거야."

"반대당할까 봐 그런 소릴 하는 거군요? 괜찮아요. 장로들은 요즘 '장기' 라는 놀이에 빠져서 매일같이 딱딱거리며 놀고 있으니까요. 그런 시간을 좀 줄이고 조금 만나는 것 정도야 별것 아니에요."

에리스 씨의 말을 듣고 나는 조금 놀랐다. 그런 곳까지 장기가 퍼져 있을 줄이야. 하지만 미스미드의 교역 상인인 오르바 씨가 물건을 취급하고 있으니 이상하지는 않은 이야기인가?

〈요정족의 장로들이 사는 마을이라면, 제가 안내해 드릴 수 있는데요.〉

그런 가운데 우리의 이야기를 듣고 있던 대수의 정령이 손을 들었다. 자신의 영영인 대수해라면 이동도 아주 간단하다는 모양이었다.

"감사합니다! 정령님!"

"……쓸데없는 짓을."

그러자 완전히 정반대의 반응을 보이는 요정족 두 사람. 린은 정말로 싫어하는 것 같아. 그렇게 성가신 사람들인가? 장로들이.

그래도 나는 제대로 모든 절차를 다 밟아 두고 싶었다. 결혼을 하는 거니, 린을 홀가분하게 만들어 주는 것은 나의 책무라고 생각한다.

대수의 정령이 근처에 있던 거목을 만지자, 흐늘, 하고 나무의 한가운데가 썩은 나무처럼 구멍이 뚫리며 지나다닐 수 있는 길로 변화했다.

〈요정족의 장로들이 있는 마을로 갈 수 있도록 길을 만들었습니다. 자, 지나가 주세요.〉

"네!"

가장 먼저 기쁘게 에리스 씨가 그곳으로 뛰어들었다. 그다음은 발걸음 가볍게 폴라가 뛰어들었고, 나는 그 뒤를 이어 발걸음이 무거운 린의 손을 잡고 그 안으로 들어갔다. 뒤에서는 대수의 정령이 손을 흔들면서 그 나무의 구멍을 닫았다.

"오?"

나무 터널은 금방 끝나고 확 트인 장소가 나왔다. 물론 그래 봐야 숲속이었지만.

나무 위에 통나무로 만든 집이 있었다. 그리고 나무와 나무 사이에는 줄사다리가 달려 있었다. 그런 점은 수해의 민족과 별로 다르지 않구나.

나무 사이로 비치는 햇빛 사이로 꽃들이 바람에 흔들렸다. 아름다운 마을이다.

아래에 비치는 햇빛 속을 걷던 남자 한 명이 이쪽을 눈치챘다. 등에는 린과 똑같은 요정족의 날개가 달려 있었다. 겉보기에는 스무 살 정도 되는 남자다.

"어어?! 린이잖아!"

"큭. 슬레이지스…… 오랜만이야."

어색한 미소를 짓는 린. 꽤 젊어 보이는데, 이 사람이 장로 중 한 명인가? 요정족은 어느 정도 성장하면 모습이 고정된다 고 하니 충분히 있을 수 있는 이야기다.

"오오! 오랜만이야! 이래저래 400년 만인가?! 네가 에메랄 드의 집을 날려 버린 이후로 처음이니까……."

"그런 건 빨리 잊어버려!"

린이 슬레이지스라고 불린 남자를 노려보았다. 집을 날려 버렸다니⋯⋯. 뭘 어떻게 하면 그렇게 되는 거지?

"요정족 최고의 폭력녀라고 불린 린이 장로들을 만나러 올 줄이야⋯⋯. 너도 드디어 족장으로서의 자각, 이⋯⋯."

남자의 목소리가 점점 작아졌다. 돌아보니 가면처럼 무표정한 얼굴로 밸런스볼 정도 되는 불덩어리를 들어 올린 나의 약혼자의 모습이 보였다. 발밑의 폴라가 공포 때문인지 벌벌 떠는 중이다.

린은 불 마법을 껄끄러워한다고 하지 않았었나?

"그렇게 숯덩어리가 되고 싶은가 보지? 슬레이지스⋯⋯?"

"어, 어엇?! 이, 이러고 있으면 안 되지! 모두에게 알려야해! 그, 그럼!"

휘익, 하고 바람처럼 슬리이지스인가 하는 사람이 떠나갔다. 엄청 빠르네⋯⋯.

한숨을 쉬며 린이 마법을 해제했다. 불덩어리는 곧장 그 자리에서 소멸했다.

린은 내 시선을 보고 부끄러운 듯이 고개를 돌렸다.

"저어⋯⋯ 옛날에 조금 함부로 행동했던 적이 있었거든⋯⋯. 나도 젊었으니, 마음에 안 드는 일이 있으면 힘으로 해결하려고 했었다고 해야 할지⋯⋯. 옛날 일이야, 옛날! 지금은 그런 짓 안 해!"

얼굴을 새빨갛게 물들이며 변명하는 린이 너무 귀여워서 나는 그만 웃음을 터뜨리고 말았다. 그게 장로들을 만나고 싶지 않았던 이유였구나. 과거의 말괄량이 같은 모습을 나에게 들키고 싶지 않아서.

린은 얼굴을 새빨갛게 물들인 채 고개를 획 돌리더니 입을 삐죽였다. 보통은 쿨한 린이 보여 주는 이 희귀한 표정이, 나는 너무나도 사랑스러웠다.

"웃지 마……."

"미안. 그렇게 신경 쓸 필요 없는데. 젊었을 때는 다들 그런 거잖아? 나도 그랬어."

"너는 지금도 젊으면서……."

"아니. 이래 봬도 나이를 먹어서 둥글둥글해진 편이야. 열서너 살 때는 정말 심각했으니까."

그때는……. 하느님이 이쪽 세계로 나를 보내기 1년 정도 전인데, 마치 오랜 옛날 같은 느낌이 들었다.

친구에게 시비를 건 폭주족 그룹을 친구들 몇 명과 함께 짓밟아 주고, 아는 여학생을 노리고 있던 변태 교사를 사회적으로 말살시키고…….

지금 생각하면 부끄러워서 죽을 것 같다. 그때는 약삭빠르게 잘 행동한다고 생각하면서, 앞뒤 생각하지 않고 생활했었다……. 지금도 그런 점은 별로 달라지지 않은 것 같기도 하지만.

"어떤 과거가 있든 린은 린이니 내 마음은 변하지 않아. 그런 과거가 있었기 때문에, 우리는 이렇게 만날 수 있었다고 생각하거든."

"후후. 참 좋아해. 달링의 그런 점을."

린이 내 앞으로 와서 나를 포옹했다. 어? 웬일로? 다른 약혼자가 있을 때는 항상 한 발 뒤로 물러서 있었는데. 이런 기회는 좀처럼 없어서 나도 사양하지 않고 린을 꼭 껴안았다.

"왜 들러붙고 그래요! 어서 떨어져요! 훠이훠이!"

에리스 씨가 린과 내 사이에 끼어들어 떼어 놓더니, 마치 개를 내쫓듯이 나를 밀어냈다. 실망한 표정을 짓자, 툭툭 하고 폴라가 내 다리를 토닥여 주었다. 위로해 줘서 고마워.

"으앗! 정말 린이잖아!"

"오랜만이야! 잘 있었어?"

"네나, 아티……. 오랜만이야."

그때 달려온 열일곱, 열여덟 정도 되는 환한 소녀와 스무 살이 지나 보이는 늠름한 여성이 나타났다.

네나라고 불린 소녀는 어디에서나 볼 수 있는 마을의 처녀처럼 보였다. 땋은 흰 머리카락을 가슴 앞으로 돌려서 내린 모습인데, 이 아이도 장로인 걸까?

한편 아티라고 불린 여성은 만약 머리가 짧아서, 존재감이 엄청난 가슴이 없었다면 남자로 착각해도 이상하지 않을 사람이었다. 모로하 누나와 비슷한 타입이다.

"들었어. 드디어 결혼한다고! 축하해!"

"옆의 이 남자가 소문의 그 사람이구나? 꽤 젊은 애를 붙잡았네?"

"앗……! 왜 벌써 소문이 퍼진 거야?! 미스미드 왕국에도 이제 막 보고한 참인데?!"

깜짝 놀라는 린에게 의기양양한 표정을 지으며 아티 씨가 대답했다.

"흐흥. 장로들에게는 장로들만의 정보원이 있거든. 벌써 다들 알고 있어."

""네?!""

거기서부터는 엄청나게 빠른 전개가 펼쳐졌다. 멍한 표정을 짓고 있던 린과 나를 어디에선가 나타난 장로들이 영차영차하고 광장 같은 장소로 납치…… 아니, 데리고 가서 갑자기 연회를 열기 시작했다.

〈그럼 린과 브륀힐드 공왕의 약혼을 축하하며, 건배!〉

〈건배!〉

마치 반딧불이 같은 마법의 빛이 어둠 속에 떠오르는 가운데, 나는 잇달아 요정족의 장로들에게 인사를 해야 했다. 대부분이 린의 옛날이야기를 하려고 했지만 그때마다 린에게 혼나 뒤로 물러서는 패턴이 반복되었지만.

축하해 주는 사람은 있어도 우리의 결혼에 반대하는 사람은 한 명도 없었다. 앗, 저쪽에서 으르렁거리는 에리스 씨를 제외하면.

"크으으……."

아무래도 이제는 내세울 것이 아무것도 없는 듯했다. 장로들도 인정해 주었으니, 반대할 명분이 사라진 거겠지.

"에리스."

"린 님……."

그런 에리스 씨에게 다가가 린이 말을 걸었다. 여러모로 성가신 사람이지만 에르스 씨는 린의 측근이다. 앞으로도 오랫동안 같이 교류하며 지내야 하니, 결혼을 인정받아야 마음이 편하다.

"이제 되지 않았을까? 너도 사실은 토야를 인정하고 있을 텐데? 너는 그렇게 바보가 아니잖아. 있지, 에리스. 나는 그 누구보다도 너의 축하를 받고 싶어."

"……저는…… 린 님이 저희를 떠난다고 생각하니 너무 쓸쓸해서……. 지금까지 계속 모두 다 같이 잘 지내왔잖아요! 아인들의 나라를 만들자고, 계속……. 그래서 겨우 우리의 나라가 생겼는데, 겨우 20년……. 린 님이 바로 사라지다니, 그런 건……!"

마구 매달리는 에리스 씨를 보고 린이 고개를 가로저었다.

"아니. 내 역할은 여기까지야. 지금부터는 네가 이어받아서 일해야 해. 내가 이 땅에서 손에 넣은 것을 모두 너에게 건네줄게. 그리고 언젠가 너도 그것을 누군가에게……. 우리의 마음은 그렇게 이어지는 거야. 건네준 다음에는 그냥 지켜보면 그만이지. 이곳에 있는 장로들처럼."

"린 님……."

"단, 조심해야 해. 얼빠진 소리를 하거나, 오만해져서 미스
미드를 부패하게 만들었다고 판단될 경우 가차 없이 한 대 때
리러 올 테니까! 먼저 그 축 늘어진 그 코부터 부러뜨리겠어.
물리적으로."

"힉!"

린의 특기인 고풍스러운 미소를 보고 새파래진 얼굴로 코를
손으로 막는 에리스 씨. 린의 발밑에서는 폴라가 슉슉 하고 섀
도복싱을 했다.

린에게서 도망치듯이 에리스 씨가 나에게로 다가오더니, 처
억 하고 손가락을 내밀었다.

"솔직히 마음에 안 들지만, 당신과 린 님의 사이를 인정하겠
어요! 하지만 행복하게 해 주지 않으면 용서하지 않을 거예요!"

"두말할 것도 없이 약속할게요. 반드시 행복하게 해 주겠습
니다."

"흥!"

지금까지의 행동이 부끄러웠던 것인지, 에리스 씨는 조금
얼굴을 붉히며 장로들이 있는 곳으로 멀어져 갔다.


"수고했어."

"간신히 인정을 받았다고 보면 되는 건가?"

린이 돌아와서 내 옆에 앉았다. 이런저런 일이 있었지만, 결과는 아주 좋았다.

"저 아이는 처음부터 인정했던 게 아닐까? 조금 고집을 부리긴 했지만 말이야. 정말 성가신 성격이라니까."

린이 한숨을 내쉬었다. 그 점에 관해서는 나도 격하게 동의하는 바이지만. 저 사람에게 다음 '족장'을 맡겨도 되는 걸까?

"철저하게 지도해 달라고 장로들에게 부탁해 뒀으니, 아마 괜찮을 거야. 이제부터는 에리스와 요정족 문제로, 우리에게는 참견할 권리가 없어."

옆에 앉은 린이 투욱 하고 내 어깨에 머리를 기댔다. 조금 부끄럽지만, 약혼자이니 이 정도는 상관없겠지.

에리스 씨에게도 인정을 받았으니, 다른 사람의 눈치를 볼 필요는 전혀 없다.

〈……주인님. 주인님, 들리십니까?〉

"응? 코하쿠? 왜?"

갑자기 코하쿠가 텔레파시로 말을 걸었다. 무슨 일 있나?

〈으으음, 지금 어디에……. 아, 앗! 사모님, 앗.〉

〈토야 오빠? 지금 어디 계세요?〉

유미나의 목소리가 머릿속에 흘러들어와 내 머리에서 핏기가 가셨다.

아차. 이렇게 늦게까지 연락도 안 하고……. 똑같은 실수를 반복할 줄이야!

"아니, 유미나. 있지, 지금, 린이랑 요정족 마을에 와서."

〈그런가요? 린 언니도 같이 있군요? 참 즐거우시겠어요. 하지만 늦을 때는 연락을 하라고 그렇게.〉

무심코 내가 꺼낸 말을 듣고 눈치챘는지, 린도 앗! 하고 입을 막으며 아차 하는 표정을 지었다. 옆에 있던 폴라가 몸을 덜덜 떨었다. 으악, 그만해. 나의 공포심을 자극하지 마.

〈아무튼 나중에 이야기하죠.〉

"잠깐만! 지금 바로 돌아갈게! 30초 이내로 그쪽으로 갈게!"

나는 코하쿠와의 텔레파시를 일방적으로 끊고 그 자리에 있던 장로들에게 짧은 인사를 한 다음, 폴라를 옆구리에 안은 뒤, 린의 손을 잡고 급히 【게이트】를 열었다.

"꼭 행복하게 해 줘야 해요?!"

【게이트】 안으로 뛰어들기 직전에 술에 취한 듯한 에리스 씨의 목소리가 들려 나는 무심코 웃음을 짓고 말았다.

"행복하게 해 줘, 달링."

"최선을 다하겠습니다."

쑥스럽게 웃는 약혼자에게 내가 그렇게 대답하자, 못 말려, 라고 하듯이 내 옆구리에 안겨 있던 폴라가 고개를 가로저었다.

"이건 뭐죠?"

위험한 물건(성적인 것 포함)을 제외한 바빌론 '창고'의 마도구를 모두 다 같이 정리하는 중에, 유미나가 묘한 것을 발견했다.

아니, 묘하다고 해야 할지, 무슨 물건인지는 딱 보면 알았다. 정육면체의 각각의 면에 ☆마크가 하나에서 여섯 개가 붙어 있는 것. 아무리 봐도 주사위였다.

이쪽 세계에도 주사위는 존재한다. 주사위라는 이름이 아니라 '데굴'이라는 이름이지만.

이쪽에서는 좀처럼 결정할 수 없을 때, '정령의 인도'라고 하며 숫자가 큰 쪽을 선택하는 도구일 뿐, 놀이를 할 때는 별로 사용하지 않지만.

"꽤 큰 '데굴'이네요."

유미나가 안고 있는 주사위를 보고 루가 그렇게 중얼거렸다. 그건 그렇다. 주사위는 이쪽에서도 대체로 1센티미터에서 2센티미터 정도 크기다. 그런데 유미나가 들고 있는 주사위는 한 변이 30센티미터 정도 되었다. 주사위치고는 너무 크다.

"이것도 아티팩트일까?"

"'창고'에 들어 있었으니, 아마 그렇지, 않을까……?"

무기 관련 쪽을 정리하던 에르제와 린제가 이쪽으로 다가왔다. 참고로 상자의 잠금은 내가 미리 다 해제해 놓았다.

정리가 다 끝난 상자를 가지고 온 야에와 힐다도 무슨 일인가 하고 이쪽을 바라보았다.

"사양서는 안 들어 있었어?"

"네. ……아무것도요. 이것밖에 없었어요."

'창고'에 저장된 마도구는 하나하나가 정육면체인 상자 안에 들어가 있다. 그리고 내【스토리지】처럼 압축되어 들어가 있고, 사양서라고 하는 것이 같이 들어가 있었다.

하지만 그게 없으면 대체 어디에 사용하는 마도구인지 전혀 알 수 없었다.

참고로 사양서는 고대 파르테노 문자로 적혀 있었지만, 어쩐 일인지 문제없이 읽을 수 있었다. 파르셰가 말하길 각인 마법과 번역 마법으로, 시각을 통해 그 의미를 뇌에 직접적으로 전해 준다든가……하는데, 잘 이해는 안 간다. 아무튼, 번역 마법【리딩】을 사용하지 않고도 읽을 수 있어 편하긴 하다.

"이런 경우엔 관리인에게 묻는 것이 가장 좋은데…… 파르셰는 어디 갔지?"

'창고'의 관리인인 파르셰의 모습이 보이지 않았다. 조금 전까지 있었는데? 그런 내 의문에 에르제가 대답해 주었다.

"아, 파르셰라면 조금 전에 발견한 마도구를 '연금동'에 전해 주러 갔어. 조합할 때 편리한 냄비라든가 그런 소릴 하면서."

냄비? 약 같은 걸 조합할 때 사용하는 건가?

'창고'는 바빌론의 보물 창고이다. 다른 시설에서 사용할 수 있는 편리한 아이템도 저장되어 있었기 때문에, 그런 것을 가져다주는 것은 문제없지만…….

"가다가 넘어져서 부서뜨리지 말았으면…….

문제는 가져다주는 사람이 그 덜렁이 관리인이라는 점이다. 일말의 불안감을 느끼는 사람은 아마 나뿐만이 아니리라 생각한다.

"너희, 가만히 있으면 안 되지. 그러다가는 아무리 시간이 지나도 안 끝나."

'창고' 내부 위쪽에서 린의 목소리가 들려왔다. 발밑에는 허리에 손을 대고 화난 것 같은 포즈를 취한 폴라도 있었다.

고대 지혜의 결정이 담겨 있는 곳이 '도서관'이라면, 고대 기술의 결정이 저장된 곳이 '창고'이다. 그래서 린도 매우 흥미진진한 듯했다.

"데굴이니까 던져서 뭔가를 결정하는 게 아니겠나? 유미나 언니, 잠깐 줘 보게."

"앗, 스우! 잠깐만……!"

내가 말릴 틈도 없이, 유미나에게서 주사위를 빼앗은 스우가 휘익 하고 그것을 공중에 내던졌다.

형태가 주사위라고는 하지만 그 바빌론 박사의 작품이니, 무슨 일이 일어날지는 알 수 없었다. 아니, 적어도 나에게는 무언가가 일어날 것이라는 확신이 있었다!

가볍게 '창고'의 흰 바닥에 튕긴 주사위는 데굴데굴 굴러 '1'이 위로 온 채 멈췄다.

"으음, '흉'이구먼."

이쪽 세계에서 '데굴'은 길흉을 점치는 도구이기도 했다. 그럴 때는, '6'이 '대길', '1'이 '흉'을 의미한다는 모양이었다.

스우가 불만스럽게 눈썹을 찌푸렸을 때, 주사위에서 휘유웅……하고 낮은 소리가 나더니, 갑자기 우리가 주사위로 빨려들어 갔다. 뭐지?!

"꺅!"

"앗, 뭐야?!"

"이건 뭡니까?!"

내 눈앞에서 유미나와 에르제, 야에가 주사위의 별 하나짜리 '1' 표시에 빨려들어 갔다.

마치 청소기처럼 주사위는 잇달아 린제, 루, 린, 스우, 힐다를 빨아들이더니, 어버버버하며 우왕좌왕하는 폴라를 남기고 나까지 빨아들였다.

"쳇! 이것 봐! 역시 뭔가가 일어났잖아!"

5000년 전의 천재 박사를 원망하면서, 나는 의식이 점점 흐려지는 사실을 깨달았다.


◇ ◇ ◇


"아야야……. ……여긴 어디지?"

눈을 떠 보니, 그곳은 바빌론의 '정원'과도 비슷한 장소였다. 꽃과 나무가 우거져 있고, 잔디에는 모두가 앉아 있었다. 다행이야. 모두 무사한가 봐. 그런데 여기는…….

"토야 오빠, 저기요!"

"응? ………저게 뭐지……?"

유미나가 가리킨 곳을 보니 푸른 하늘과 흰 구름이 보이는 상공에 이쪽을 엿보는 거대한 폴라의 얼굴이 반투명하게 비치고 있었다.

하늘에서는 흐릿한 별 모양 선도 보였다. 혹시 이곳은…….

"주사위 안, 인가?"

물론 다들 빨려들어 가는 모습을 보기도 해서, 그렇지 않을까 생각은 했지만.

"시공 마법을 응용한 유사 공간……일까? '격납고'와 똑같은 구조일지도 몰라. 폴라! 들리니?!"

린이 하늘에 떠 있는 거대한 폴라에게 말을 걸었다. 그러자 폴라가 고개를 끄덕이더니 만세~라고 하듯이 양손을 들어 올렸다.

"우리는 무사해. 미안하지만 잠깐 '연금동'에 가서 파르셰에게 상황을 전달해 줄 수 있을까?"

린의 말을 듣고 다시 고개를 끄덕인 폴라가 하늘에서 사라졌다. 파르셰가 있는 곳으로 간 모양이다. 저 녀석, 말을 못 하는데 괜찮을까……. 물론 연기파이니 몸짓으로 어떻게든 상황을 잘 전달하겠지. 아마도.

"그건 그렇고 이 아티팩트는 대체 뭘까요?"

"적을 가두는 아티팩트……일까요?"

야에와 힐다가 주변을 두리번거리면서 각각 자신의 의견을 말했다.

분명히 갇힌 것 같긴 한데……. 조금 전부터 이 상황이 무언가를 닮았다고 생각했는데, 겨우 깨달았다. 그거다. '서유기'의 금각, 은각이 가지고 있던 이름을 부르고 대답을 하면 빨려들어 가는 마법의 호리병박. 그거랑 비슷하다. 우리는 대답을 해서 빨려들어 온 게 아니지만.

빨려 들어간 손오공은 어떻게 탈출했더라?

"저어, 토야 님. 토야 님의 전이 마법으로 탈출할 수 있지 않나요?"

"아, 그런가?"

루의 말을 듣고 나는 무심코 손을 퐁 하고 두드렸다.

그런 생각도 떠올리지 못하다니……. 으으, 부끄러워. 나는 쑥스러워서 헛기침을 한 번 한 뒤 【게이트】를…… 어라?

"왜 그러시죠?"

"【게이트】가 안 열려. 아니, 마력이 그냥 확산되어 버리네?"

"네?!"

내 말을 듣고 린과 린제가 마법을 사용해 보려고 했지만, 금방 마력이 확산되어 버려 두 사람의 마법은 발동되지 않았다. 마법이 봉인된 건가?

〈소용없어. 이곳에서는 전이 마법을 못 사용해.〉

"윽, 누구냐?!"

갑작스러운 목소리가 들려 그렇게 묻자, 흰 가운을 입고 의자에 걸터앉은 여성이 공중에 나타났다.

흰 가운을 입고 안경을 쓴 채 담배를 물고 있는 사람. 눈은 나른해 보였지만, 입매에는 대담한 미소를 짓고 있다.

"바빌론 박사…….."

"어? 저 사람이?!"

유미나가 눈을 휘둥그렇게 떴다.

틀림없다. 내가 처음으로 '정원'의 마스터가 되었던 날 밤, 셰스카가 보여 준 입체 영상을 통해 본 모습과 똑같았다. 물론 이것도 입체 영상이겠지만…….

〈어서 오십시오, 바빌론 월드에. 너희에게 한때의 오락을 제

공해 주지. 게임의 규칙은 아주 간단해. 데굴을 굴려서 그 숫자만큼 앞으로 나아가는 것. 그뿐이야.〉

바빌론 박사 옆에 시작부터 골인까지 몇 개인가 칸이 그려진 지도가 나타났다. 그 지도의 표시도 '창고'의 사양서와 마찬가지로 번역 마법이 걸려 있는지, 고대 파르테노 문자인데도 읽을 수 있었다.

읽을 수는 있는데…… 앗, 이건…….

"주사위를 던져서 노는 보드 게임이잖아……."

아무래도 5000년 전에는 주사위를 사용한 놀이가 존재했던 모양이었다. 요즘에는 어째서인지 쇠퇴해 버린 듯하지만. 그런데 문제는 그런 것이 아니었다.

"고블린을 다섯 마리 사냥한다?"

"작은 돌을 10개 쌓는다……."

"킹에이프를 흉내 낸다?"

"이 칸에 적혀 있는 건 뭐지?"

모두 뭐가 뭔지 잘 이해가 안 되는 모양이었지만, 나는 잘 알았다. 그건 그곳에 도착하면 '반드시 실행해야 하는 것'이라는 사실을!

〈게임의 제한 시간은 세 시간. 세 시간 이내에 골인하면 바로 원래 있는 장소로 되돌려 보내 주지. 골인 못 해도 세 시간이 지나면 게임오버가 되어 원래 있던 장소로 돌아가니 걱정은 하지 마.〉

"어떻게 되든 돌아갈 수 있다는 모양이에, 요."

린제가 다행이라는 듯이 안도의 한숨을 내쉬었다. 골인 못해도……? 수상해. 저 박사가 그렇게 미적지근한 게임을 만들었을 리가 없어.

내가 의심스러운 마음으로 바빌론 박사의 입체 영상을 노려보는데, 아니나 다를까, 박사는 계속해서 말했다.

〈단, 게임오버가 됐을 경우, 패널티로서 너희 옷을 전부 받아가겠다. 겉옷에서 속옷까지 모두 다!〉

"""""""""우앗, 최악이야!"""""""""

모두의 목소리가 동시에 주사위 안에 울려 퍼졌다.

그럼 뭐야. 세 시간 안에 골인하지 못하면, 완전 알몸이 되어 밖으로 내보내 진다는 건가?

"대체 뭐죠?! 정말로 저 사람이 바빌론 박사인가요?!"

"안타깝지만 원래 저런 사람이야……."

분노하는 루에게 나는 체념을 담아 그렇게 대답했다. 나도 몇 번을 그렇게 생각했는지. 아무리 시시하고 바보 같은 일이라도 일단 머릿속에 떠오르면 실행하고 보는 그런 사람이 바빌론 박사다. 게다가 천재라서 더욱 질이 나쁘다. 틀림없이 주변에 민폐를 끼치는 사람이다.

〈그럼 게임 시작. 세 시간 후에 다시 만나지.〉

공중에 떠 있던 박사의 입체 영상이 사라지고, 빨려 들어온 주사위와 똑같은 크기의 주사위가 지면에 떨어졌다.

동시에 지도 옆에 숫자가 나타나 카운트다운이 시작되었다.

"어, 어떻게 하면 좋습니까?"

"어떻게 하든 간에 안 하면 알몸이 되어 버리잖아?"

"저희만 있으면 별문제가 없지만……."

야에, 에르제, 힐다의 시선이 나를 향했다. 응, 안다. 무슨 말을 하고 싶은지 안다.

"혹시 달링, 게임오버가 되어도 그건 그거대로 괜찮다고 생각하는 거 아니야?"

"………그럴 리가, 없잖아."

"방금 잠깐 뜸을 들였죠?"

"방금 시선을 피했어요."

린의 말을 듣고 그렇게 대답하자, 유미나와 루, 공주님 콤비의 시선이 나를 찔렀다. 버텨라. 여기서는 버티는 수밖에 없어!

물론 일부러 방해할 생각은 없지만, 안 되는 것은 안 되는 거니…… 하고 생각하는 것도 사실이었다. 알몸이 되어도 밖에 나가면 【모자이크】 마법을 사용할 수 있기도 하니까.

"저, 저어, 점점 시간이 가고 있는, 데요……."

린제의 목소리를 듣고 모두 번뜩 정신이 들었다는 듯이 지도 위의 시계를 올려다보았다. 이미 3분이 지났다.

"큰일이야. 어물거리다간 정말로 알몸이 되어 밖으로 나가겠어!"

"일단 데굴을 던지면 되는 게 아닌가? 이얏!"

스우가 커다란 주사위를 휘익 집어던졌다. 주사위는 두세 번 튕긴 뒤, 데굴데굴 굴렀다. 그리고 나온 숫자는 '3'이었다.

"앗, 지도의 마크가……."

시작 지점에 있던 별 표시가 앞의 칸으로 이동했다. 아마도 저게 우리의 말인 모양이었다. 별 표시는 세 칸 앞으로 이동해 딱 멈췄다.

다음 순간, 주사위가 사라지고 주변의 경치가 숲속으로 변했다.

"실버드를 다섯 마리 사냥한다……?"

멈춘 칸에 적힌 문자를 내가 읽자, 그것이 신호라는 듯이 숲속에서 깍깍, 하고 은색 날개를 지닌 새가 나타났다.

"저게 실버드인가?

"진짜일까요?"

하늘을 빙글빙글 나는 은색 새를 보고, 옆에 있던 유미나가 그렇게 물었다. 입체 영상…… 또는 소환 마법의 하나일지도 모르지만…….

"아무튼 지시대로 하자."

나는 허리에서 건 모드인 브륀힐드를 빼내 천천히 하늘을 나는 은색 새를 노렸다.

그리고 타앙, 타앙 하고 두 발을 쐈다. 한 발은 빗나갔지만, 두 번째는 실버드에게 명중됐다. 하지만 새는 떨어지지 않고,

그 자리에서 곧장 사라져 버렸다. 총알은 평범한 총알이었다. 마법 효과는 없다.

"역시 입체 영상인가. 맞으면 그대로 사라지는 모양이야."

"토야 오빠, 이번엔 제가 할게요."

유미나가 반지의 【스토리지】에서 내가 만든 콜트 M1860 아미 유사품을 꺼내 총을 겨누었다. 이 총은 총신과 그립을 유미나가 쥐기 쉽게 변형한 것으로, 원래의 모델이 된 총과는 꽤 형태가 매우 달랐다.

유미나가 잇달아 방아쇠를 당기자, 공중에서 날고 있던 은색 새 세 마리가 모두 소멸했다. 대단한걸?

남은 한 마리도 유미나가 정확하게 총을 쏴서 맞추었다.

그와 동시에 딩동~ 하고 벨이 울리더니, 지면에 다시 커다란 주사위가 나타났다.

"조건 클리어라는 건가?"

"앞으로 나아갈 수 있다는, 말이죠?"

내 말을 듣고 린제가 고개를 끄덕였다.

주사위를 던지고, 도착한 칸에 적힌 조건을 실행. 클리어하면 다음으로 진행. 그야말로 주사위 보드 게임이었다. 대전 상대가 없으므로 '한 번 쉰다' 같은 것은 없는 모양이지만.

"다음은 누가 던질 텐가?"

주사위를 안고 있던 스우가 그렇게 물었다. 누가 던지든 별 상관없을 듯했지만, 일단은 적당히 순서를 정했다. 결국 다음은 에르제가 던지게 되었다.

"앞쪽 칸에는 뭐라고 적혀 있어?"

"어, '노래를 한 곡 부른다', '두 칸 앞으로', '1분간 계속 웃는다', '팔굽혀펴기 1000번', '어미에 「냥」을 붙인다', '지정된 가발을 쓴다' ⋯⋯정말 다 별 볼 일 없는 것들이네요."

지도를 읽은 루가 얼굴을 찌푸렸다. 그거야 그 박사니 당연하지. '두 칸 앞으로'에 걸려 앞으로 그 칸으로 가면 '팔굽혀펴기 1000번'이라는 점이 정말 밉살스럽다.

"아무튼 던질게."

영차 하고 소리를 내면서 에르제가 주사위를 던졌다. 데굴데굴 지면을 구른 주사위는 위쪽으로 '6'을 가리켰다.

"야호!"

에르제가 번쩍 뛰며 좋아했다. 얼른 골인하기 위해서는 큰 숫자가 나오는 편이 좋다는 것은 잘 안다. 잘 아는데⋯⋯.

지도의 말이 리듬감 있게 하나둘 앞으로 칸을 뛰어넘었다.

말이 여섯 칸 앞으로 가서 멈추자, 주변의 경치가 또다시 바뀌었다. 그리고 동시에 주사위도 사라졌다.

이번에는 성의 의상실 같은 곳으로, 주변에는 다양한 옷이 긴 행거에 걸려 있었다.

좌우의 벽에는 거울이 있었고, 중앙에는 위쪽에 커다란 구멍이 뚫린 상자가 하나 책상 위에 놓여 있었다. 상자의 정면에는 무언가 문자가 적혀 있는 듯했다.

"지도에는 '지정된 가발을 쓴다' 라고 적혀 있는데……. 가발은 안 보이지 않아……?"

"이 상자 안에 있지 않을까요? 무언가 적혀 있는 것 같기도 하고요."

"음~. '한 사람씩 손을 넣어 꺼내 쓸 것' ……어? 우리도?"

상자에 적힌 글자를 읽던 린이 깜짝 놀랐다. 일단 주사위를 던진 사람만 하는 것이 아닐까 생각했는데, 그렇지 않은 모양이었다. 우리는 한마디로 공동 운명체라는 말이었다.

"그럼…… 먼저 주사위를 던진 에르제부터."

"어? 나부터?!"

특수 효과가 부여되어 있는지, 꽤 커다란 구멍인데도 상자 안은 보이지 않았다. 시각 방해 마법인가?

조심스럽게 팔을 구멍 안에 넣은 에르제는 무언가를 붙잡더니 밖으로 꺼냈다.

얼핏 챙이 없는 검은 모자처럼 생긴 그것은…….

"이게 가발?"

"일단 쓰면…… 뭔가 변하는 게 아닐, 까?"

여동생의 말을 듣고 조금 망설이면서도 에르제가 그 모자를 쓰자, 순식간에 머리 모양이 바뀌었다.

그렇, 구나. 이, 이렇게 되는, 건가. 풉!

"아하하하하! 안 되겠어! 미안해, 에르제!"

"어? 어어?!"

완벽한 검은 '깍두기 머리'가 된 에르제를 보고 나는 웃음을 참을 수 없었다. 그 긴 머리가 어떻게 하면 깍두기 머리가 될 수 있는 건지. 환영 마법인가? 풉, 크흑, 아하하하하!

다른 아이들도 모두 웃음을 참거나, 고개를 돌리고 있었다.

그렇게 다들 웃는 모습을 보고 에르제가 벽에 달린 거울 쪽으로 걸어갔다. 그리고 그곳에 비친 모습을 보고 "이게 뭐야~?!" 하며 비명을 질렀다.

모자를 벗으려고 했지만 벗겨지지 않는 듯했는데, 아무래도 다음 주사위를 던질 때까지, 또는 일정 시간이 지날 때까지 그 상태가 변하지 않는 듯했다.

"참! 얼른 너희도 써야지! 자, 다음은 토야!" "어?! 나?!"

쭉쭉 에르제에게 밀린 나는 그대로 상자 구멍에 손을 넣어 금색 모자를 꺼내게 되었다. 금색……. 화려하네.

"자, 어서 써!"

"알았어……."

뒤를 돌아 모자를 쓴 뒤 다시 뒤로 돌자, 모두가 폭소를 터뜨렸다. 뭐지? 대체 어떤 머리 모양이길래?

거울을 보니, 그곳에는 금색 트윈테일 머리 모양을 한 얼빠진 모습의 내가 있었다. 이게 뭐야…….

"나랑 커플룩이야, 달링. 풉."

린이 등 뒤에 서서 거울 너머로 내 어깨를 두드렸다. 확실히 린과 똑같은 머리 모양이긴 하지만!

"뭐야~! 얼른 모두 다 쓰고 탈출하자! 자, 어서, 어서!"

부끄러운 것을 얼버무리면서 나는 모두에게 어서 모자를 쓰라고 재촉했다. 그 결과 린제는 '롤빵 머리', 유미나는 '아프로', 루는 '레게 머리', 린은 '리젠트 스타일', 야에는 '모히칸', 힐다는 '라이언 헤어', 스우는 '바코드' 등으로, 제대로 된 머리 모양이 거의 없었다.

아니, 내 트윈테일은 그런대로 정상적인가? 에르제의 깍두기 머리는 내가 했으면 그나마 괜찮았을 텐데. 정상적인 머리 모양이 없다기보다는 어울리는 머리 모양이 없다고 해야 하나? 리젠트 스타일이나 모히칸이 어울리는 사람도 있으니까.

린제의 롤빵 머리는 음, 그래도 그럭저럭 괜찮은 것 같지만. 만화나 애니메이션에서는 고압적인 공주님이 하는 머리인데, 얌전한 린제에게는 역시 안 어울리려나?

모두가 가발을 다 쓰자, 다시 주사위가 지면에 떨어져 데굴데굴 굴렀다.

그리고 롤빵 머리를 한 린제가 주사위를 주워 에잇, 하고 던졌다. 나온 숫자는 '4'. 지도 위에 말이 스스슥 하고 움직이며, 네 칸 앞으로 움직이더니 딱 멈췄다.

"어……. '모두 지금 입고 있는 속옷의 색깔을 말한다'라니, 꺄아아아악?!"

린제가 갑자기 얼빠진 목소리로 그렇게 외쳤다. 여자아이들은 모두 눈을 휘둥그렇게 떴다. 나는 마음속으로 갈채를 보냈

지만, 계속 무표정한 얼굴을 유지했다.

"앗, 린제! 왜 그런 곳에 멈추게 한 거야?!"

"언니, 무서워! 그런 머리로 다가오니까 너무 무서워. 그러
니까! 히익!"

깍두기 머리를 한 에르제에게서 몸을 지키려는 듯이 린제가
양손으로 몸을 방어했다. 확실히 저런 머리로 다가오니 무섭
긴 하다.

"속옷 색을 말하면 되는 겐가? 나는 흰색이다만."

별것 아니라는 듯이 바코드 머리를 한 스우가 말했다. 이것
저것 딴지를 걸고 싶었지만, 스우의 대답을 듣고 나도 그 흐름
에 올라탔다.

"다음은 나? 검은색입니다. 자, 다음."

우연히 스우 옆에 있었기 때문에 그냥 순서대로 대답을 했다
는 느낌으로 나는 그렇게 대답했다.

다음에 말을 해야 했던 야에가 입을 뻐끔거렸다. 머리 모양
이 모히칸이라 별로 귀엽게 보이진 않았지만.

"오?"

대답을 한 나와 스우의 가발이 사라졌다. 아하, 다음 문제를
클리어하면 사라지는 거구나.

"제대로 대답을 하면 사라지는가 보구먼."

"만약 거짓말을 하면 사라지지 않을지도 몰라."

그냥 무심하게 중얼거린 말이었지만, 그 말을 듣고 옆에 있

던 야에가 슬픈 표정을 지었다. 혹시 거짓말을 하려고 했던 건가? 야에는 금방 들킬 거라 생각하는데.

그렇게까지 할 거라고는 생각하지 않지만, 그 박사의 성격상, 그렇게 하고도 남았다.

나는 트렁크 타입의 검은색을 입고 있었기 때문에 대담한 색이 거짓말이 아니었다. 자낙 씨의 가게에서 만든 것으로, 내가 이쪽 세계에 올 때 입은 속옷의 모조품이긴 하지만.

"소, 소인도, 저어…… 희, 희, 흰색…… 큭, 빠, 빨간색입니다……."

화끄으으은. 문자 그대로 얼굴이 새빨개진 야에가 그렇게 대답했다. 야에는 곧장 양손으로 얼굴을 가리고 주저앉아 버렸다.

야에의 머리가 모히칸에서 원래대로 돌아왔다. 대답하면 원래대로 돌아오는 것은 확실한 듯했다.

그런데 빨간색이라니. 야에는 원래 천으로 두르는 타입 아니었던가? 그게 빨간색인가요? 그런 건가요?

묘한 감상에 빠진 나에게, 순서상으로는 야에 다음인 리젠트 스타일의 머리를 한 린이 씨익 웃으며 무언가를 내밀었다.

"……이게 뭐야?"

"귀마개. 잠을 잘 때 이걸 하지 않으면 좀처럼 깊이 자지 못하거든. 가지고 있어서 다행이야. 달링은 잠시 이걸로 귀를 막고 있어 줘."

"""""린 씨, 나이스!"""""

"더 빨리 꺼내 주셨으면 좋았을 텐데요!"

야에가 눈물을 글썽이며 벌떡 일어섰다. 큭, 대책이 있었을 줄이야⋯⋯!

나는 마지못해 손에 든 귀마개로 귀를 막았다. 우와, 정말 아무 소리도 안 들려. 이세계의 귀마개, 성능이 너무 좋은 거 아닌가?!

눈앞에서 잇달아 모두의 머리가 원래대로 돌아갔다. 쳇.

마지막으로 대답한 힐다의 머리가 원래대로 돌아가자, 지면에 다시 주사위가 데굴데굴 구르며 나타났다.

"이번엔 소인이 던지겠습니다. 에이잇!"

야에가 드릴처럼 비틀리게 회전시키며 주사위를 던졌다. 조금 전의 원한이 조금 들어가 있는 것처럼 느껴졌는데, 그냥 착각인 걸까?

나온 숫자는 '5'. 꽤 속도가 괜찮은걸?

그 뒤로 '엄청 매운 요리를 물 없이 먹는다'라든가 '1분간 창작 댄스를 춘다'처럼, 아무리 생각해도 벌칙 게임이라고밖에 생각하기 힘든 괴롭힘을 몇 가지인가 클리어하여 겨우 골인 직전까지 도달했다. 시간도 아직 꽤 많이 남았다. 그럼 골인할 수 있는 건가?

그런데 폴라는 뭐 하는 거지? 이제 파르셰를 데리고 와도 충분할 것 같은 시간인데.

"에잇."

린이 던진 주사위가 바닥에 떨어지더니 '4'에서 딱 멈췄다.

지도의 말이 스스슥 앞으로 가서, 네 번째 칸에 멈춰 서자, 지금까지와 마찬가지로 주변의 풍경이 변했다.

"와앗!"

"바다구먼!"

우리 눈앞에는 새하얀 백사장과 구름 한 점 없는 푸른 하늘, 그리고 파도가 밀려 왔다가 멀어지는 큰 바다가 펼쳐져 있었다.

"이것도 입체 영상인 걸까요……?"

"그런 것치고는 바다 내음이 굉장히 리얼한데……."

파도가 치는 해변가로 달려간 스우가 발밑에 밀려오는 바닷물에 첨벙첨벙 손을 대 보았다.

"이건 진짜네. 진짜 바닷물이야."

"흐~응……. 진짜로 짜네. 시공 마법과 결계 마법…… 그리고 소환 마법을 사용한 유사 바다를 재현한 걸까?"

린이 스우 옆에 웅크리고 앉아 바닷물에 손가락을 대더니 날름 핥아 맛을 보았다.

내가 살던 세계에도 서핑이 가능한 웨이브 풀장이 있을 정도였으니, 유사 바다를 만드는 것 정도는 마법 기술을 사용하면 의외로 간단한 건가? 나도 물 마법으로 파도를 일으킬 수 있을 정도니까.

"굉장한 기술이야……. 역시 고대 마법 문명의 유산이라 할 만해."

린이 감탄했지만, 그걸 이용해 하는 것이 고장 주사위 보드게임이라는 것도 좀…….

어? 그러고 보니 이 칸의 지정 명령은 뭐였지?

나는 지도를 올려다보고 칸에 적힌 글자를 읽었다.

" '지정된 옷으로 갈아입어라' ……? 지정이라니……."

"토야 님…… 이것이 아닐까요?"

"어? 아…….."

돌아보니 루가 해변에 놓여 있는 스탠드 행거에서 '그것'을 꺼내 들고 이쪽을 바라보았다.

수영복이었다. 당연하다면 당연한가. 반대쪽 스탠드 행거에는 남자 수영복이 걸려 있었다. 그리고 안쪽에는 옷을 갈아입기 위한 간이 텐트까지 준비되어 있었다.

"앗, 이 수영복, 거의 끈이잖아!!"

"사이즈는 입는 사람에 맞춰서 수축되는 모양이야. 이것도 고대 마법의 기술인 걸까……?"

"굉장히 아슬아슬한 게 많은 것 같아…….."

이미 여자아이들은 스탠드 행거 쪽에 모여서 마음에 드는 수영복을 고르는 중이었다.

여자아이들과는 달리 이쪽은 무슨 수영복을 입든 별로 상관없었기 때문에, 대충 고르려고 생각했지만, 남자용도 이상한 수영복이 산더미처럼 많았다.

이거, 대체 어떻게 입는 거지……? 어깨에서 고간까지 V 자 모양이라니……. 역시 그 박사, 머리가 이상한 것 같아. 이쪽은…… 나뭇잎 한 장만 있으면 된다는 건가? 그룹 나뭇잎 전대가 부른 YATTA!가 연상된다……라니 무슨 바보도 아니고! 이건 수영복이라고도 할 수 없잖아!

투명한 것이라든가, 극소 부메랑 모양은 모두 제쳐 두고, 간신히 무난한 트렁크스형 수영복을 발견했다.

나는 얼른 남자용 간이 텐트에 들어가서 갈아입기…… 전에, 수영복을 바닷물에 적셔 보았다. 혹시…… 녹을 가능성도 있으니까. 그 박사라면 그러고도 남는다.

문제가 없어서 나는 얼른 수영복으로 갈아입었다. 간이 텐트에는 '벗은 옷은 이 상자 안에'라고 친절한 설명이 적힌 보물 상자가 놓여 있었다. 시간이 지나면 수영복과 이 안의 옷이 다시 바뀐다는 모양이었다. 그렇게 말하는데 안 넣을 수도 없어서 옷을 넣었는데, 뚜껑을 닫자마자 자동으로 보물 상자가 잠겨 버렸다. ……정말로 뒤바뀌는 거 맞겠지?

당연하지만 여자아이들은 옷을 갈아입는 데 시간이 걸리는 듯했다. 얘들아~. 너무 늦으면 타임오버가 돼서 알몸인 채로 밖에 나가야 해!

"오래 기다리셨죠, 토야 오빠."

"오……."

먼저 간이 텐트에서 나온 사람은 유미나로, 허리 옆에 꽃이 한 송이 그려진 흰 원피스 차림이었다.

이어서 나온 스우는 프릴이 많이 달린 노란색 바탕에 작은 흰 물방울 모양의 원피스.

에르제와 린제는 역시 똑같은 팬츠 타입의 비키니였다. 색은 빨간색과 파란색으로 각각 달랐지만.

부끄러워하며 나온 야에는 연한 보라색 비키니에 파레오를 두른 모습이었다. 역시 천을 안 감고 있으면 크다…….

다음으로 야에처럼 부끄러워하며 나온 사람은 힐다였다. 힐다의 수영복 모습은 처음 보네……. 오렌지색 프릴이 달린 비키니. 아래는 스커트처럼 보이는 타입. 힐다도 야에 정도는 아니었지만, 꽤 크기가 엄청났다.

그런데 왜 두 사람 모두 검을 들고 있는 거지? 항상 전쟁터다, 그건가? 물론 나도 브륀힐드를 가지고 있지만.

다음으로 나온 사람은 루로, 역시 루의 수영복 차림도 처음 본다. 에메랄드그린의 귀여운 홀터넥 원피스가 아주 잘 어울렸다.

마지막으로 검은 홀터넥의 프릴이 달린 비키니 차림으로 나타난 사람이 린. 어른스러운 분위기를 내뿜으면서도 소녀다움을 잃지 않은 모습이었다. 정작 입은 사람은 굉장히 어려 보였지만. 힐다와 마찬가지로 아래쪽은 짧은 티어드 스커트처럼 보였다.

"죄송해요. 너무 아슬아슬한 수영복이 많아서 찾는 데 고생을 했거든요."

"조개 모양도 있었어⋯⋯. 그 박사는 대체 무슨 생각을 하는 거야?"

주로 야한 쪽 생각을 하고 있답니다, 에르제 씨.

응? 킁킁. 어라?

"뭔가 좋은 향기가 나지 않아?"

"아, 이건 향기가 나는 수영복인가 봐요. 은은하게 나는 정도지만요."

확실히 은은하게 시트러스 민트 같은 감귤 계열 향기가 났다. 고대 마법 왕국에서는 그게 일반적이었던 걸까? 아니면 수영복 소재에 그런 향기가 나는 것을 사용한 걸까. 내 수영복에서는 아무런 향기도 안 나지만.

그건 그렇고, 이렇게 많은 수영복 차림을 볼 기회는 그렇게 많지 않다. 그 점에 관해서 만큼은 나는 박사에게 감사했다. 소리 내어 말하지는 않겠지만.

모두가 옷을 다 갈아입자, 해변에 주사위가 떨어졌다.

"이제 조금만 더 가면 골이구먼."

"아직 30분이 남았으니 어떻게든 될 것 같기도 해. 단지 골인 바로 앞의 커다란 칸이 신경 쓰여."

" '반드시 멈춰라' 라고 적혀 있네요⋯⋯. 그것 이외에는 아무것도 안 적혀 있는데 뭘까요?"

유미나가 고개를 갸웃했지만 난 알았다. 대체로 이런 보드 게임에는 골인 바로 직전에 어려운 문제가 준비되어 있든가, 전가의 보도인 '출발점으로 돌아가라'라는 말이 적혀 있다.

'반드시 멈춰라'라고 적힌 이상 '출발점으로 돌아가라'는 아니리라 생각한다. 그런 보드 게임이 있으면 난 판을 뒤엎어 버린다. 절대로 골인할 수 없는 게임이니까.

하지만 그 박사라면 그럴 가능성이 몇 퍼센트인가 있을 수 있다는 생각이……

"그러고 보니 토야 님은 아직 던지지 않으셨죠? 자, 여기요."

"응? 아, 그런가? 그럼 사양 않고 던질게."

루에게서 주사위를 건네받은 나는 앞뒤로 회전시키며 주사위를 던졌다. 데굴데굴 구른 끝에 나온 숫자는 '6'. 좋아!

"오오! 단숨에 골인 바로 앞까지 나아갔습니다."

기뻐하는 야에와 함께 흔들리는 두 개의 그것을 무심코 응시할 뻔했지만, 나는 강철 같은 의지로 시선을 돌렸다. 시선을 돌린 곳에는 나를 빤히 바라보는 루와 유미나가 있어서, 결국 나는 갈 곳 잃은 시선으로 하늘을 올려다보았다.

말은 골인 직전의 '반드시 멈춰라'에 멈췄지만, 풍경은 바뀌지 않았다. 어떻게 된 거지?

"아! 뭔가 글자가 떠올랐어요!"

힐다가 지도 위의 커다란 칸을 가리키며 말했다.

" '속성 마법만 사용 가능. 출현하는 적을 쓰러뜨려라' ? 적이라니……."

뭐지? 하고 생각한 순간, 바다에서 촤악! 하고 그것이 모습을 드러냈다.

처음으로 본 모습은 파란색 슬라임. 하지만 그 녀석은 그곳에서 주욱 하고 일어섰다.

다리가 있다. 아니, 다리가 있긴 한데 각선미가 있는 다리라든가 드래곤처럼 두꺼운 그런 다리가 아니었다. 여러 개의 촉수였다. 딱 봤을 때 그냥 해파리였다. 해파리이긴 한데…….
나에게는 게임에 나오는 회복 마법을 사용하는 슬라임으로밖에 보이지 않았다. 그도 그럴 게 눈도 있고 말이지…….

게다가 크다. 신수 모드인 산고 정도는 되지 않을까? 그렇게 큰 슬라임 해파리가 흐늘흐늘 촉수를 흔들면서 이쪽을 바라보았다.

"키, 킹포이즌젤리…… 최악이야……."

"린, 알고 있어?!"

목소리를 떨면서 슬라임 해파리를 외친 린에게 모두의 시선이 모였다.

"촉수에 약한 마비독과 전격 능력을 지닌 생명력이 강한 마수지만, 사람을 습격하지 않는 마수야. 원래 킹포이즌젤리는 바다와 육지를 오가는 마수인데, 감귤 계열 과일을 좋아해서 육지에 올라와 먹고 바다로 돌아가기도 한다나 봐."

"감귤 계열이라니……. 잠깐만! 설마……!"

에르제가 창백한 얼굴로 린을 노려보았다.

"그 설마야. 저 마수는 우리에게 나는 냄새에 이끌려 온 거지. 정확하게는 수영복에서 나는 감귤 계열의 냄새를 맡고."

린이 뻣뻣한 미소를 지으며 한 설명을 듣고 모두 깜짝 놀란 표정을 지었다. 당했다. 모두의 마음속의 그런 말이 떠올랐을 게 분명하다.

그 변태 박사, 너무 용의주도하잖아…….

"와요!"

힐다의 말을 듣고 모두 좌우로 퍼졌다. 야에가 칼을 뺐고, 힐다도 검을 뺐다. 루도 반지의 【스토리지】에서 쌍검을 꺼냈다. 에르제도 양손에 건틀릿을 체인에 끼워 둔 반지에서 꺼냈다.

어라? 도구에 부여된 마법은 사용할 수 있는 건가?

"왜 그러십니까?"

"수영복을 벗어 던지면 정신을 다른 쪽으로 쏠리게 할 수 있을 것 같은데……."

"그런 짓을 어떻게 해?!"

"아, 알아! 그냥 말을 해 봤을 뿐이야!"

에르제가 얼굴을 새빨갛게 물들이며 맹렬하게 항의했다. 역시 그렇게는 안 되겠지. 원래의 옷으로 갈아입고 싶어도 보물 상자가 잠겨 있어서 그렇게 못 하는 상황.

"그럼 싸울 수밖에 없나?"

"정말로 싸울 생각, 이세요?"

몸서리가 쳐진다는 듯한 표정으로 린제가 이쪽을 바라보았다. 음, 그 마음은 알아. 저렇게 구물구물 미끌미끌 한 녀석은 나도 상대하고 싶지 않거든.

"어느 쪽이든 간에 지금 이대로 시간이 지나면 게임오버야."

"으으……. 그건, 싫어, 요.【얼음이여 휘감아라, 결빙의 주박, 아이스바인드】!"

〈푸르르르르르르~!〉

묘한 소리를 내면서 포이즌젤리가 발밑에서 얼기 시작하는 촉수를 망설임 없이 찢어 버리고 린제의 마법에서 탈출했다.

그리고 찢어진 촉수가 다시 원래대로 돌아갔다. 재생 능력인가? 아니면 회복 마법? 진짜 그 슬라임이랑 비슷하네.

〈푸들!〉

포이즌젤리가 촉수를 엑스자로 교차하더니, 그곳에서 전격을 내뿜었다. 위험해!

"하앗!"

"야앗!"

야에의 칼과 힐다의 검이 포이즌젤리의 촉수를 잘랐다…….하지만 또 촉수는 재생되고 말았다.

"아니?!"

칼을 되돌리면서 야에가 다시 공격했지만, 이번에는 포이즌젤리의 촉수가 잘리지 않았다. 프레이즈의 파편으로 만든 칼이 통하지 않는다고?

잘 보니 야에의 칼에는 포이즌젤리에게서 분비된 것으로 보이는 미끌미끌한 점액이 들러붙어 있었다. 힐다의 검도 마찬가지였다. 저게 날을 무디게 만든 건가?!

순간적인 틈을 노려 슈르륵 하고 포이즌젤리의 촉수가 야에의 다리를 휘감았다.

"앗?! 흐아아아아아아아아아아악?!"

"야에?!"

야에는 다리를 휘감겨 그대로 몸이 거꾸로 뒤집히고 말았다. 촉수가 좌우로 흔들릴 때마다 커다란 야에의 그 두 개가 출렁거리며 흔들렸다. 안 돼, 침착하자!

거꾸로 매달린 상태에서도 칼을 놓지 않는 모습은 역시 무사라 할 만했다.

아마 수영복을 노리는 것이겠지만, 포이즌젤리가 야에를 향해 촉수를 뻗었다.

"꺄아아아아아! 오, 오지 마라! 오지 마시오오오오!"

날이 무뎌졌어도 칼로 촉수를 튕겨 낼 수는 있다. 신들린 듯한 칼솜씨로 야에는 자신에게 뻗어 오는 촉수를 잇달아 튕겨 냈다. 거꾸로 매달렸는데도 굉장한 실력이야.

"야에 씨!"

힐다가 야에를 돕기 위해 촉수 아래로 달려갔다. 앗, 그냥 보고만 있을 때가 아니었어!

브륀힐드로 일단 눈?으로 보이는 장소를 겨누고 몇 발인가 총알을 쏘았다. 역시 급소를 맞으면 버틸 수 없으리라 생각하고 쏜 것인데, 총알은 꿀렁 하고 조금 안쪽으로 파고들었을 뿐, 곧장 밖으로 튕겨서 바다에 떨어졌다. 저거 뭐야?!

눈처럼 보이는 건 내부에 있는 핵인가?! 확인하기 위해 몇 발 더 브륀힐드를 쏘았지만, 효과는 역시 마찬가지였다. 그렇다면 야에를 붙잡고 있는 촉수를 끊자고 생각했지만, 타각 하는 공이치기 소리만 나고 총알이 발사되지 않았다. 총알이 다 떨어진 건가?!

"【리로드】! ……앗, 아앗~! 총알이 들어간 파우치가 옷이랑 같이 보물 상자에 들어가 있었어!"

아차차! 깜빡했다! 귀중한 총알을 전부 다 써 버리다니. 린제나 유미나는 맨손으로 총을 갖고 있지 않았다. 그러니 당연하게도 총알도 없었다.

"꺄아아아아아아아아아아아아아아?!"

비명이 난 곳을 보니, 야에를 도우러 갔던 힐다도 야에와 마찬가지로 포이즌젤리에게 거꾸로 매달려 있었다. 야에 정도는 아니지만, 약혼자들 중에서는 넘버2인 그것이 출렁거리며 흔들렸다. 안 돼. 한 번 더 침착하자!

"【빛이여 오너라, 반짝이는 연탄(連彈), 라이트 애로우】!"

몇 개인가의 빛의 화살이 린제의 손에서 발사되었다. 포이즌젤리의 머리(?) 부분에 몇 발인가 맞았지만, 별로 효과는 없는 듯했다.

"포이즌젤리는 마법 저항력이 강해. 아마 【파이어스톰】으로도 쓰러뜨리지 못할 거야."

이를 가는 우리에게 린이 그렇게 해설해 주었다. 그래? 해파리 주제에 건방지긴.

"햐악! 앗, 이, 이거 놔!"

"꺄아아아아아아아아아?!"

비명이 난 곳을 돌아보니, 에르제와 루도 거꾸로 매달린 사람의 일행이 되어 있었다. 아직 흔들리는 야에와 힐다 쪽에 조금 시선을 돌린 뒤에 다시 두 사람을 바라보았다. ……응, 이 두 사람을 보고는 그나마 침착함을 유지할 수 있었다.

"갑자기 방금 엄청 열 받았어!"

"저도요!"

으악, 큰일났다. 내 시선을 민감하게 눈치챈 두 사람이 이쪽을 보고 검은 오라를 뿜어내기 시작했다…….

하지만 수영복을 향해 뻗어 오는 촉수를 막는 사이에, 두 사람의 그런 오라는 점점 작아져 갔다. 살았다…….

하지만 이대로는 점점 밀리게 될 뿐이다. 내가 브륀힐드를 들고 휘두른다고 해도 야에 일행처럼 될 게 뻔하다.

하다못해 무속성 마법이라도 사용할 수 있었으면, 어떻게든 됐을 텐데……!

"저어, 토야. 조금 전부터 신기하게 생각했다만……."

"뭐가 신기했는데? 스우."

무슨 돌파구나 약점이라도 발견한 건가? 작은 기대를 품고 나는 스우를 돌아보았다.

"아니, 왜 토야는 코하쿠 일행을 안 부르는 겐가? 지금이라면 소환 마법은 봉인되어 있지 않을 텐데?"

"……………………………………………【어둠이여 오너라, 내가 원하는 것은 이미 계약한 네 성수(聖獸), 【산고】, 【코쿠요】…….."

아니, 잊어버렸던 게 아니라 말이지.

해변에 마법진이 전개되더니 그곳에서 검은 아지랑이가 피어오르기 시작했다. 아지랑이가 걷히자 그곳에서 미니사이즈인 산고와 코쿠요가 평소와 마찬가지로 둥실둥실 떠 있었다. 물과 관련된 적이니 코하쿠보다는 산고와 코쿠요가 더 낫다.

〈주인님이 부르다니 웬일이지?〉

〈음? 이곳은 아공간 안인가?〉

"산고, 코쿠요. 저거, 어떻게든 안 될까?"

내가 가리킨 곳을 빙글 하고 천천히 돌아본 거북이와 검은 뱀은 펑 하고 연기를 피우더니, 원래의 모습으로 변신해 해변에 투욱 내려섰다. 어라? 전보다 커지지 않았어?

〈주인님. 저 녀석은 뭐죠?〉

"으악?!"

"햐악?!"

"푸웁?!"

"꺄아아?!"

힐끗 하고 코쿠요가 한 번 노려보자, 포이즌젤리가 붙잡고 있던 야에 일행을 일제히 놓아 물기둥 네 개가 하늘로 솟구쳤다.

해파리 녀석이 어쩐지 벌벌 떨고 있는 것처럼 보였다. 안색(?)도 새파래진 것 같고. 아니, 원래 그런 색이었나?

다시 저벅 하고 산고가 앞으로 발을 내디뎠다.

〈뭔지는 모르겠지만 네놈이 사모님들과 주인님에게 무례한 짓을 했다는 것은 잘 알았다.〉

〈에구~. 절대 용서할 수 없는 일이잖아. ……각오는 되어 있겠지, 응?〉

위협적인 코쿠요의 목소리에 움찔! 하고 정색하더니, 포이즌젤리가 엄청난 속도로 바다를 향해 멀어져 갔다. 어라? 바다 위를 달려가는 것 같은데?

〈어딜 도망가느냐, 이 자식아아아!〉

그렇게 외치는 코쿠요의 입에서 물로 된 칼날이 발사되자, 순식간에 멀리까지 도망간 포이즌젤리가 두 개로 잘렸다. 저렇게 멀리까지 위력이 약해지지 않다니, 굉장해…….

내가 감탄을 하자, 다시 퍼엉 하고 산고와 코쿠요가 미니사이즈로 되돌아갔다.

〈주인님, 사모님. 무례한 자는 물리쳤으니, 안심하십시오.〉

〈잠깐만, 산고~. 쓰러뜨린 사람은 나잖아~. 주인님, 칭찬

하시려거든 저를 칭찬해 주세요~.〉

"덕분에 살았어, 고마워."

나는 고맙다고 말하며 두 마리의 머리를 쓰다듬어 주었다. 그런데 산고와 코쿠요가 갑자기 사라졌다. 응? 강제 송환된 건가? 한 번 더 불러내려고 시도해 봤지만, 또 마법이 봉인된 모양이었다.

앗, 그런 것보다도 바다에 떨어진 네 사람이 걱정이야. 괜찮은가? 꽤 오래 거꾸로 매달려 있었는데.

"자, 잠깐만요! 토야 님, 거기서 움직이지 말아 주세요!"

"응?"

네 사람에게로 다가가려고 하는데, 바다에서 고개만 내민 힐다가 오지 말라고 말렸다. 왜?

"수, 수영복이 떨어졌을 때 벗겨졌어요! 찾을 때까지 거기서 기다려 주세요!"

"소, 소인도……."

뭐어?! 사태를 파악한 린제 일행도 해변에서 바다로 들어가 힐다와 야에의 수영복을 찾기 시작했다.

똑같이 떨어진 에르제와 루는 괜찮았는데……. 역시 크기와 관련이 있는 건가? 큰 쪽이 충격을 받으면 더 격렬하게 흔들리니, 그것만으로도 쉽게 흘러내릴 가능성이……. 나는 바다를 등지고 혼자서 그렇게 중얼거렸다.

시간이 지나면 수영복과 보물 상자에 있는 옷이 뒤바뀔 거라 생각하지만, 지금은 그럴 시간이 없다. 그 파란 해파리 때문에 꽤 많은 시간이 흘렀다.

적을 쓰러뜨렸기 때문인지 해변에 주사위가 떨어졌다.

"어차피 다음 칸이 골인이니, 어떤 숫자가 나와도 '끝'이지만."

"죄송해요, 오래 기다리셨죠?!"

바다에서 올라온 모두의 목소리를 듣고 돌아보니, 힐다는 원래의 비키니 차림으로 돌아가 있었지만, 야에는 가슴을 보라색 천으로 휘감아 뒤덮은 모습이었다. 저건 야에의 파레오인가? 결국에는 찾지 못한 거구나…….

"서두르죠, 토야 오빠. 야에 씨 일행이 조금 전의 포이즌젤리의 독에 당했어요."

"뭐라고?!"

"마비독이야. 아주 약한 거니 시간이 지나면 자연히 사라지겠지만, 얼른 골인하는 편이 좋겠어."

린이 주저앉아 있는 야에 일행을 보고 그렇게 제안했다. 야에가 말하길 붙잡혔던 한쪽 다리만이 저릿한 것처럼 감각이 없어, 마치 오랫동안 무릎을 꿇고 앉았을 때의 느낌과 비슷하다는 모양이었다. 엄청 힘들겠다.

나는 주사위를 들고 던졌다. 나온 숫자는 '1'. 딱 골인이다. 시간도 아직 3분이 남았다. 늦지 않은 건가.

말이 골인으로 움직여 경치가 바뀌었다. 뒤바뀐 경치가 시

야에 날아들어 왔다. 그런데 여전히 변함없는 해변이었다.

"어?!"

나는 무심코 그렇게 소리쳤다. 왜냐하면 해변의 100미터 정도 앞에 '골인'이라고 적힌 게이트가 있었기 때문이다. 뭐야?! 그냥 풍경이 바뀌면서 골인이 되는 거 아니었어?!

"앗, 혹시 달릴 수 있겠어?!"

"여, 역시 이 상태로는 어려울 듯합니다……."

힘겹게 미소를 지으면서 야에가 대답했다. 어쩌지? 스우, 린, 유미나는 야에 일행을 업고 달리기가 힘들 텐데. 그렇다면 내가 데리고 갈 수밖에 없다!

"린제! 유미나 일행이랑 같이 루를 골인 지점까지 같이 데리고 가 줘!"

"앗, 네!"

네 사람 중에는 루가 가장 몸집이 작다. 한 사람 정도라면 들고 갈 수 있겠지.

"나머지 세 사람은 내가 들고 갈게. 일단 에르제부터!"

"뭐?! 앗, 나?! 햐아악?!"

나는 대답도 기다리지 않고 에르제를 옆으로 안아 올렸다. 이른바 공주님 안기다. 나는 곧장 해변을 달려 골인 지점을 향했다.

큭……. 해변이라서 달리기 힘든 데다 의외로 무거워……. 에르제의 말 없는 시선이 따가웠다. 살결이 맞닿아 가슴이 두근거렸지만, 쓸데없는 생각을 하지 않고 나는 끝까지 달렸다.

간신히 골인 지점에 도착해 나는 에르제를 내려 주었다. 그리고 곧장 빠르게 달려 아직 남아 있는 아이들이 있는 곳으로 되돌아갔다.

가는 중에 루를 데리고 가는 린제를 비롯한 네 사람과 스쳐 지나갔다. 각자 팔다리를 붙잡아 굉장히 볼품없는 모습이었지만, 지금 상황에서는 어쩔 수 없다.

이번엔 앉아 있는 힐다를 등에 업었다. 역시 공주님 안기를 하고 100미터를 달리기는 무척 힘들었기 때문이다.

"토, 토야 님……. 무, 무겁지 않나요……?"

"아니~. 괜찮아, 전혀. 아무렇지도, 않아……."

말은 그렇게 했지만 상당히 숨이 차올랐다. 요즘, 【부스트】에 너무 의존했던 건가? 조금 더 운동을 해야겠어…….

내디디기 힘든 바닥과 내리쬐는 태양과 등에 닿은 두 개의 봉우리가 내 체력과 함께 정신력까지 빼앗아 갔다. 살결이 직접 닿은 것은 아니었지만, 둘 사이에는 얇은 천 한 장이 다였다. 그래서 그 부드러움과 따뜻한 감촉이 등을 통해 확실히 전달되었다…….

두근거림을 간신히 숨기고 힐다를 골인 저점까지 옮기는 데 성공했다.

이제는 야에만 남았다. 루를 들어 올린 유미나 일행이 겨우 골인 지점에 도착하는 것과 거의 동시에 나는 골인 지점에서 야에가 있는 곳까지 빠르게 달렸다. 은근히 힘들어!

나는 힐다와 마찬가지로 야에도 등에 업었다. 이번에는 힐다보다 큰 두 개의 그것이 내 등을 습격했지만, 그곳을 휘감은 파레오가 두꺼워서 조금 전의 힐다 때처럼 공격력이 강하지는 않았다. 이 정도라면 어떻게든 버틸 수 있을 듯했다.

"괘, 괜찮으십니까? 토야 님?!"

"괜, 찮, 아아아!!"

이제는 목소리도 거의 나오지 않았다. 솔직히 말하면 거의 한계였다. 다리도 비틀거려 넘어질 것 같았지만, 여기서 넘어질까 보냐라고 하면서 힘을 쥐어짜 한 발 한 발 모래에 발을 내디뎠다.

조금만, 더……!

모래에 발이 걸려 몸이 앞으로 기울었다. 이제 몇 걸음이면 골인이었기 때문에, 아예 끝을 내자는 심정으로 얼굴부터 앞으로 다이빙했다.

"햐아악?!"

"후규우욱!!"

야에에게 짓눌렸다. 얼굴을 모래에 묻고 있자, 앞에서 내 팔을 붙잡고 질질 끌었다. 아파, 뜨거워, 아파, 뜨거워!

아무래도 다리가 골인 지점을 통과하지 않았던 모양이었다. 조금 더 조심스럽게 대해 주길 바랐는데…….

"아, 안 늦었어……."

"위험했네."

린제와 스우의 목소리가 들려 고개를 들어 보니, 카운트다운은 1초 전에 멈춰 있었다. 아슬아슬했구나…….

〈골인 축하해. 아쉽지만 너희의 승리다. 원래 장소로 되돌려 보내 주지. 또 만날 기회가 있으면 놀아 주길 바란다.〉

어딘가에서 바빌론 박사의 목소리가 들리더니 뜨거웠던 얼굴 아래의 모래가 차가운 바닥 감촉으로 바뀌었다. 아무래도 게임을 클리어해서 원래의 '창고'로 되돌아온 모양이었다.

수영복도 어느새 원래 입고 있던 옷으로 되돌아와 있었다.

"리, 【리프레시】……."

나는 체력 회복 마법을 외웠다. 온몸에 활기가 되돌아오면서 조금 전까지 힘들었던 느낌이 전부 다 날아갔다.

"이것 참……."

엄청 고생했다. 그 변태 박사, 처음부터 골인을 시켜 줄 생각이 없었던 게 분명하다.

"힘들어……. 토야, 나도 【리프레시】 부탁해."

"아, 소인도 부탁합니다."

"저도……."

지친 것은 모두 마찬가지인지, 잇달아 마법을 걸어 달라고 손을 들었다. 물론 모두에게 【리프레시】를 걸어 회복시켜 주었다.

나는 바닥에 굴러다니던 주사위를 집어 들었다.

"이 녀석은 봉인할게. 참 나, 사람 귀찮게 하는 마도구야."

나는 주사위를 '창고'의 보관 박스에 넣고 자물쇠를 채웠다. 피곤해서 숨을 내쉬는 내 등 뒤에서 갑자기 얼빠진 목소리가 들려왔다.

"어?"

"앗?!"

"히익?!"

뒤를 돌아보니 유미나를 비롯한 약혼자들이 자신들의 몸을 매만지고 있었다. 왜, 왜 그래?

"어어, 어째서?!"

"잠깐만, 다들 왜 그래……?"

"스톱~! 토야 오빠. 거기서 가만히 계세요! 기다려!"

내가 무슨 개도 아니고. 그래도 나는 유미나가 말하는 대로 그 자리에 가만히 멈춰 섰다. 무슨 일인데 그러지?

"……하나 묻겠는데. 달링, 수영복으로 갈아입을 때, 보물 상자에 옷 넣었어?"

"응? 물론 넣었는데?"

린의 질문에 나는 솔직하게 대답했다. 안 넣으면 옷이 원래대로 안 돌아오잖아?

"속옷은 속옷용 상자에?"

"그게 뭐야? 그런 건 없었는데?"

"큭……. 그래서 그렇구나. 완전히 속아 넘어갔어."

얼굴을 새빨갛게 물들인 린이 혀를 찼다. 무슨 소리지?

"우리 텐트에는 옷을 넣는 보물 상자랑 그, 그러니까 속옷을 넣는 보물 상자가 있어서……. 왜 두 개가 있는지 이상하다고는 생각했는데……."

"응?"

"속옷만 돌아오지 않았네."

스우가 딱 잘라 상황을 말하자, 모두 얼굴을 새빨갛게 물들이며 고개를 숙였다. 어? 그럼 다들 지금 노팬…….

"토, 토야는 뒤를 돌아본 상태로 100까지 세! 이쪽을 보면 얻어맞을 줄 알아?!"

"앗, 응!"

빙글 돌아서 있으니, 등 뒤에서 아이들이 후다다닥 뛰어다니는 소리가 들렸다. 그 변태 박사, 정말로 뭐 그런 녀석이 다 있는지……. 그런데 이렇게 혼자 있는 상태로 정말 100까지 세야 하는 건가? 허무한데.

그런데 그렇다면 사라진 속옷은 어디로 간 거지? 설마…….

시선이 이제 막 봉인한 주사위가 들어 있는 상자로 향했다.

……………………아니아니아니. 잡념을 버려라. 그건 파멸로 가는 길이다.

나는 큰 목소리로 백을 세기 시작했다.

수를 다 센 다음. 결국 폴라는 뭘 하고 있는가 해서 '연금동'에 가 보니, 플로라와 파르셰에게 열심히 몸짓을 하는 중이었다.

"책상? 책? 음~. 잘 모르겠어요."

"창문이 아닐까요? 사각형 창문!"

아마도 주사위라는 말을 전하고 싶은 거겠지만, 둔한 두 사람에게는 전혀 전해지지 않은 모양이었다.

아니, 굳이 무슨 일이 일어났는지 일일이 설명하지 않아도, 그냥 잡아당겨서 데리고 오면 되는 이야기잖아…….

이제 됐어, 하고 폴라의 어깨를 두드렸지만, 폴라는 정색을 하면서 고집스럽게 설명을 하려고 몸짓을 계속 반복했다.

그리고 한동안 혼자서 연기에 열을 올리는 폴라의 모습을 볼 수 있었다나 뭐라나. 참 열심히 노력하는 봉제인형이다.

메카닉 설정 자료집

이 세계는 스마트폰과 함께.

■ 백기사 《샤인카운트》

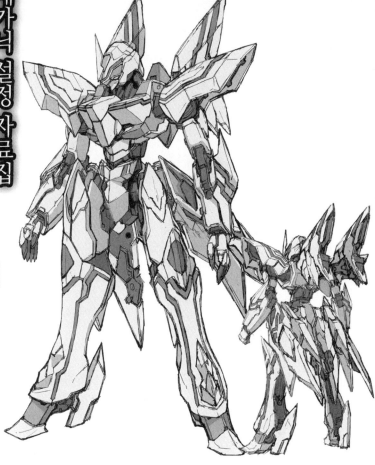

개발자: **레지나 바빌론 (개량은 하이로제타)**　　정비 책임자: **하이로제타**

관리 책임자: **프레드모니카**　　소속: **브륀힐드 공국**

탑승자: **레인**

높이: **16.6m미터**　　중량: **7.7톤**　　탑승 인원: **1명**

무장: **표준 장비는 검《소드》, 추가 장비는 방패《실드》, 철퇴《메이스》,**
　　　**쇠망치《배틀 해버》, 돌격창《랜스》, 도끼창《핼버드》,**
　　　**전부(戰斧)《배틀 액스》 등.**

대(對)프레이즈용 결전 병기, 프레임 기어의 일종. 지휘관기·흑기사《슈발리에》의 개량형.
브륀힐드 기사단 단장이 된 레인을 위해 만든 기체. 브륀힐드 기사단의 기수 기체.
외관을 바꾸었을 뿐, 기체 능력은 흑기사《나이트 바론》과 거의 똑같다.

# 후기

『이세계는 스마트폰과 함께.』 제8권을 전해 드립니다. 후유하라 파토라입니다. 조금 단편집 같은 제8권, 즐겁게 읽으셨나요? 즐겁게 읽으셨기를 간절히 바랍니다.

자, 일단은 보고부터. 띠지에 적혀 있으리라 생각하지만,

애니메이션화됩니다!

겨우 말했네요⋯⋯. 오래도록 비밀로 하는 것은 의외로 힘든 일이었습니다. 저도 아직 거짓말인 것 같은 느낌이 들지만, 사실입니다.

그것은 점심때가 가까워져 올 동안 평소처럼 스마트폰으로 글을 쓰고 한숨 자고 있었을 때.
머리맡에 놓아두었던 스마트폰이 지잉~ 지잉~ 하고 진동

했습니다. 급히 스마트폰을 손에 들어 보니 오후 3시. 전화를 건 사람은 서적화를 해 준 HJ의 담당자 K 씨였습니다.

불과 1주일 전에 이세계 스마트폰의 만화화가 결정되어, 이번 주에는 콘티, 캐릭터, 세계 설정 등의 회의를 전화와 메일로 굉장히 많이 연락했었습니다. 그래서 그때도 그런 이야기가 아닐까 하고 전화를 받았는데.

"네에에……. 여보세요……."

〈아, 여보세요? HJ의 K입니다. 쉬시는데 죄송합니다. 지금 괜찮으신가요?〉

"제성합니다. 자고 이섰어요……. 이비 잘 안 도라가지만, 괜찮스미다……."

솔직히 너무 멍해서 괜찮지 않았지만, 일단은 그렇게 대답한 것 같습니다.

〈하하하. 실은요, 물밑에서 스마트폰 애니메이션화 이야기가 진행되고 있거든요. 그 허가를 후유하라 씨에게 받고 싶어서 전화를 드렸습니다.〉

"……………………………네? 뭐요?"

〈애니메이션화입니다. 괜찮을까요?〉

"……어라? 잠이 덜 깼나……? 꿈?"

〈아니요, 아닙니다.〉

 담당자님의 웃는 소리가 전화 너머에서 들려왔지만 머리가
제대로 돌아가지 않았습니다. 애니메이션? 만화가 아니라?
뭐가 뭔지.

〈아직 확정된 것은 아니지만, 아니, 후유하라 씨의 허가가
없으면 절대로 결정되지 않는 일이에요.〉

 아니, 싫다고 해도 그대로 끝나지 않을 흐름이죠? 물론 싫지
는 않지만, 너무 갑작스러워서 이야기의 흐름에 제대로 따라
가지 못하는 상황.
 보통 이런 것은 단계를 차근차근 밟는 것 아닌가……? 만화
도 이제 막 결정되었을 뿐, 공식 발표도 안 되었는데. 너무 건
너뛰는 것 같아. 아, 혹시 몰래카메라?

〈그래서 말이죠. 다음 주쯤에 한 번 이쪽에 와 주셨으면 하는
데요.〉
 "네? 도쿄에요?!"
〈네. 애니메이션 관련 회의를 좀 하고 싶어서요.〉

 아무래도 진짜 같네? ……진짜입니까?

그리고 다음 주, 저는 도쿄로 여행을 떠났습니다. 하비 재팬 님의 소설 · 애니메이션 관련 여러분과 회의를 하게 되었기 때문입니다.

애니메이션화를 하게 됐을 때 필요한 마음가짐과 주의점, 계약 관련 등을 HJ의 스태프 여러분과 이야기하고, 전면적으로 맡기겠다고 결정한 뒤, 애니메이션화에 관한 이야기는 공식 발표 때까지 비밀로 하기로.

이 원고가 세상에 나갔다는 것은 애니메이션화가 취소되지 않았다는 말입니다……. 아마도. 이제 애니메이션화 결정됐다는 걸로 이해하면 되죠?


애니메이션화와 만화화는 완전히 관계없이 따로 진행되었다는 모양으로, '만화화가 결정되었습니다!' 가 있은 지 1주일 후에 '애니메이션이 결정되었습니다!' 라는 말을 들었을 때는 정말 엄청나게 어안이 벙벙했습니다.

'아닌 밤중에 홍두깨' 란 그야말로 이런 것을 말하는 것이 아닐까 합니다.

그 뒤로는 매일같이 담당자님과 애니메이션과 만화화, 서적판에 관한 메일 회의가 계속되었습니다.

그 사이에 '소설가가 되자' 의 이세계 스마트폰을 포함한 두 편의 연재와 서적판 신작, 본편 편집을 하는 느낌입니다.

토야 일행의 캐릭터 표나 세계의 배경 등이 완성될 때마다 이게 어떻게 움직일까 하고 벌써 두근거립니다. 지금까지는 완성되어 있지 않았던 서브 캐릭터들도 잇달아 그 모습을 제 앞에 드러낼 테지요. 그것만으로도 매우 기쁩니다.

　솔직히 아직 속아 넘어간 게 아닌가 하는 생각도 하지만, 역시 이렇게 공을 들인 몰래카메라는 없을 것이라 생각하고 싶습니다…….

　방송 시간이나 제작 스태프 등, 세세한 점은 하비 재팬의 공식 사이트 등에서 발표될 것이라 생각하니, 기대해 주셨으면 합니다.


　자, 이번에도 감사와 사죄의 말씀을.

　일러스트를 담당해 주신 우사츠카 에이지 님. 항상 감사합니다. 이번 애니메이션은 우사츠카 씨가 그려 주신 매력적인 캐릭터 덕분이라고 생각합니다.

　오가사와라 토모후미 님. 다음 9권부터 신형 프레임 기어가 잇달아 등장하니, 계속해서 잘 부탁드립니다.

　담당자 K 님. 애니메이션·만화 관련 측과 교섭은 물론 단행본 편집까지, 수많은 분야에서의 활약, 정말 감탄스럽습니다. ……쓰러지지 마시길.

　편집부 여러분, 이 책의 출판에 힘써 주시는 모든 여러분, 항상 감사합니다.

이 작품의 애니메이션화를 위해 노력해 주시는 수많은 분야의 여러분 및 이 책을 읽어 주신 독자 여러분께 감사드립니다.

그럼 다음 권 『이세계는 스마트폰과 함께.』 제9권에서 만나 뵙겠습니다.

후유하라 파토라

프레이즈가 출현할 징조를 감지한
토야 일행은 로드메어 연방으로 간다.
그곳에는 로드메어가 독자적으로 만든
대(對)프레이즈용 비장의 무기가 준비되어 있었다.

이세계는 스마트

후유하라 파토라　illustration■우사츠카 에이지

예측대로 프레이즈가 출현하여
그에 대항하는 토야 일행.
그리고 드디어 인간형 프레이즈가
모습을 드러낸다──!!

# 폰과 함께.9

## 올겨울 출간 예정

# 이세계는 스마트폰과 함께. 8

**2017년 09월 19일 제1판 인쇄**
**2019년 04월 01일 4쇄 발행**

**지음** 후유하라 파토라 | **일러스트** 우사츠카 에이지 | **옮김** 문기업

**펴낸이** 임광순 | **제작 디자인팀장** 오태철
**편집부** 황건수 · 신채윤 · 이병건 · 이홍재
**디자인팀** 한혜빈 · 김태원
**국제팀** 노석진 · 엄태진

**펴낸곳** 영상출판미디어(주)
**등록번호** 제 2002-000003호
**주소** 21311 인천광역시 부평구 평천로 132 (청천동)
**전화** 032-505-2973(代) | **FAX** 032-505-2982

**ISBN** 979-11-319-6571-9
**ISBN** 979-11-319-3897-3 (세트)

異世界はスマートフォンとともに 8
ⓒ2017 Patora Fuyuhara
Originally published in Japan in 2016 by HOBBY JAPAN Co., Ltd.

••• 
영상출판미디어(주)

# 단행본 출간작 리스트
## [주요 해외 라이선스 작품]

영상출판
미디어(주)

트랜드를 이끄는 고품격 장르소설

낙오자 신세에서 기어올라온 마법사의 싸움과 청춘의 나날이 여기에 개막!

# 흑의 성권사 -세계 최강 마법사의 제자-
# 1~3

전생자 소우지는 마력이 있어도 마법을 사용할 재능은 없는 낙오자로, 마왕과 똑같은 흑마력을 가졌다는
이유만으로 집에서 쫓겨나 죽음의 위기에 처한다. 그리고 죽음의 순간,
그를 구한 것은 『세계 최강의 마법사』라고 불리는 소피아 보웬이었다?!
소우지는 소피아의 제자로서, 가족으로서 새로운 삶을 살기로 결의한다.
"나는 마법을 쓰고 싶어요. 마법을 못 쓰는 과거의 자신과 결별하고 싶어!"
9년에 걸친 수행 후 마법 학원에 입학한 소우지, 그런 그의 앞에 차례차례 대립과 고립,
그리고 위기가 다가오는데——.

**낙오자가 마법으로 변신해—— 밑바닥에서 기어오른다!!**

©Hidari Ryu 2015
Illustration: Eihi
KADOKAWA CORPORATION

히다리 류 지음 / 에이히 일러스트

**영상출판
미디어㈜**